KB123906

다시 사는 재벌가 망나니 5

2021년 4월 19일 초판 1쇄 인쇄
2021년 4월 22일 초판 1쇄 발행

지은이 맹물사탕
발행인 김정수 강준규

기획 이기헌 왕소현 박경무 강민구
책임편집 김홍식
마케팅지원 배진경 임혜솔 송지유 이영선

발행처 (주)로크미디어
출판등록 2003년 3월 24일
주소 서울시 마포구 성암로 330 DMC첨단산업센터 3층 318호
Tel (02)3273-5135 **편집** (070)7860-2726 **Fax** (02)3273-5134
홈페이지 rokmedia.com **E-mail** rokmedia@empas.com

ISBN 979-11-354-9541-0 (5권)
ISBN 979-11-354-9456-7 04810 (세트)

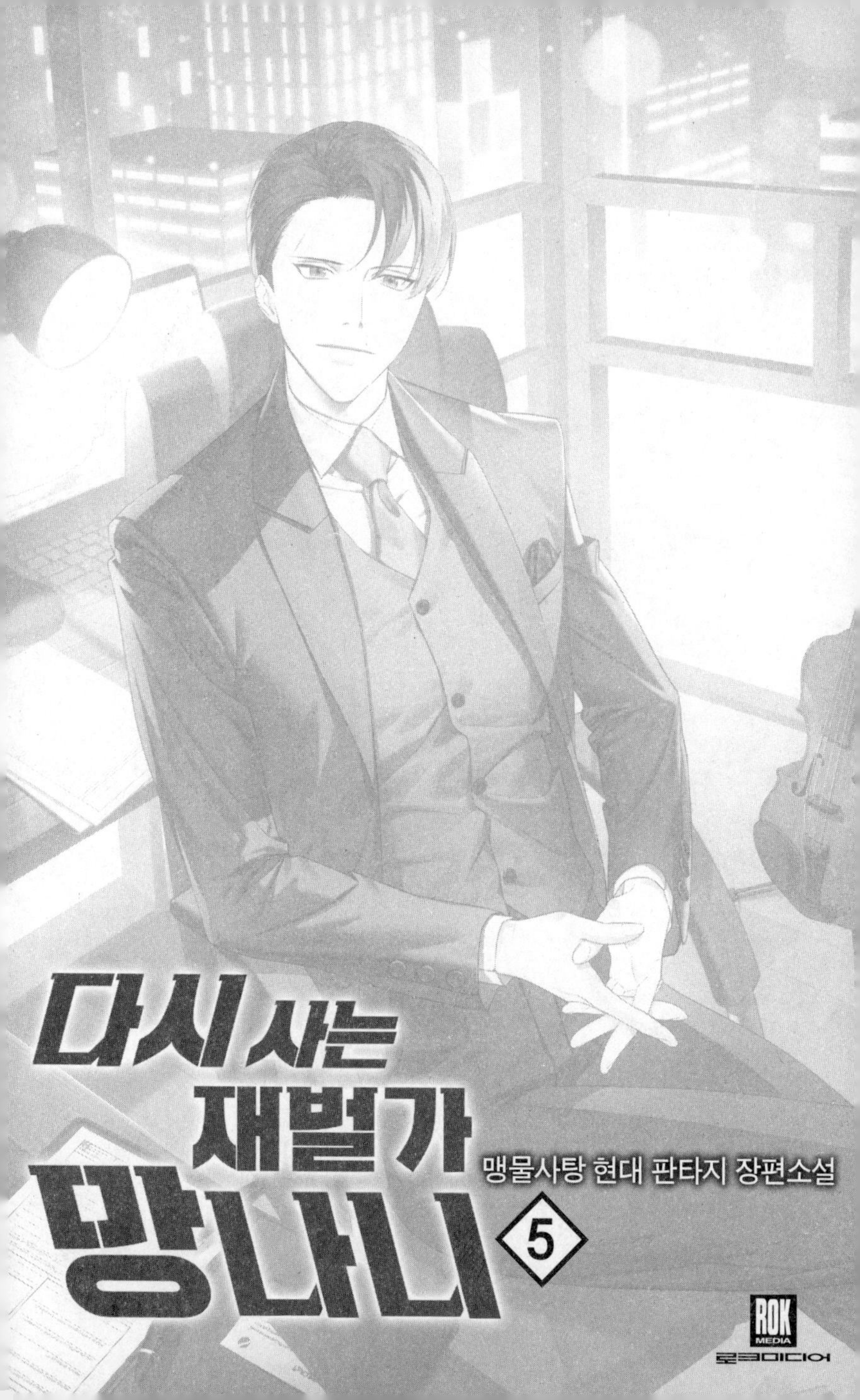

다시 사는 재벌가 망나니

맹물사탕 현대 판타지 장편소설

5

ROK MEDIA
로크미디어

Contents

1장   7

2장   33

3장   129

4장   177

5장   275

1장

이휘철의 은퇴 선언이 있고, 그날 저녁.

이휘철은 임원진을 대동하고 회식이라도 할 법했건만, 어쩐 일인지 일찍 집으로 들어왔다.

"할아부지!"

이제 걸음마를 뗀 이희진이 달려가서 이휘철의 품에 안겼고, 이휘철은 함박미소를 지으며 이희진을 안았다.

"어이쿠, 우리 희진이. 제법 무겁구나."

"무거어!"

이휘철의 품에 안긴 이희진은 꺄르르 웃었고, 이휘철은 적당히 이희진을 내려놓곤 머리를 쓰다듬어 주었다.

그 모습은 영락없이 사이좋은 조손 관계로 보일 법한 흐뭇한 모습이긴 했다.

"할아부지 테레비전죤 나와써여?"

"희진이도 본 모양이구나. 어땠니?"

"오빠가 주스 푸악! 해써여."

뭐 그런 것까지 미주알고주알 보고하고 그러냐.

나는 아마 내 얼굴이 똥 씹은 표정일 거 같단 생각에 포커페이스를 유지하려고 부단히 애를 썼다.

"다녀오셨습니까."

"음."

이휘철은 빙긋 미소 지은 채 내게 고개를 끄덕여 주었다.

"할 말이 많은 건 알겠구나. 나중에 서재로 오거라."

"……예."

뒤이어 이휘철은 내 좌우에 양립해 있던 한성진 남매를 보았다.

"다녀오셨어요, 회장님."

한성진의 인사에 이휘철은 씩 웃었다.

"아, 그렇지. 이제 회장직에서 물러났으니, 그런 호칭은 됐다."

"예? 아, 넵."

"그러면 뭐, 적당히…… 할아버지 정도로 불러 주려무나."

"네!"

참 화기애애했다.

나만 빼놓고.

저녁을 먹자마자 이휘철은 서재로 들어갔고, 나 또한 적당히 분위기를 살펴 이휘철의 서재로 향했다.

똑똑.

"이성진입니다."

"들어오너라."

기자회견에서 발표한 대로 정말 은퇴할 예정이기라도 한 양, 이휘철은 기보를 펼쳐 둔 채, 바둑을 복기하는 중이었다.

하지만.

'이건 무슨 쇼맨십인지.'

분명, 그는 내가 올 때에 맞춰 무언가를 하고 있었던 것이리라.

'그나저나 바둑이라.'

이휘철은 언젠가 내게도 바둑을 권했지만, 내겐 바이올린마냥 '신의 한 수가 보인다'는 식의 바둑 재능은 없었다.

'전생에도 바둑은 한 번도 둬 본 적이 없고.'

그래도 이럭저럭, 급수 운운할 경지는 아닐지라도 대강 판도가 어떻게 흘러가는지 눈에 보일 정도는 되어서 이젠 알파고가 얼마나 대단한 물건이었는지 깨달을 수준은 되었다.

"앉으려무나."

"예."

나는 이휘철과 바둑판을 사이에 두고 바른 자세로 앉았다.

바둑의 형국으로 성격을 파악할 수 있다는 말이 있는데, 이휘철의 바둑 두는 스타일은 다분히 공격적이었다.

마치 한 마리 뱀처럼 집요하게, 사방에서 상대를 물어뜯는 타입.

그에 비해 나는 어느 쪽인가 하면, 방어적이었다.

집을 짓고, 진을 지키다가 상대의 허점이 보이면 그제야 반격에 들어서곤 했다.

이휘철은 그런 내 기보를 보곤 '어딘지 너답구나' 하고 웃었다.

'그렇다고 내가 이휘철의 맞수가 될 경지라는 건 아니지만.'

이휘철은 내가 앉자마자, 바둑을 권하거나 빙 두르는 법 없이 단도직입적으로 말을 꺼냈다.

"성진이 너도 낮에 기자회견을 본 모양이지."

"예."

탁.

이휘철이 기보를 한 손에 접어 든 채 흑색 돌을 놓았다.

"어떻든?"

"……외통수에 호구까지 잡혔던데요."

내 대답에 이휘철이 입매를 비틀었다.

호구(虎口).

흔히들 호구 잡혔다고 하는 이 표현은 본디 바둑에서 온

용어였다.

상대편 바둑알 석 점이 버티고 있는 사이, 그 안에 돌을 놓으면 꼼짝없이 잡아먹히고 만다.

그 모습이 흡사 '호랑이의 아가리를 닮았다'는 것에서 흘러나와 '그만큼이나 위험한 자리'라는 의미로 쓰이다가 이제는 유사한 의미로 변형되어 시쳇말로 쓰이는 상황.

'대마불사니 자충수 같은 말이 범례로 쓰이는 것과 마찬가지지.'

이휘철은 미소를 거두지 않은 채 능청을 떨었다.

"클클. 녀석, 이 할애비의 호의를 그런 식으로 표현하는 게냐."

"……."

호의?

그 뻔뻔함에 일순 어처구니가 없어져서 나는 잠시 아무런 말도 하지 못했다.

그야, 표면적으론 은퇴한 회장이 일선에서 물러나서 이젠 화목한 가정을 꾸려 가는 것에 최선을 다하겠다는, 참으로 흐뭇하고 바람직한 발언이 되겠지만.

독자적인 사업체를 운영하고 있는 내 입장과 이휘철이 그런 발언을 한 TPO에서 나는 그 의도가 다분히 명백한 것임.

'피차 잘 알고 있지 않나?'

이제 와서 그가 대중의 인기에 영합하고자 하려는 것도 아닐 테고…….

아 설마.

"혹시 정치에 관심이 있으신가요?"

"……허."

이휘철은 어처구니없다는 듯 멍한 얼굴을 지었다가 인상을 찌푸렸다.

"그럴 리가."

"……."

"뭐, 그럴 생각도, 의지도 없는 몸이다. 그런 능력은 있지만, 내가 가진 것을 희생해 가며 괜한 적을 만들 필요는 없지."

그 와중 스스로의 능력에 대해선 인정하고 넘어가는 모습이 이휘철답긴 했으나, 제법 의미심장한 말이었다.

말마따나 그럴 일은 없겠지만 만일 이휘철이 정계로 진출하겠다고 하면, 그가 가지고 있는 재력과 무관한, 다른 방향에서 오는 역학이 그를 조이거나 밀어내려고 움직일 거란 의미였다.

'여당이든 야당이든 이휘철은 그들의 치부를 쥐고 있기도, 그들이 이휘철의 약점을 일부 쥐고 있기도 하단 의미로군.'

대한민국 대기업은 정부와 떼려야 뗄 수 없는 정경 유착 관계의 역사를 맺어 왔다.

해방 직후의 적한불하, 한국산업은행을 통한 정부의 시장

경제 개입, 정부 특혜 기업에 한정된 우선 융자…….

독과점, 규제, 일감 몰아주기.

설령 이를 정경 유착이 아닌 정경 협력이라 우기더라도, 피차가 어찌 됐건 서로에게 유무형의 빚이 있거나 꼬투리를 잡힐 법한 건수를 쥐고 있었다.

이휘철이 한 말도 그런 함의를 내포하고 있었다.

'내가 가진 것을 희생해 가며 적을 만들 필요는 없다……. 말 그대로의 의미지.'

나 역시도 혹여나 '죽다가 살아난' 이휘철이 딴마음을 품었을까 해서 찔러본 말이었다.

'사람이란 죽을 때가 되거나 그럴 위기를 겪고 나면 변한다고들 하니…….'

그래서 솔직히 나는 살짝 안도했다.

'거기까지 미래가 바뀌면 나도 감당하기 힘들어.'

이어서 나는 시치미를 떼듯 보란 듯이 어깨를 으쓱여 보였다.

"할아버지께서 하신 기자회견이 워낙 인상적이어서요. 이미지가 참 좋았거든요."

"허허, 녀석. 그럴 일이야 없겠지만 표 하나는 따 두었구나."

이휘철도 능글맞게 웃으며 방금 이야기를 농담 취급하는 모습을 보였다.

'정말로 농담 취급한 것 같지는 않지만.'

이휘철은 웃음기를 슬며시 거두며 천천히 입을 뗐다.

"게다가…… 근래 네가 하는 일이 무엇인지, 관심을 기울이는 사람이 하나둘 생겨나고 있더구나."

"……."

그 발언에 나도 얼굴에 띤 미소를 거두었다.

이휘철은 그런 나를 물끄러미 쳐다보며 말을 이었다.

"그런 상황에서 나라고 하는 구실, 방패막이가 생기면 너에게도 나쁜 이야기는 아니겠지."

이휘철은 뒤이어 입꼬리를 올렸다.

"뭐, 병원에서 네가 했던 말도 있지 않느냐."

병원에서 했던 말이라 함은.

내 가정 섞인 소원.

그는 내가 한성진의 입장이라면, 이휘철을 원하겠노라 대답한 것을 언급하고 있었다.

"……예."

"그래서 나는 네 소원을 들어주려고 한 거다. 어찌 됐건 너도 내 목숨을 구하는 것에 일조는 했으니 말이지."

나를 걸고넘어지는 그 구실이야 어쨌건.

즉, 이휘철은 내 제안을 제법 진지하게 받아들여 주었단 의미였다.

"이미 한 번 죽은 목숨, 네가 하는 일에 도움을 줘도 괜찮겠단 생각이 든 것뿐이다."

"그렇다면……."

"하나 착각은 하지 말거라."

이휘철의 목소리에 살짝 힘이 실렸다.

"네가 한 일은 반쪽짜리다. 나도 온전히 도움을 주겠단 의미는 아니지. 네 경영 전략에 훼방을 놓을 생각은 더더욱 없고."

"……."

"하긴, 오히려 나라면 그 상황에."

이휘철은 턱을 매만졌다.

"한성진에게 미리 언질을 주어 나를 온전히 네 편으로 끌어들이려는 생각을 한번 해 봤을 게다."

나는 차분히 이휘철의 말을 받아쳤다.

"그건 한성진의 의지예요."

내 대답에 이휘철은 흥미롭다는 양, 한편으론 냉소가 희미하게 어린 얼굴을 했다.

"호오. 그건 소위 말하는 우정이냐?"

"글쎄요. 그런 것보단 관련 사안은 온전히 할아버지의 의사에 달린 것이라고 생각했을 뿐이에요. 저 역시 그런 걸 노리고 일을 계획할 만큼 철저한 사람은 아니고요."

잠시 입을 다물고 나를 물끄러미 쳐다보던 이휘철이 웃음을 흘렸다.

"클클. 뭐 좋다."

이어서.

"그럼, 어디 한번 나를 고용해 보거라."

이휘철의 의도가 좀 더 명확해졌다.

"할아버진 경력자이시니 신중히 협상을 시작해 봐야겠군
요."

내가 슬쩍 농담을 던지자, 이휘철은 내 농담을 소리 없는
미소로 받았다.

"팔은 안으로 굽는다고, 내 손주의 회사이니 나도 많은
걸 바라진 않는다. 앞서 말했듯 경영 방침에 개입할 생각은
없고."

그런 상황에서도 은근히 가시가 섞인 말을 내뱉는 건, 이
휘철다운 행보였다.

"뭐, 경영고문 같은 직함을 달고 있으면 나도 어디 가서
뒷방 늙은이 취급은 받지 않겠지."

누가 누굴 어떻게 취급한다고?

이휘철은 씩 웃으며 말을 이었다.

"연봉은, 그래. 천 원 정도면 될까?"

스티브 잡스를 흉내 내기라도 하시려는 건가.

아니, 이 시기엔 스티브 잡스도 역사적인 그 '재계약'을 하
기 전이니, 지금은 이휘철이 원조라고 할 수 있겠군.

스티브 잡스가 애플에서 쫓겨나다시피 떠난 뒤, 그들과 재

계약을 했을 때 내민 조건은 연봉 1달러.

그 대신, 그는 표면적인 연봉이 아닌 다른 것을 영리하게 챙겼다.

나는 가만히 이휘철을 살폈다.

"……스톡옵션은 얼마를 요구하시려고요?"

내 말을 들은 이휘철이 웃음을 터뜨렸다.

"하하하핫! 그래, 너도 참. 내 의도가 뭔지 잘 알고 있구나. 크크크."

이휘철은 웃음기를 머금은 채 말을 이었다.

"뭐, 상장도 하지 않은 장외 주식이니 큰 가치는 없겠지. 그러니 20퍼센트 정도만 받아 챙기도록 하마."

"……."

이런 날강도가 있나.

"경영고문치곤 많은 걸 요구하시네요."

내 투덜거림을 이휘철은 능청스럽게 받았다.

"암만 감투뿐인 직책이라고 해도 주주총회에 참석할 정도는 되어야지 않겠느냐?"

"……그 정도면 대표이사 해임 건도 주장하실 수 있겠는데요."

이휘철이 다시 웃었다.

"하하하, 비상장을 목표로 하면서 기우가 지나치구나."

"……."

"뭐, 농담은 그쯤 하고."

방금은 딱히 농담이 아니었는데.

이휘철이 표정을 진지하게 고쳤다.

"외부에서 네 회사를 감사했을 때, 사실상 내가 실질적 오너라는 이미지를 주려면 그 정도 선이 적당하다고 생각했을 뿐이다. 말 그대로 허울 좋은 감투인 게지."

"……."

"어떠냐, 성진아. 나를 고용하겠느냐?"

이휘철을 내 편으로.

아니, 온전히 내 편이라고 할 수만은 없는 능구렁이 하나를 내 품에 들이는 일.

사실 나는 이휘철이 내 편이 되어 주길 바라고 있었다.

다만 이런 방식은 예상하지 못했다.

'보란 듯 기자회견에서 내 존재를 언급했지.'

아주 대놓고, 지금까진 알 사람만 아는 삼광전자의 자회사인 SJ컴퍼니, 그 존재를 공표한 것이나 마찬가지.

더군다나 내가 계획하고 의도하던 것보다 훨씬 더 중요한 위치로 이를 격상시키며, 보란 듯 선언한 것이나 마찬가지였다.

만일 내가 그의 혈육이 아니었더라면, 그의 제안을 일언지하에 거절했겠지만.

'……외부에서 내 회사를 주목하기 시작한다고?'

그러기엔 이휘철이 의도적으로 흘린 정보가 제법 의미심장했다.

'나도 생각보다 일을 크게, 빨리 벌인 모양이군. 좀 더 신중하게 움직여야겠어.'

생각해 보면.

중학생에 불과한 사촌 이진영조차 이미 내가 하는 일에 의구심을 갖고 접근해 오던 차였다.

다른 능구렁이 친척이나 정부 관계자 또한 이 수상한 삼광전자의 자회사를 주목하기 시작했단 의미로 해석할 수 있는 일이었다.

'베르너 보고서의 한스뿐만 아니라 이번 삼광전자 화형식 때 도움을 주었다는 곽철용을 비롯해서 말이지…….'

사실상 이는 '거절할 수 없는 제안'이나 마찬가지였다.

'오히려 잘됐어.'

아마 이휘철은 그가 한 말마따나 내 경영 방침에 딴죽을 걸지는 않을 것이다.

몇 번 정도.

중요한 상황에 들이밀 수 있는 조커는 되어 주겠지.

이휘철 역시 그런 것을 감안한 방패막이를 자처하고 나선 상황이라고.

나는 해석했다.

"좋습니다. 조만간 유상훈 변호사를 통해 연봉계약서를

보내 드리겠습니다."

"그래."

이휘철이 씩 웃으며 손을 내밀었다.

"앞으로 잘해 보자꾸나. 사장."

"……잘 부탁드리겠습니다, 경영고문님."

나는 이휘철이 내민 손을 맞잡았다.

"그런데 할아버지."

"응?"

"연봉 좀 깎아 주시면 안 될까요?"

"…….''

안 되네.

95년이 되고 나니, 내가 기억하고 있던 전생과 비교해 주변 상황은 다소 변해 있었다.

'원래라면 이휘철의 사망 이후 IMF를 겪으며 벌어질 일들이지만…….'

그러나 현재는 이휘철이 건재한 상황에서 예정보다 빠르게, 삼광 그룹은 큰 차질 없이 독립된 각 계열사가 경영을 이어 가게 되었다.

그 과정에서 삼광 그룹은 자연스럽게 기존의 순환 출자를 통한 계열사 관리가 아닌, 지주회사 개념으로 경영 방침을 전환하며 타 계열사 간의 지분 나눠 먹기를 어렵게 만들었다.

'어쨌건 이로써 삼광전자의 지분 방어만큼은 용이해졌군.'

또한 그러기에 앞서, 삼광물산과 삼광건설의 합병이 이루어졌다.

표면상으론 삼광물산이 삼광건설을 집어삼키는 형태로, 사명은 삼광물산의 이름을 유지하고 있었으나.

'사실상 삼광건설이 삼광물산을 집어삼킨 거지.'

주요 임원이며 각종 요직엔 삼광건설의 인물들이 자리를 차지하는 모양새였다.

'이휘철이 쓰러진 당시 이태석과 이태환 사이에 모종의 거래가 있었겠군.'

이휘철은 관련한 보고를 전해 들었으면서도 '이미 나는 은퇴한 몸'이라며 발을 뺐다.

'그 자체는 전생과 크게 다를 게 없어. 다만 속내를 들여다보면 거기에 이태석이 개입되어 있다는 것이 고무적인 차이점이겠지.'

한편, 이휘철의 공식적인 은퇴가 거행되며 삼광 그룹은 회장직을 공석으로 둔 채 경영을 이어 갔다.

주주총회 결과 증자는 이루어지지 않았다.

그 상황에 이태석은 이휘철이 시장에 공개한 주식 몇십만

주를 인수했고, 결과적으로 이태석이 보유한 지분이 4%가량 늘어나게 되었다.

그 과정에서 '손해'가 있었다곤 볼 수 없다.

증여세며 증여 과정에서 따라 올 국정감사 따위의 파장을 고려한다면 오히려 안전하게, 이태석에게 필요한 만큼만 인수한 셈이 되었으니까.

결국 삼광전자의 대표이사이자 대주주로 완전히 거듭나게 된 이태석이었지만, 모두의 예상과 달리 파벌에 관한 대규모 숙청은 이루어지지 않았다.

그는 그저 화형식 당시 약조했던 것처럼 묵묵히 삼광전자 내부의 개혁을 이어 나갔다.

이태석은 삼광전자의 중구난방이던 조립 공정을 체계적인 모듈로 전환해 가는 동시에 기존의 몇몇 사업부를 통폐합하며 '선택과 집중'을 강조했다.

거기서 이태석은 기존의 무선사업부를 개편, 그 덩치를 크게 키워 나갔다.

'이태석은 벌써부터 모바일 기기의 해외 수출 시장을 노리는 건가. 아무튼 야망하곤.'

마침 퀄컴과 진행하던 CDMA 상용화 연구에 가시적인 성과가 있어서, 퀄컴의 지분을 일부 인수하는 조건으로 삼광전자는 CDMA 통신칩의 OEM 수주에 성공했다.

'……퀄컴의 지분 인수. 이게 그 무엇보다 큰 스노우볼이

될 거야.'

퀄컴으로선 나쁘지 않은 투자 유치를 끌어냈다는 생각으로 자축하고 있겠지만, 내가 기억하는 퀄컴의 향후 행보를 생각해 보면 오히려 삼광전자에 이득인 상황이었다.

'이른바 퀄컴세를 아낄 뿐만 아니라, 동반 성장까지 생각해 볼 수 있겠지.'

또, 그런 삼광전자의 자회사이자 내가 소유하고 있는 SJ컴퍼니는 어떠했는가 하면.

재계 및 언론에서는 이휘철의 기자회견 이후, 예상대로 은근한 뒷조사를 시작했다.

그러면서 이들은 어렵지 않게 SJ컴퍼니의 존재를 추적해 냈고, 동시에 이 SJ컴퍼니의 행보가 예사롭지 않음에 주목하기 시작했다.

「이휘철 全 회장의 차기 行步(행보). SJ컴퍼니를 파헤치다!」

「代表理事(대표이사) S와 社長(사장)의 충격적인 正體(정체)! 法的(법적)으로 문제는 없는가?」

「國內(국내) 최연소 어린이 社長(사장)의 정체는 三光電子(삼광전자) 이태석의 아들?」

내 회사와 관련해 마치 삼류 찌라시 같은 자극적인 제목으로 언론에 연이어 보도되기 시작했지만, 도리어 회사의 경영

행태를 감출 전략으론 나쁘지 않았다.

'뭐, 게다가 어차피 언젠간 밝혀질 일이었으니.'

관련해서 그들은 SJ컴퍼니가 이휘철의 주도하에 창설된 삼광전자의 자회사며 이는 삼광 그룹 전체에 영향을 끼칠 것이라는, 이휘철의 은퇴 또한 그룹의 각 계열사를 정리하기 위함이라는 제멋대로의 언론 보도를 이어 갔지만.

이는 어차피 이휘철이 의도한 바였다.

이후 각종 투자자들이 알음알음 알게 모르게 SJ컴퍼니와 그 자회사의 주식을 구하려 수소문 중이라는 이야기를 바람결에 전해 들었으나, 이쪽은 상장도 하지 않은 회사인 데다 달리 풀어 둔 것도 없었으므로 그런 게 시장에 나돌 리가 없었다.

이휘철은 식탁 위에 쭉 늘어놓은 언론 보도 자료를 내려다보며 만족스럽게 웃었다.

"어떠냐. 성진아, 내 예상대로지?"

예상이고 뭐고.

'그러니 정정보도 요청이나 입막음을 할 필요도 없는 거지만.'

나무를 숨기려면 숲에 숨기라고 했겠다, 내 존재는 배후에 자리 잡은 이휘철 경영고문의 막대한 존재감에 가려지면서 오히려 행보가 자유로워졌다.

'더욱이 이휘철이 경영고문으로 들어가 SJ컴퍼니의 존재를 사실상 긍정하면서, 다소 수상쩍던 경영 행태가 삼광전자의 자회사라는 입장으로 포장되었어. 관련해서 삼광이라는 공룡이 엔터며 소프트웨어 사업에 진출한 것이라는 추측까지.'

나는 의기양양해하는 이휘철을 보며 떨떠름한 기색을 감췄다.

"언젠가는 알려질 일 아니었나요?"

"그렇지. 하지만 성진이 네 나이를 고려해야 한다. 네가 실질적으로 경영 능력이 있건 없건, 사람들은 보고 싶은 대로 사태를 해석하기 나름이지. 그 확증 편향에선 누구도 자유로울 수 없는 법이다."

그러면서 이휘철이 끌끌 웃었다.

"게다가 생각보다 일을 크게 벌려 두었더구나. 안 그러냐?"

"……예, 뭐 그렇게 보셔도 무방합니다만."

때마침 이태석이 아침을 먹으러 식탁으로 왔다.

이태석은 식탁 위에 놓인 각종 보도 자료를 힐끔 쳐다보곤 제 자리에 앉았다.

"아버지, 아침부터 업무 이야기는 자제해 주시죠."

"뭐냐. 이제 이 아비가 일선에서 물러났으니 모회사의 갑질을 일삼는 게냐?"

이태석은 이휘철의 짓궂은 농담을 받아 줄 생각이 없어 보였다.

"그런 게 아니잖습니까. 출근에 등교로 바쁜 시간이라는 의미죠."

"나 원, 농담도 안 먹히는구먼. 대체 뉘 집 자식인지."

이휘철은 보란 듯 투덜거리며 식탁 위에 놓인 자료를 쓸어 담아 구석에 두었다.

"이래서 늙으면 죽어야 한단 말이 나오는 게로구나. 그래, 나는 이제 출근도 할 필요가 없는 뒷방 늙은이다, 이 소리지."

"퍽 자조적인 농담이군요."

"그건 아는구나."

대꾸하는 이태석은 떨떠름한 기색을 감추지 않았다.

'죽다 살아나서 그런가, 이휘철도 좀 변하긴 했군. 아니면 그간 회장직에 있느라 그 나름대로 일부러 힘주며 살았던 걸까.'

이휘철은 그런 이태석의 태도에 아랑곳하지 않고 빈자리를 물끄러미 쳐다보았다.

"며느리는?"

"출산 예정일이 가까워 오니 일어나기가 힘든 모양입니다."

"입덧은 아니고?"

"예."

입덧이란 임신 초기에나 하는 건데.

산부인과적 지식 면에선 천하의 이휘철도 무지해 보였다.

"그러면 됐다. 세 번째 임신인 데다 영특한 아이니 제 알아서 하겠지. 그럼 밥이나 먹자꾸나."

이를 신호로 안동댁을 비롯한 고용인들이 식탁 위로 집기를 날랐고, 이휘철이 한 숟갈을 뜨자마자 식사가 시작되었다.

평소에도 재벌가 식탁치곤 소박한 모습이긴 했으나, 이휘철의 퇴원 이후엔 식이제한으로 더욱 간소해진 근래 식탁 풍경이었다.

'식탁으로 올라오는 메뉴 대부분을 우리와 공유하는 고용인들에겐 안된 일이지만, 병원의 방침이 그러하니 별도리는 없지.'

그런 다소 삭막한 식탁 위 풍경이 이휘철에게도 비슷한 감상을 불러일으켰는지, 그는 불쑥 먹거리와 관련된 주제를 끄집어냈다.

"그러고 보니 성진아, 너 무언가 레스토랑 사업을 벌이고 있는 모양이던데."

시저스 이야긴가.

일에 착수하자마자 이휘철이 쓰러지는 바람에 경황이 없어 잠시 손을 놓고 있었지만, 경과보고는 빠짐없이 내 귀로 들어오고 있었다.

'그러고 보니 거기도 조만간 얼굴을 비춰 달라는 연락이 왔지.'

뭐, 원래 역사에서도 나라는 존재 없이 레스토랑 사업을 성공시켰던 사람들이다 보니 굳이 시간을 쓰진 않았지만.

나는 젓가락을 내려놓았다.

"예, 그렇습니다."

"식사는 계속하거라. 너도 등교 준비로 바쁠 테니. 아무튼."

이휘철이 말을 이었다.

"동업을 하고 있던데."

"예. 제 제종인 진영이 형과 허상윤, 그리고……."

나는 제니퍼의 존재를 어떻게 언급해야 할지 잠시 고민했다가 말을 이었다.

"제니퍼라는 어느 누나랑요."

"제니퍼?"

나는 눈썹을 씰룩이는 이휘철과 또 옆에서 얌전히 국을 떠먹는 이태석을 번갈아 살폈다.

'흠, 분명 정황상 이태석은 제니퍼가 누군지 아는 것 같은데. 여전히 내색을 하지 않는군.'

일단은 이휘철의 말에 대꾸했다.

"그렇게 불러 달라더군요."

"외국인이냐?"

관련해선 딱히 중요한 비밀도 아니고 해서, 나는 그쯤 해서 대답했다.

어차피 나 역시도 어느 시점부턴 다 알게 된 이야기고 하니까.

"아닙니다. 정금례라고, 해림식품 측 사람이에요."

"아, 해림식품. 거기 회장이랑은 몇 번 얼굴을 봐서 잘 알지."

이휘철이 픽하고 웃었다.

"그나저나, 제니퍼? 그리고 정금례라……. 이거 원, 내가 알기론 재훈이가 작명가까지 불러 가며 제법 신경 써서 지어 준 이름이건만. 정작 당사자는 불만이 가득한 모양이구나."

이휘철이 말한 '재훈'이란 다름 아닌 해림식품 회장 정재훈을 의미하는 바였다.

'얼굴 몇 번 본 사이, 정도는 아닌 거 같군.'

거기서 이휘철이 히죽 웃었다.

"하나 내가 보기엔 성진이 네가 주선했을 것 같진 않고."

나는 고개를 끄덕였다.

"예, 그렇습니다. 제 재종인 진영 형님이 알선해 주셨죠."

"흐음. 진영이라. 태환이 아들놈이었지, 분명."

이휘철이 턱을 매만졌다.

"그 녀석, 호텔에서 네가 한 일이 퍽 인상 깊었던 모양이구나."

"……글쎄요."

그걸 내 입으로 말하긴 좀 그렇고.

이휘철은 잠시 생각에 잠겼다가 다시 입을 열었다.

"됐다. 게다가 미라랑도 뭔가 하는 모양이던데."

"당고모님 말씀이십니까?"

"음. 정확히는 그 애가 가지고 있는 신화식품 쪽이지만. 그건 이번 레스토랑 사업과 관련이 있는 게냐?"

"음…… 무관한 일입니다."

일단은.

그사이, 나는 이미라의 신화식품 측과 합자해서 설립한 회사, S&S의 일을 병행하고 있었다.

'법인 설립만 했을 뿐, 최근엔 경황이 없어서 손을 놓고 있었지만.'

신화식품은 현재 급식 사업과 관련해서 전국의 식자재 유통 사업에 손을 대려 하고 있었고, 그 확장 와중 경영 면에서 다각화된 분리 추진 정책을 시도하고 있었다.

그러면서 S&S는 비단 급식뿐만 아니라 전국의 백화점이나 편의점 등에 납입할 제품군을 개발하는 것에도 힘쓸 예정이었다.

'이휘철에겐 레스토랑 사업과 무관한 일이라고 했지만, 나중엔 다를 거야.'

만일 레스토랑이 흥하게 된다면, 그 이름을 붙인 레스토랑의 주력 상품 몇 가지를 즉석 조리 식품으로 포장해서 유통하는 일도 가능하겠고.

활용도는 무궁무진했다.

지금 시대는 전자레인지 조리용 레토르트 제품 몇 가지가 고작이지만 내가 가진 유통망을 잘 가다듬으면 편의점 도시락, 냉장 및 냉동 제품 판매 루트 확보까지도 가능해지리라.

　"잘 들었다. 이제 대강 회사가 어떻게 굴러가고 있는지 알겠군."

　이휘철은 고개를 주억거렸다.

　"아침부터 잡설이 길었구나. 얼른 먹고들 일어서자."

　"예."

　우리는 식사를 마친 뒤 각자의 자리로 돌아갔다.

　이태석은 회사로.

　나는 학교로.

2장

국민학교 5학년생이 되고 나니, 내가 알던 과거와 바뀐 게 또 있었다.

뭐, 한성진이야 줄곧 이성진과 같은 반에 배정되었으니 그러려니 하지만.

김민정과는 4학년 때 딱 한 번 같은 반이 된 기억밖에 없었건만 이번엔 어째서인지 김민정까지 같은 반이 배정되어 있었다.

'아니. 어째서라고 할 건 아니지.'

이번엔 우연이 아닌 필연적 요소가 어느 정도 작용했을 것이다.

'학급 배정은 지난 학년의 성적까지 감안해서 결정하기 마

련이지. 그러니 완전히 예측 못 할 계기가 요소는 아니야.'

전교 석차 1, 2, 3등이 나란히 한 학급에 배정된 케이스라면 응당 필연이 작용할 테니까.

천화국민학교는 그 배후에 삼광장학재단을 통해 운영되고 있었고, 그러니 사모는 작년에 부쩍 사이가 좋아진(것이라고 착각하는) 우리를 냅다 한 반에 배정하도록 은근한 압력을 행사한 것이 아니었을까.

처음엔 그렇게 생각했는데, 사모의 의사는 아니었다. 오히려 사모는.

「어머머, 인연이네, 인연!」

하고 반색하며 나를 놀려 댔다.

그러니 사모에겐 혐의가 없었고, 나는 교직원을 통한 배정인 것을 어림짐작하게 되었다.

'하긴, 작년에 방과 후 교실 건을 진행하면서 한데 뭉친 사이니까……. 쓥, 그건 이미 인수인계까지 끝낸 일인데.'

뭐, '인수인계가 끝났다'고는 해도 사실상 이남진이 별개의 재단을 설립해서 고스란히 받아 이어 가는 실정이었으니 구성 인원엔 큰 변함이 없지만.

'이젠 내가 그 업무에 개입할 까닭도 없고. 일종의 보험인가……?'

그 외엔 정진건 형사의 딸인 정서연까지 한 학급에 포함되어 있었는데, 나는 그녀에 관해 달리 언급한 적이 없어서 이번 건만큼은 내 학급 성적이 말미암은 나비효과의 우연으로 치부할 수 있었다.

그것 말고는.

「오늘부로 5학년 1반 반장이 된 김민정입니다. 잘 부탁드리겠습니다.」

국민학생 시절 내내 반장을 맡아 오던 이성진의 기록이 깨졌다.

나로서는 잘된 일이었다.

사업으로 공사다망한 와중에 구태여 학급회의니 뭐니 하는 것으로 내 시간을 허비하는 건 더 이상 사양하고 싶었으므로.

비록 한성진이 나를 반장으로 추천하기는 했으나 나는 역으로 한성진을 추대함으로서 남자애들의 표를 절반으로 갈랐고, 이는 아직까진 '남자와 여자는 적'이라는 꼬맹이들의 사고방식하에선 성공적인 선거 전략이라고 할 수 있었다.

그래서.

「야, 이성진.」

「왜?」

「너도 부반장이 됐으니 이제부터 팍팍 부려 먹어 줄게.」

김민정이 잰 체하며 나를 쳐다보기에.

「저는 부반장직에서 사임하겠습니다.」

「……엥?」

내 사퇴로 말미암아 3순위 득표자인 한성진이 부반장이 되었다.

그리고 그로부터 며칠이 지난 오늘에 와서야, 김민정은 내가 반장직을 맡지 않으려 의도했음을 깨달은 모양이었다.

"야, 이성진."

나는 자리에 앉아 가방을 챙기다 말고 김민정을 올려다보았다.

"또 왜?"

"너 일부러 그런 거지?"

"주어를 포함해서 말해."

"……반장 선거 때 한성진을 추천한 거 말이야."

김민정은 그녀 나름대로 어떤 연역적 사고를 통해 귀결되는 논리를 발견해 낸 모양인지, 제법 의기양양한 모습이었다.

"결국엔 그거 때문에 남자애들 표가 갈렸잖아?"

"꼭 그렇다고만은 볼 수 없지. 익명의 투표 인구를 통계화할 수는 없는 노릇이고. 아니면 출구조사라도 한 거냐?"

내 대답에 김민정은 입을 삐죽였다.

"궤변은."

"오, 그런 말도 할 줄 알고."

"……아무튼, 왜 그랬어?"

아무래도 김민정은 내 의도를 확신하고 있는 모양이어서, 나는 건성으로 대답했다.

"결과적으론 잘된 거 아니야? 너 반장 하고 싶어 했잖아."

"……어?"

내 대답이 어떻게 들렸는지, 김민정은 어째 조금 당황하는 눈치였다.

"그……그러면 그것 때문에?"

"좋을 대로 생각해."

김민정은 고개를 돌리곤 머리카락을 손가락으로 빙빙 꼬더니 갑자기 움찔하곤 내 책상에 손을 쾅 하고 짚었다.

"아니, 잠깐. 그러면 부반장을 사임한 건 대체 뭔데?"

뭘 새삼스러운 걸 묻고 그러나.

나는 주위 애들이 이쪽을 힐끔거리며 보는 걸 의식했지만, 김민정에겐 주위가 보이질 않는 모양이었다.

나는 일부러 목소리를 낮췄다.

"왜긴. 하고 싶지 않으니까."

"하고 싶지 않다고?"

"그럼 내가 뭣 하러 굳이 반장이니 부반장이니 그런 성가

신 걸 맡겠어? 안 그래도 바쁜데."

"……으그극."

김민정은 무어라 말하려는 양 입을 옴짝달싹하더니 고개를 휙 돌리곤 성큼 걸음으로 내 자리를 떠나가 버렸다.

김민정이 떠나가자마자, 한성진이 쓴웃음을 지으며 내게 다가왔다.

"또 싸워?"

"싸우긴 뭘."

나는 영문도 모른 채 일방적인 힐난을 당했을 뿐이라 어깨를 으쓱였다.

"아무튼 애들이란."

"……너도 우리랑 동갑인데?"

"알아."

시간표에 맞춰 교과서를 정리하고 있으려니, 한성진이 내 앞자리에 앉으며 팔꿈치를 괴었다.

"너희는 한 학년 더 오르고 나면 달라질 줄 알았더니, 그런 것도 아니네."

"한 살 더 먹었다고 사람이 휙휙 변하면 그것도 문제지. 대부분의 변화란 계기를 통해 점진적으로 일어나는 법이야."

"말은."

한성진이 입맛을 쩝쩝 다셨다.

"그렇게 따지면 너도 엄청 변한 거 아니야?"

"내가?"

한성진은 '이성진'을 모를 텐데.

"응. 민정이한테 들으니까, 너 예전에 비하면 엄청나게 변했다고."

아, 그건가.

나는 속내를 감추고 말을 빙 돌렸다.

"네가 보기엔?"

"아니. 나야 뭐 작년에야 처음으로 널 봤으니까. 그래도 아까 반장 자리에 관심 없다는 걸 듣고 보니, 정말로 그런가 싶어서, 문득."

한성진이 어깨를 으쓱이며 말을 이었다.

"그 왜, 작년엔 너 반장이었잖아? 그렇다는 건 그 당시만 하더라도 반장이라는 자리에 흥미가 있었단 이야기고."

한성진은 나이에 비해 의외로 예리한 면이 있다. 만일 여기서 좀 더 파고들면 내게서 위화감을 느낄지도 모른다.

나는 관련된 화제를 가볍게 넘기기로 했다.

"그러면 올해 들어서 그런 야망이 사라진 셈 치면 되겠네."

"……."

"작년에는 그것 때문에 바빴잖아. 급식부터 방과 후 교실까지 해서."

"그건 그렇지만……."

나는 한성진이 '네가 사서 한 고생 아니냐'고 따져 묻기 전에 선수를 쳤다.

"김민정 걔랑도 작년에 이런저런 일이 계기가 되어서 부쩍 가까워지긴 했지. 그래도 네가 보기엔 작년이나 지금이나 다를 게 없지 않아?"

"……조금?"

"조금?"

"응. 그래도 작년 학기 초엔 좀 더 예의 바른 느낌이 있었는데 지금은 음, 쿨하다고 해야 하나."

그야, 환생 초창기엔 나도 주위 돌아가는 상황을 분석하고 몸을 사리느라 조심한 부분은 있었다.

그걸 두고 한성진이 '예의 바르다'고 표현한 건 어휘력의 문제겠지.

한성진이 웃는 얼굴로 말을 이었다.

"그런데 그거 알아?"

"뭘?"

"저번 반장 선거 투표. 네 표랑 내 표를 합치면 남자애들 총합보다 많았다는 거."

"아, 그거."

"혹시, 너를 짝사랑하는 여자애라도 있는 거 아닐까?"

짜식이 감히 나한테 얼레리꼴레리를 하려고?

나는 시큰둥하게 반박했다.

"내가 아니라 너일 수도 있지."

"……응?"

내 반박에 한성진은 조금 당황한 눈치였다.

"왜? 네가 아니라……."

"그런 논리라면 피차 마찬가지 아니야?"

사실, 국민학생들의 눈높이에 맞춰 본다면, 한성진은 비뚤어진 어른인 나보다 아이들에게 더 인기가 많을 타입이었다.

전생엔 이성진의 따까리 그 이상도 이하도 아니었던 입장이었지만.

사실 그는 사려 깊고 성실했으며, 성격이 긍정적인 데다 학업 성적도 우수. 거기에 더해 그 나이대 남자애답게 운동장엘 나가 공 차고 노는 것도 곧잘 했다.

그걸 내가 말하는 건 뭣하지만.

'그러니 여자애 한둘 정도는 풋사랑을 느껴도 무방하지.'

반면 나에게 학교란, 특히나 국민학교는 단순히 거쳐 가는 곳일 뿐만 아니라 내 발목을 붙잡는 의무교육 제도의 부산물에 지나지 않았다.

주변이 교우 관계니 우정이니 할 만큼 비등한 성숙함을 갖춘 것도 아니고, 어디까지나 애들에 불과한 마당이니 나는 자연스럽게 주위와 거리를 두게 되었다.

나로부터 거리를 두는 건 아이들도 마찬가지였다.

딱히 가시를 세우거나 일부러 거리를 둔 적도 없었지만 애들 특유의 감이라도 있는 것인지, 한성진이나 김민정을 제외한 아이들은 어느새 하나둘 나를 멀리하기 시작했다.

'심지어 정진건 형사의 딸인 정서연도 어째 나를 어려워하는 눈치였지. 나는 그 집에 찾아가 저녁까지 얻어먹은 처지인데 괜히 쭈뼛거리기나 하고.'

그건 따돌림 같은 것과는 다르고, 동년배를 향한 희미한 존경이나 동경에 가까운 것이긴 했으나, 동시에 나를 보는 그들의 시선 언저리에는 원시적인 서열 습성의 일부가 깃들어 나는 아이들로부터 모종의 경외마저 느낄 수 있었다.

'이휘철이나 이태석의 카리스마가 옮기라도 한 건가.'

정작 아무 꼬맹이 하나를 붙잡고 물어도 그들 스스로도 답하기 어려워할 이야기이긴 하겠지만 말이다.

한성진이 볼을 긁적였다.

"에이. 그래도. 나보단 성진이 네가 공부도 더 잘하고, 달리기도 빠르잖아."

"왜, 누구 마음에 드는 여자애라도 있냐?"

"아니! 아 진짜, 갑자기 뭐래."

그러고 보니 녀석도 슬슬 사춘기인가, 싶기도 했다.

한스가 저택에 방문했을 때 생각했던 바이지만.

'전생엔 사정이 여의치 않아서 꾹 참고 지냈는데…… 언제까지고 한성아와 같은 방을 쓰게 하긴 어렵겠지.'

지금이야 한성아가 어리니 돌봐 줘야 하는 입장에서 다락

방을 신세지고 있으나, 곧 둘의 머리가 굵어지고 나면 각자 사생활이 필요해질 때도 올 것이다.

'단순하게 생각하면 그냥 별채에 빈 방을 틔워 줘도 무방하겠지만……. 아니지. 차라리 빌라를 하나 장만해서 나가 살게 할까?'

문득 떠올랐던 생각을 고쳤다.

'아니. 아무리 그래도 애들끼리만 나가서 살게 하는 건 좀 그래.'

한익태는 이태석에게 고용된 운전수니 저택에서 거해야 하겠고…….

'아니지. 나도 저택을 나가면 되는 거잖아?'

생각해 보니, 괜찮다.

아예 빌라 한 채를 터서, 층별로 거주하게 하면…….

'한번 고려는 해 봐야겠어.'

이제는 조금 적응이 됐다지만, 이태석이며 사모, 이휘철과 한 지붕 아래 사는 건 내게도 적잖이 신경이 쓰이는 일이었으니까.

'적당한 학군에 맞춰 봐야겠군.'

또 한편으론, 전생에 내가 다녔던 중고등학교에 진학하는 일은.

나로서도 냉정을 유지하기 어려울 것 같으니까.

방과 후, 오늘 오전 아침 식사 자리 이휘철로부터 말이 나온 김에 제니퍼와 동업 중인 패밀리 레스토랑, 시저스를 가보기로 했다.

'작년 연말에 가 보고 처음 와 보는 거니까……. 근 석 달 만이군.'

오랜만이라면 오랜만이었다.

'얼추 외장 공사는 다 된 거 같은데.'

나는 'Caesars(시저스)'라는 영문 간판이 붙은 건물 2층을 쳐다보곤 곧장 계단을 올랐다.

계단을 올라 유리문 안쪽을 들여다보니, 인테리어까지 모두 마쳐 둔 상태였다.

'이제 오픈만 하면 되겠는데, 뭘 차일피일 미루고 있는 거야?'

나는 그렇게 생각하며 유리문을 밀고 레스토랑 안으로 들어갔다.

딸랑, 하는 방울소리가 인기척을 냈다.

"어라…… 어서 오세요."

그리고 실내엔 유니폼을 입은 여직원 하나가 분주하게 움직이던 발걸음을 멈추고 나를 쳐다보았다.

이제 갓 스물이나 넘었을까, 제니퍼가 고용한 사람으로 보였다.

이어서 그녀는 내 어깨 너머로 따라오는 사람이 없는지 살피곤 허리를 굽혀 나와 눈높이를 맞췄다.

"저기, 애. 혹시 식사하러 온 거니? 미안하지만 아직 영업을 안 하거든."

그러면서 그녀는 제법 잘 꾸민 영업용 미소를 내게 보여주었다.

"그러니까 다음에 오픈하면 다시 찾아와 줄래?"

어린애 상대로 응대는 나쁘지 않군.

나는 그녀의 응대에 답하는 대신 물었다.

"사장님 계세요?"

"아, 혹시 사장님이랑 아는 사이니? 나는 그런 줄도 모르고."

그녀는 빙긋 웃으며 허리를 폈다.

"어쩜담, 사장님은 아직 안 오셨는데. 안에서 기다릴래?"

"그러죠."

여직원의 안내를 받아 창가 테이블에 앉아 있으려니, 안쪽 조리실에서 조리사복을 입은 남자가 하품을 쩍쩍 하며 걸어왔다.

"하암. 은수야, 웬 꼬맹이냐?"

"아, 주방장님. 이 애 사장님 지인이래요."

"제니퍼의?"

한편 나는 요리사를 보자마자 다른 의미로 놀랐다.

'오성환 셰프? 네가 왜 거기서 나와?'

오성환 셰프.

(내가 그에 대해 알았던 전생의 그 시대 당시) 원래 나이에 비해 젊어 보이던 그였으나, 실제론 적잖은 나이라는 걸 나도 어디선가 들었다.

'그렇다곤 해도 이 시대에 여기서 보게 될 줄은.'

2010년대 들어서, 대한민국엔 소위 셰프 셀럽들이 대거 출연하게 된다.

그중 오성환은 그런 방송 출연 셰프 열풍의 첫 세대라고 할 수 있는 인물로, 훤칠한 외모에 실력까지 두루 갖춘 남자였다.

'어쨌건 20년 즈음 전인 지금은 동안 운운할 것이 아니라 확실히 젊군.'

그런 그도 지금은 고작해야 20대 중반가량으로 보였다.

오성환이라고 하면 내가 기억하기론 국내 요리사들 사이에선 제법 입지가 있는 인물로, 언젠간 미슐랭 레스토랑 브랜드의 세컨드 셰프까지 역임했더라는 이야기를 들었다.

프렌치를 전공한 한국인 유학파의 이탈리안 샐러드 바 패밀리 레스토랑이라.

혼종도 이런 혼종이 없네. 그나저나.

'그래서 댁이 왜 여기 있어?'

요식업계는 그다지 관심을 기울이던 세계가 아니어서, 나는 내가 단편적으로만 알고 있던 정보의 조각을 하나둘 맞춰 보았다.

'어디 보자, 지금은 95년…….'

무언가.

제법 극적인 사건을 겪고 난 뒤 해외로 출국했단 것까진 어렴풋이 알겠는데.

'……원래 역사에서라면 이태원에 프렌치 레스토랑을 냈다가 망했다는 것이 바로 이 시기였나.'

흠.

나도 이곳 시저스의 컨셉 논의 당시엔 '프렌치는 망하기 쉽다'는 입장을 내세웠던 입장이긴 했으나.

'새삼 생각해 보면.'

암만 그래도 제니퍼의 후원을 받는 업장이 그렇게 쉽게 망할 리는 없을 텐데.

'원래 역사의 흐름 속 틈바구니에서 무언가 일이 있었던 걸까.'

생각에 잠겨 있으려니, 오성환은 내가 앉은 맞은편에 털썩 자리를 잡고 앉았다.

"너 우리 사장……. 제니퍼랑 아는 사이야?"

"아, 예."

내 대답에 오성환은 턱을 긁적이더니 종업원을 보았다.

"제니퍼에게 동생이 있던가?"

"저는 못 들었는데요."

종업원의 말에 오성환은 나를 물끄러미 쳐다보며 고개를 갸웃했다.

"하긴 닮은 건 아니고."

제니퍼는 고용인들에게 개인 신상을 밝히고 다니는 타입은 아닌 듯했다.

본인 스스로나 타인의 신상이나.

'그렇다는 건 동업자가 있다는 이야기도 하지 않은 건가?'

암만 그래도 국민학생 동업자 사장이라면 확실히 그들 뇌리에 각인되었을 터인데.

'아예 후보지에도 없다는 건 언급조차 하지 않았거나, 나와 관련해선 함구하고 있단 뜻이겠지.'

하긴, 어디 가서 쓸데없이 떠들 만한 이야기도 아니고.

'그래도 이번 일로 제니퍼의 입이 무겁다는 건 알게 됐네.'

그즈음, 오성환이 손가락을 딱 하고 튀겼다.

"아, 그때 본 이진영이라는 중학생이랑 아는 사이인가 보네. 맞지?"

그래도 이진영이랑은 안면이 있는 모양이다.

어쨌거나 아주 틀린 말은 아니어서, 나는 고개를 끄덕여 그 추리를 긍정해 주었다.

"네, 맞아요. 저랑 진영이 형이랑 친척이거든요."

"역시, 그랬어."

수수께끼는 풀렸다, 는 얼굴을 하고 있긴 했으나.

'보아하니 이진영의 배경도 모르는 거 같은데.'

나는 일단 내가 동업자인 건 드러내지 않은 채 상황을 지켜보기로 했다.

"실은 제니퍼 누나가 언제 한번 찾아오라고 말했거든요."

그 말 자체는 거짓이 아니다.

공동 창업자로서, 라는 것이 명분이지만.

"아, 그리고 저는 이성진이라고 합니다."

내 소개에 젊은 남녀 둘은 멀뚱히 서로를 쳐다보더니 픽 웃었다.

"그러고 보니 아직 자기소개도 안 했네요."

"그러게 말이야."

오성환이 먼저 자신을 가리켰다.

"형은 이 식당의 오너 셰프를 맡고 있는 오성환이라고 한다."

"누나는 식당 종업원 겸 총무인 신은수야."

오성환은 그렇다 쳐도, 신은수는 무려 총무이기까지 했다.

'제니퍼의 사적 지인일까? 그런 것치곤 좀 어린데. 내가 할 말은 아니지만.'

어쨌건 소개를 들은 나는 둘에게 영업용 미소를 지어 보였다.

“네. 만나 뵙게 되어 반가워요.”

내 소개에 신은수는 방실방실 웃어 보였다.

“성진이랬지? 너 되게 잘생겼다. 몇 살?”

“올해로 열두 살이 되었습니다.”

“그런데 말씨 하며 왠지 나이에 비해 되게 조숙해 보이네. 요즘 애들은 다 그런가?”

신은수의 말을 오성환이 심드렁하게 받아쳤다.

“네가 요즘 애들 운운할 나이는 아니지 않아?”

“나이란 상대적인 거잖아요.”

음?

문득, 그 대화에서 묘한 위화감이 들었다.

‘……음, 뭔가가 걸려. 알 듯 말 듯 한데.’

둘은 두런두런 무어라 이야기를 나누었고, 그사이 나는 레스토랑 내부를 둘러보았다.

‘인테리어는 깔끔하게 했네. 미적 감각이 나쁘지 않은 모양이야.’

시대가 시대이다 보니, 포스트모더니즘 운운하며 해괴망측한 인테리어를 하지는 않았을지 살짝 걱정했으나, 다행히 기우였다.

좌석 배치는 샐러드 바가 들어설 예정인 한가운데를 텅 비워 두었고, 가족 및 연인을 타깃으로 잡은 식당답게 대부분이 2~4인석 테이블이었다.

'다만…… 깔끔하긴 하지만 이렇다 할 차별화를 내세울 디자인적 특색은 없어. 제니퍼는 보기보다 신중한 타입일지도 모르겠군.'

뭐, 샐러드 뷔페라고 하는 특장점이 있으니 차별화는 어렵지 않겠지만.

그러고 있으려니.

"그런데."

신은수가 슬쩍 미소를 지으며 나를 보았다.

"식사는 했니?"

"저녁을 먹기엔 아직 이른 시간 아닌가요?"

"응. 그렇지. 마침 잘됐다. 주방장님."

오성환은 무슨 소릴 하려는지 눈치챘단 듯 탐탁지 않은 얼굴로 신은수를 보았다.

"뭐."

그러거나 말거나 신은수는 아랑곳하지 않았지만.

"이렇게 된 거, 어린이 고객님을 위한 메뉴도 한번 테스트해 보는 게 어때요? 마침 좋은 기회 같은데."

그 제안에 오성환은 내키지 않는다는 양 대답했다.

"브레이크 타임이야."

"아직 영업도 한 적 없는데 무슨 브레이크 타임이에요. 네? 주방장님."

오성환은 머리를 벅벅 긁더니 나를 보았다.

"너는 어떤데?"

"음."

모처럼 빈 시간이니 메뉴 점검을 해 봐도 나쁘진 않겠단 생각이 들었다.

"만들어 주시면 감사히 먹겠습니다. 돈도 낼게요."

"아니, 그럴 필욘 없고…… 으음. 참고로 애들이 먹을 만한 돈까스나 함박스테이크는 메뉴에 없어."

오성환은 이어서 어딘지 쓴웃음처럼 보이는 미소를 얼굴에 내걸었다.

"말이 패밀리 레스토랑이지, 사실 우리 가게가 뭘 하려는 건지 나도 아직 잘 모르겠거든."

아직 메뉴도 정해지질 않은 건가.

대체 가게가 어떻게 돌아가고 있는 거야?

신은수가 입을 삐죽였다.

"에이, 주방장님, 그래도 뭔가 있을 거 아니에요?"

"뭐……. 몇 개 있긴 한데. 그리고 신은수."

"네."

"주방장님이 아니라, 셰프라고 부르라니까."

"굳이 꼬부랑말 써야 해요?"

"……됐다. 뭐, 아무튼 총무님 명령이 지엄하시니 따라야지."

오성환은 어기적거리며 주방에 들어갔다.

이러니저러니 툴툴거리긴 해도 만들어 주긴 하는군.

어라, 그러면 이번 기회에 그 유명한 오성환 셰프의 수제 요리를 맛보는 건가?

'괜찮은데?'

나는 오성환이 떠나고 신은수와 단둘만 남은 상황에서 물어보았다.

"근데 형이랑 누나 말고 다른 분들은 없나요?"

"응. 너도 들었다시피 사실 아직 영업 개시도 안 한 상태여서 말이야."

흠.

'보기완 달리 레스토랑 경영 관련해서 뭔가 일이 꼬인 모양인데. 이럴 줄 알았으면 일부러라도 시간을 내 볼 걸 그랬어.'

나는 이 상황에 무언가 말 못 할 사정이 있음을 짐작했지만, 신은수가 내게 그런 걸 순순히 말해 줄 것 같진 않았다.

'하긴 내부 사정을 외부인에게 미주알고주알 털어놓는단 것도 우습지. 더욱이 지금 나는 고작해야 국민학생일 뿐이고.'

신은수는 미소 띤 얼굴로 말을 이었다.

"그럼 기다릴 동안 마실 것 좀 갖다 줄까? 주스나 탄산음료 아무거나."

"주스로 부탁드릴게요."

"응. 아차, 그게 아니지."

사글사글하게 웃으며 대답한 신은수는 아차 하더니 좀 더 사무적인 미소로 말을 고쳤다.

"금방 내오겠습니다, 손님."

신은수는 보이는 그대로, 남들로부터 쉽게 호의를 살 법한 인상이었다.

'제니퍼가 이럭저럭 인원은 잘 뽑은 모양이네.'

나는 제니퍼며 오성환을 기다리는 동안 신은수가 가져다 준 주스를 홀짝이며, 그녀가 내게 맞춰 주며 주도하는 대화 —주로 학교 이야기—를 나누었다.

접객 테스트 운운하더니, 그건 진즉 잊은 모양이다.

"와, 그럼 요즘 애들은 도시락 안 싸는 거니?"

"아, 예……. 그것도 시범학교를 우선해서 제한적으로 실행하다가 차츰 늘려 나갈 모양이지만요."

"흠, 흠. 시대가 변하는구나."

그렇게까지 거창하게 말할 건 아니지 않나.

그러고 있으려니, 오성환이 접시 하나를 들고 다가왔다.

"기다렸지? 일단 간단하게 해 봤어."

달각 소리를 내며 내려놓은 건 크림 까르보나라였다.

"까르보나라 스파게티야. 뭐 이탈리아 방식의 정통 스타일은 아닌데…… 아마 한국에선 이게 더 먹힐 거 같아서."

오성환이 말한 '정통' 까르보나라는 크림 없이 달걀노른자와 베이컨만으로 만드는 것을 말하는 것으로.

생각해 보면 이 시대의 정형화된 '스파게티'란 소위 경양식

당에서 나오는 케첩 위주의 나폴리탄 스파게티를 의미하는
것이기도 했다.

'크림 카르보나라······. 흠.'

2000년대 초중반엔 확실히 먹힐 만한 데이트 대표 메뉴
중 하나이긴 하지만, 90년대 중반인 지금도 먹힐까?

한편 신은수는 당혹감을 지우지 않고 입을 뗐다.

"주방장님, 결국 이걸로 결정하신 거예요?"

"응. 뭐, 그렇지."

"저는 좀 느끼하던데."

"느끼······ 으음. 뭐, 일단은 먹어 봐."

오성환의 제안에 나는 고개를 끄덕였다.

"네, 잘 먹겠습니다."

나는 치덕치덕한 크림소스를 뒤적이다가 한 입 먹어 보았
다.

'······맛있는데?'

미슐랭 레스토랑 출신—지금 역사에선 아직 아니지만—
의 오성환이 손수 만든 파스타는 소스와 면이 잘 어우러져,
기대한 것 이상의 완성도를 이끌어 냈다.

'생각해 보니 이런 것도 되게 오랜만에 먹는걸.'

전생에도 이미 유행이 지나간 뒤여서, 실질적으로 다시 맛
본 건 10년도 넘은 것 같은 기분이었다.

「자기는 파스타 별로 안 좋아해?」

「뭐 그냥저냥. 굳이 찾아서 먹을 정도는 아닌 정도?」

「하긴, 자기는 입맛이 은근 고급 취향이니까. 매번 까다롭다니까.」

「어릴 때 고급스러운 것만 먹고 자랐거든.」

「후후. 농담은……. 그래도 내가 만든 건 다르지?」

「다른 곳이랑 똑같아.」

「…….」

「시중에 파는 거랑 똑같다는 의미인데. 칭찬 아니야?」

「아니거든? 말하는 건 아 다르고 어 다른 법인데, 어휴. 김치찌개로 할 걸 그랬나?」

"……."

잠시, 옛날 생각이 났다.

그때 내 표정이 어땠는지, 오성환은 떨떠름한 얼굴로 입을 뗐다.

"총무님 말마따나 김치 같은 걸 함께 내야 하나."

그 바람에 나는 퍼뜩 다시 현실로 돌아와 다시금 미소를 지었다.

"아뇨, 아주 맛있는데요."

"어? 그래?"

나는 냅킨으로 입가를 닦았다.

"네. 소스도 좋고, 면이랑 잘 어우러져요. 먹어 본 크림 까르보나라 중엔 최고예요."

이는 빈말이 아니었다.

전생을 통틀어서도, 이런 수준 높은 크림 까르보나라는 처음이었으니까.

"그래? 어디서 먹어 본 모양이네, 너도."

오성환은 기분이 나쁘지 않은 양 씩 웃었다.

"그나저나 너 같은 애도 먹어 봤다니, 한국에서는 제법 대중적인 건가?"

"음······. 그건 아니에요. 저도 우연히 특별한 계기가 있어서 맛본 것뿐이거든요."

나는 대강 둘러댔고, 이번엔 신은수가 떨떠름한 얼굴을 했다.

"으음, 그럼 내 입맛이 촌스러운 건가?"

"그렇다고 하기보단······."

확실히, 처음 접하면 '느끼'할 수도 있겠다.

"그렇다고 이런 양식당에서 김치를 낼 것까진 없겠고, 피클 정도면 되지 않겠어요?"

내 제안에 오성환이 눈썹을 씰룩였다.

"피클?"

"네. 어차피 외식이라는 건 다른 경험을 하러 오는 것이기도 하니까요. 무리해서 현지화를 할 필요까진 없다고 생각해요.”

사실, 피클을 곁들이는 것도 정통파 출신인 오성환 입장에
선 내키지 않겠지만.

“그런가…….”

오성환은 그나마 납득한 얼굴이었다.

그때, 유리문에 달린 종소리가 따릉, 하고 맑게 울렸다.

우리가 고개를 돌리니, 거기엔 제니퍼가 쇼핑백을 한가득
든 채 서 있었다.

“아, 사장님!”

신은수가 먼저 일어서며 제니퍼에게 다가갔다.

“어서 오세요. 그리고 사장님, 아주 귀여운 손님이 와 계
세요.”

“손님?”

제니퍼는 씩 웃으며 테이블에 앉은 나를 보더니 제법 의미
심장한 미소를 띠었다.

“아하, ‘손님’이구나?”

“안녕하세요, 제니퍼 누나.”

“응, 오랜만이야. 마침 잘 왔어. 안 그래도…….”

제니퍼는 천천히 말끝을 흐리더니.

“성진이가 많이 보고 싶었거든.”

제니퍼는 사업상 협의할 것이 있다는 걸 그녀 나름대로 상
황에 맞춰 말을 바꿨다.

한편, 나는 제니퍼의 손에 들린 쇼핑백 로고를 보곤 헛숨을 들이켤 뻔했다.

'……허어. 흐음. 아하.'

그리고 얼추, 원래 역사에선 그녀의 사업이 어떻게 되어 갔던 일인지…… 정황이 꿰어 맞춰졌다.

'그렇게 된 거였군.'

잃어버린 퍼즐의 한 조각을 찾아냈지만 그래도 차마, 미소까진 지어지지 않았다.

내 기억에 당시는 2010년대 중반.

집으로 돌아온 나는 샤워 후 타월로 머리를 말리며, 텅 빈 방의 적막을 채워 줄 TV를 습관적으로 틀었다.

「오늘은 오성환 셰프님을 어렵게 모셨는데요.」

그때는 한창 요리물이 안방극장에 인기몰이를 할 당시여서, 여기저기 '나 셰프요' 하는 사람들이 활발하게 방송 출연을 이어 가던 때였다.

「아, 예. 반갑습니다. 오성환입니다.」
「오성환 셰프님이라고 하면 무려 미슐랭 레스토랑 경영 경험까지 있는 분으로…….」

MC의 쾌활한 분위기와 달리, TV에 나온 오성환 셰프 본인은 무표정하고 담담했다.

그건 일견 '건방'져 보이거나 그 실력에 자신감이 가득해서 그렇단 해석도 가능했겠지만, 그 얼굴에는 그런 것으로만은 해석하기 힘든 묘한 그늘이 깃들어 있었다.

당시, 나는 TV를 통해 그가 적잖이 고생을 했다는 것까진 읽어 낼 수 있었으나 어쨌건 '요리 예능'이란 내겐 큰 흥미는 없는 분야였다.

적막의 틈새를 메워 줄 TV를 틀어 둔 채 세탁기를 돌리고 냉장고에서 캔 맥주를 하나 따고 있으려니, 방송은 요리 중인 오성환 셰프에 관한 질의응답이 이어지고 있었다.

「그런데 한국에서 레스토랑을 냈던 적이 있다던데요?」
「아, 예. 90년대 중반쯤.」
「그런데 어쩌다가 사업을 정리하고 다시 외국으로?」
「여러 가지 일이 있었습니다.」
「장사가 잘 안된 모양이죠?」

와하하, 하고 터지는 기계 웃음소리.

「90년대 중반이면, 혹시 IMF 때문이었습니까?」
「그전이었습니다. 프렌치 레스토랑을 열었죠.」

「아아, 그렇다면 그냥 평범하게 망했군요.」

다시, 웃음소리.

오성환은 아무런 반박도 꺼내는 일 없이 요리를 이어 갔고, MC가 다소 당황하려던 찰나,

당시 유명세를 떨치고 있던 또 다른 셰프가 인터뷰에 끼어들었다.

「오성환 셰프님이라고 하면 프랑스에서 정통 프렌치를 배워 오신 분이니까요. 당시만 하더라도 프렌치가 한국인의 입맛엔 잘 안 맞았거든요. 지금도 뭐 그렇긴 합니다만..」

「이건 이탈리안 레스토랑 셰프님의 견제입니까?」

「언감생심 제가 오성환 셰프님께 그럴 리가요. 그분 앞에서 저는 풋내깁니다.」

「하하, 잘 알겠습니다. 아, 말씀드리는 순간!」

그쯤해서 나는 채널을 돌렸다.

「……다음 뉴스입니다. 정부의 경기부양 정책이 큰 실효를 거두지 못하고 있는 상황에서 여당은…….」

나는 한 귀로 그 뉴스를 흘려들으면서, 어째서일까.

묵묵히 요리를 이어 가고 있던 오성환 셰프의 표정이 한동
안 마음 한구석에 걸렸다.

전생의 내가 오성환 셰프에 대해 기억하고 있던 건 그 정
도였고, 그도 이후 타 방송 출연 땐 이럭저럭 활발한 모습을
보여 '그때는 방송 출연이 낯설어서 그랬던 건가' 하며 생각
하고 말았지만.

나는 당시 그 스스로 거리를 두려는 오성환 셰프의 묘한
태도가 묘하게 기억에 남아 있었다.

'처음 느낀 위화감의 정체가 그것이었군.'

비록 제아무리 방송용 컨셉과 일상용 얼굴을 따로 분리하
는 법이라곤 하나, 전문 방송인도 아닌 오성환이 그렇게까지
요령 좋은 인물로는 보이지 않았다.

반면 여기서 만나 본 오성환은 틱틱거리는 모습을 보이긴
해도 근본적으론 사교성이 있는 사람이었다.

'또…… 내가 개입하지 않은 역사에서도 오성환은 이들과
어떤 형태로든 관계를 맺고 있었을 거야.'

애당초, 제니퍼가 기획, 구상했던 레스토랑 사업도 시작은
프렌치였다.

그건 제니퍼가 처음부터 오성환을 오너 셰프로 둔 레스토

랑을 기획하고 있었단 의미이기도 했거니와…….

'그러니 어떤 형태로든 제니퍼는 오성환과 미리 인연을 맺고 있었겠지. 전생에 인터뷰에서 말한 [망했다]는 프렌치 레스토랑도 여기였을 테고.'

내가 내색하지 않으며 생각을 하는 사이, 신은수와 제니퍼가 두런두런 이야기를 이어 가는 중이었다.

"그런데 사장님, 성진이랑 무슨 사이예요? 본인 말로 진영이랑은 친척이라던데."

"음……. 아는 동생?"

"아는 동생?"

"응."

제니퍼는 담담하게 말하곤 그녀에게 쇼핑백을 건넸다.

"그나저나 백화점에서 옷 사 왔는데, 입어 봐."

"어머, 그래도 돼요?"

"뭐 어때. 직원 복지 차원에서."

"네, 언니!"

신은수는 쇼핑백을 한아름 안아 들곤 콧노래까지 불러 가며 자리를 떠났고, 제니퍼는 오성환을 쳐다보았다.

"그나저나, 메뉴 테스트 중?"

오성환이 어깨를 으쓱였다.

"우리 잘나신 총무님이 어린이 고객 반응을 보고 싶다고 하셨거든. 그런데 정작 본인은 휙 하고 들어가 버리네?"

제니퍼와 오성환 둘은 이미 말을 튼 사이로 보였다.

"뭐, 이미 반응은 본 거 같은걸?"

한편 제니퍼는 그릇을 싹 비워 가는 내 테이블을 보며 싱긋 미소 지었다.

"호불호가 있을 거 같았는데, 마음에 들어?"

"예, 맛있었습니다. 뭐, 그래도 누나 말씀대로 호불호는 있을 듯해요."

오성환이 씩 웃었다.

"그래서 방금은 쟤가 피클을 내놓는 건 어떻겠냐고 하더라고. 하긴, 한국에선 피제리아를 가도 피클을 찾는다니까."

"어라, 괜찮은 아이디어인데? 음, 그럼 우리도 피클을 곁들여 내놓는 게 괜찮겠어."

능청스레 대꾸하는 제니퍼를 보며 오성환이 쓴웃음을 지었다.

"결국 네 생각대로 흘러가는군."

"그나저나 성진이한테 내놓을 다른 요리는 없고?"

"애들한테 그거 한 그릇이면 배가 부를 텐데. 성인 기준으로 준비할 걸 그랬나?"

맞다. 난 이미 배가 부르다.

저녁은 못 먹겠군.

"괜찮잖아? 나도 있고. 조금만 만들어 줘. 적당히. 음, 티라미수 만들어 둔 거 있지 않아?"

"커피 내 달라는 말을 그렇게 빙 둘러 말하냐."

"나는 네가 타 주는 커피가 맛있더라."

그쯤에서 오성환은 고개를 절레절레 저으며 주방으로 들어갔다.

두 사람이 자리를 비우자마자, 제니퍼가 방실방실 웃으며 나를 보았다.

"그래서 공동 창업자님, 쟤들한텐 여기 동업 사장인 걸 비밀로 하는 거야?"

"감추려고 한 건 아닌데, 알아서들 오해하던데요."

"응큼하긴, 언더커버 보스도 정도가 있지. 아, 한국에선 몰래카메라라고 해야 하나? 응?"

"어차피 말해도 믿지 않을 텐데요 뭐. 게다가 누나도 딱히 저에 대해 언급하진 않은 모양이고요."

내 말에 제니퍼는 깔깔 소리 내서 웃었다.

"그렇지. 응, 뭐, 됐어. 그렇다는 건, 레스토랑 경영 전반을 내게 일임한다는 걸로 받아들여도 될까?"

은근슬쩍 기회를 노리는군.

나는 두 손을 들었다.

"처음부터 지분 이상의 권리를 행사할 생각은 전혀 없었어요."

"흐으음, 그렇구나. 하긴, 성진이는 그렇겠지."

'성진이는 그렇겠지' 하고 축약된 말에 왠지 함의가 가득한 것처럼 들렸다.

'……제니퍼는 이미 내 집안 사정도 꿰고 있을 테니, 이휘철의 은퇴 기자회견도 물론 알고 있겠지.'

애당초 작년 말 이휘철이 쓰러지고 나서, 인테리어를 비롯한 각종 오픈 준비는 제니퍼 혼자 도맡아서 했던 참이었다.

손 놓고 있다시피 하던 일에 이제 와서 경영권을 행사하는 것도 모양새가 좋지 않다.

'그것도 이제부턴 달리 고려해 봐야겠지만.'

제니퍼가 말을 이었다.

"그나저나 가게는 어때? 마음에 들어?"

"괜찮은데요."

"그래? 으음. 사실 나는 생각이 좀 달랐거든."

제니퍼가 투덜거렸다.

"여기엔 로망이 없어, 로망이."

"로망?"

"응. 로망. 우리 가게, 명색이 '시저스'라는 이름을 내걸고 있잖아?"

"그렇죠."

"응, 그러니까 좀 더 로맨틱……. 아, 성진이는 로망, 로맨틱의 어원이 로마스럽다, 로마다운 것 등등에서 온 거, 알고 있어?"

제니퍼는 재잘재잘 말을 이어 갔다.

"르네상스 이후 유럽에선 인문 부흥 운동이 일어났지. 그들이 주목한 건 고대의 대제국인 로마였고, 그 과정에서 옛 로마의 찬란한 문화를 다시 주목하기 시작했거든. 그걸 낭만주의 사조라고 부르는데, 낭만은 로망의 일본식 한자 번역일 뿐이고…….."

나는 적당한 선에서 제니퍼의 말을 끊었다.

"……즉, 누나는 가게 컨셉 인테리어를 고대 로마 스타일로 꾸미고 싶었단 건가요?"

로마풍? 나 원, 뭔 유원지도 아니고.

제니퍼가 고개를 끄덕였다.

"맞아. 그런데……. 아니, 아무것도 아니야."

제니퍼는 자연스럽게 말을 고쳤다.

"뭐, 은수나 성환이는 오히려 이게 마음에 든대. 아, 내가 말한 두 사람이 누군지는 알아?"

"네, 누나가 오기 전에 통성명했어요."

나는 대꾸하면서 가게를 휘 둘러보았다.

첫인상은 깔끔하긴 해도 너무 무난한 건 아닐까 싶었는데, 듣고 보니 제니퍼의 취향대로 흘러가지 않아서 참 다행이다 싶었다.

다만.

나는 제니퍼가 슬쩍 돌린 이야기 속에 내가 짚고 넘어가야 할 요소가 있다는 것을 눈치챘다.

조금씩 캐 봐야겠군.

"그런데 백화점에서 바로 오신 건가요?"

"맞아. 아, 그렇다고 쇼핑이나 하면서 놀다 온 건 아니야. 쇼핑이야 뭐 겸사겸사 한 거고. 용건은 따로 있었지."

"그게 뭔가요?"

제니퍼는 씩 웃더니 들고 있던 브리프 케이스에서 서류를 꺼내 짠, 하고 탁자 위에 올려놓았다.

"에헴, 이 누나야가 혼자서 어마어마한 계약을 따 왔다, 이 말이야."

"……."

"……무슨 내용인지 안 궁금해?"

"일단 볼게요."

얼추 짐작은 하고 있었지만, 일의 경중을 확실히 하기 위해 나는 손을 내밀었으나.

제니퍼는 장난스럽게 웃으며 서류를 싹 내빼 버렸다.

"헹."

"뭐 하는 겁니까? 유치하게. 주세요."

"잠깐, 잠깐만. 성진이 너도 뭔가 아는 눈치인데. 무슨 내용인지 눈치챈 거 아니야? 어디 한번 맞혀……."

"백화점 내 식품관에 시저스 매장을 오픈하겠단 내용이겠죠."

"어머머머."

제니퍼는 눈을 깜빡이더니 목소리를 낮췄다.

"있지, 나 황소자리인데."

"……점쟁이가 아닌데요."

"그럼?"

"누나가 업무와 관련해서 백화점에 다녀오신 거라면, 시저스 런칭 외에 뭐가 있겠어요."

"으으음. 그럼, 어느 백화점이게?"

나는 한숨을 내쉬었다.

"……이미 쇼핑백 로고를 봤습니다."

"흐음."

"삼풍백화점이죠?"

그랬다.

원래 역사에서도, 이번 생에서도.

제니퍼는 삼풍백화점에 레스토랑 입점 기회를 따낸 것이었다.

삼풍백화점이라고 하면, 성수대교와 더불어 90년대 대한민국 최악의 인재(人災) 중 하나였다.

1995년 6월 어느 날.

삼풍백화점이 붕괴되며, 6 · 25 전쟁 이후 가장 많은 인명

손실을 낳은 대참사가 벌어진다.

애초부터 부실시공으로 지어진 건물이었고, 이후로도 무리한 증축과 확장을 이어 가며 건물이 견딜 수 있는 하중 이상의 부담이 가해지며 삼풍백화점은 문자 그대로 와르르 무너져 내렸다.

그로 인해 야심차게 출발했던 YS 정부는 성수대교 붕괴에 이어 삼풍백화점 붕괴 사고까지 더해 사고공화국이라는 오명을 뒤집어썼으며, 이러한 대규모 사고 이후 전국적으로 건축법이 강화되는 계기가 된다..

당시만 해도 삼풍백화점은 국내 단일 매장으로는 전국 2위에 준하는 곳이었고, 이 시기엔 좀처럼 보기 힘든 해외 명품 브랜드까지 취급하는 등 공격적인 명품 마케팅을 개시했다.

위치 역시도 강남 한복판이었으니, 오죽할까.

그러니 삼풍백화점은 강남 일대의 돈 많은 사모님들이 애용하는 백화점으로 그 입지가 높았더랬다.

'실상은 캐면 캘수록 가관인 건물이었지만.'

나는 방긋방긋 웃고 있는 제니퍼를 물끄러미 쳐다보았다.

"왜?"

"……."

"……잘한 거 아니야? 칭찬이라도 해 줄 줄 알았는데."

그야 전후 사정을 모르면, 나 역시 제니퍼의 수완에 적잖이 놀랐을 것이다.

아직 검증도 되지 않은 레스토랑을 국내 최고의 백화점 중 하나인 삼풍백화점에 입점시킨다니.

어지간한 역량이 아니고선 해낼 수 없는 일이었다.

'그녀가 원래 가지고 있던 인맥을 사용했을까? 뭐, 사실 그녀의 배경도 만만치 않으니.'

내 생각을 읽기라도 한 양 제니퍼는 얼굴에서 웃음기를 거두더니 팔짱을 꼈다.

"말해 두지만, 내 힘으로, 협상해서 해낸 거야."

"……."

이어서 제니퍼는 얼굴 위로 다시 미소를 드리웠다.

"방금 말한 로맨틱 운운했던 거, 그게 제법 잘 먹혔거든. 왜, 삼풍백화점은 파격적인 인테리어로 이름이 높으니까. 너도 알까 모르겠는데, 옛날에는 그런 분위기의 TV 광고도 했고. 아무튼."

제니퍼가 천천히 말을 이었다.

"그쪽에서도 시저스의 사업 방향에 대해 흥미를 보였어. 그러니 이쪽에서도 나쁘지 않은 조건으로 입점을 허가해 준 거야."

'나쁘지 않은 조건'이라고 했지만, 장래 닥쳐올 대사건에 묻혀 그 내용이 전혀 궁금하지 않을 지경이다.

"별로야?"

"……음."

"보아하니, 성진이 너는 레스토랑 사업에는 흥미가 없는 모양이네. 하긴, 이번 일도 네 사촌인 진명이가 소개해 준 거고."

육촌입니다, 하고 정정해 주고 싶었지만, 그럴 분위기는 아니었다.

나는 이를 어떻게 해야 할지 고민했다.

"……일단."

붕괴가 뻔한 삼풍백화점.

분명 작년에 성수대교의 부실시공이 대대적으로 보도되었음에도 불구하고, 제대로 된 개정은 이루어지지 않았을 공산이 컸다.

'그건 성수대교가 [무너진] 원래 역사에서도 버젓이 이루어진 참사였으니까.'

어떻게 해야 할까.

이번만큼은 주주로서 권리를 행사해서 막아야 하나?

제니퍼와 짧은 대화를 나누는 사이 유니폼 차림의 신은수가 탈의실에서 돌아왔다.

"응? 사이즈가 안 맞았어?"

제니퍼는 방금 전까지 내게 드러내던 불편한 기색을 싹 걷어치우고, 짐짓 밝게 물었다.

"아뇨, 잘 맞아요. 그래도 지금은 영업시간이잖아요?"

"에이, 영업 개시는 아직인걸."

"사장님, 어린이라고는 해도 성진이 역시 엄연히 손님인 걸요. 일은 그렇게 하면 안 돼요."

"……그거 끝난 거 아니야?"

때마침 오성환이 쟁반에 커피와 티라미수를 가져오며 테이블 구석 자리에 앉았다.

"자, 커피 대령."

"고마워. 잘 마실게."

"성진이 너도."

오성환은 내 몫의 커피까지 타 왔다.

그걸 본 신은수가 고개를 갸웃했다.

"애들인데 커피 마셔도 돼요?"

"아, 애들 입엔 좀 쓰려나? 식당이 식당이니만큼 이탈리아식으로 탔거든."

"그런 의미가 아니라, 카페인."

"외국에선 다들 마시던데?"

"……그런가? 그러면 그래도 되나?"

그러거나 말거나 나는 이 시절의 '어린이는 카페인 섭취 금지'라는 상황이 해금된 이 상황에 미소를 지었다.

"감사합니다. 잘 마실게요."

"응. 커피가 좀 쓰긴 할 텐데 티라미수가 있으니까 설탕은 필요 없을 거야. 커피의 쌉싸름한 맛을 디저트로 중화시키는 거지."

"네."

"에스프레소 머신이 있으면 네가 마시기 편한 카푸치노도 가능하겠지만……. 우리 사장님이 사 주질 않더라고. 그래도 명색이 이탈리안 레스토랑을 표방하고 있으니, 주방에 모카 포트는 있어."

보기처럼, 오성환은 조금 틱틱거리는 구석은 있지만 제법 자상하게 챙겨 주는 걸 보니 근본이 나쁜 놈처럼 보이진 않았다.

후룩, 커피를 한 모금 마셔 보니.

머리가 번쩍했다.

'카페인 만세!'

이번 생에 처음 맛보는 커피가 머리를 맑게 해 줬다.

맛도 향도 일품. 역시 이태석이 타 주던 맛없는 홍차와는 급이 달랐다.

"그런데."

오성환이 다리를 꼬며 제니퍼를 보았다.

"왜 계속 오픈을 미뤄 두고 있는 거야? 예의 동업자가 발목을 붙잡고 있기라도 해?"

나는 휙, 고개를 돌려 제니퍼를 보았지만, 제니퍼는 나를 쳐다보지도 않고 미소만 지었다.

"글쎄. 그나저나 커피랑 티라미수, 되게 맛있다. 이럴 거라면 카페를 차려도 되겠는데?"

"……그런 거라면 난 프랑스로 돌아갈 거야."

"농담이야, 농담."

신은수도 포크를 까딱거렸다.

"에이, 그럴 리가요. 듣기로 동업자분은 젊고 부자인 데다 키도 훤칠하고 엄청나게 잘생긴 분이라고 들었는데요?"

뭔 소리야.

나는 제니퍼를 쳐다보았고, 제니퍼는 입꼬리를 살짝 올린 채 어깨를 으쓱였다.

오성환은 그런 신은수를 보며 픽 웃었다.

"젊고 잘생긴 데다가 돈까지 많은 동업자 사장님이라고? 거기에 정체까지 알 수 없다니, 배트맨이냐? 그런 사람이 현실에 어디 있어?"

여기요.

음, 배트맨은 아니고, 아직 '키가 훤칠한' 것도 아니었지만.

"보나마나 제니퍼가 뻥을 친 거지."

오성환의 말에 제니퍼는 실실 웃으며 고개를 저었다.

"아니. 정말이야. 젊고, 잘생기고, 똑똑하고, 돈도 많은 사람 맞아."

거기에 똑똑함 추가.

"그런 게 실존해?"

"왜. 나만 해도 젊고 아름답고 똑똑하고 돈도 많잖아?"

"……자백은."

말은 그렇게 해도 딱히 부정하진 않는 걸 보니, 솔직한 사람이다.

"그래도, 그런 사람이 왜 너랑 동업을 해?"

"뭐, 다 내 인맥이라고 할까."

"……혹시 사귀냐?"

그 말에 제니퍼는 눈을 동그랗게 뜨더니 웃음을 터뜨렸다.

"아하하하, 그럴 리가. 갠 내 취향 아니야."

이하동문이다.

그보다 댁의 취향이 그쪽이라면 응당 경찰을 불러야지.

오성환은 덤덤한 얼굴로 티라미수를 조각냈다.

"하지만 그런 것치곤 코빼기도 안 비치는걸."

"걔, 바쁘거든."

"아무리 바빠도 그렇지. 본인이 투자한 업장에 얼굴 한 번 안 비치는 게 말이 되냐…… 흠, 한편으론 너를 믿고 있다는 의미 아닐까?"

오성환이 자연스럽게 띄워 준 말을 들은 제니퍼는 그녀답지 않게 잠시 곤혹스러워하더니 능청스레 그 말을 받았다.

"얘가 프랑스에서 공부했다더니 왜 이래, 느끼하게."

"넌 사람이 말을 해도 정말……."

오성환의 말마따나 내가 업장을 방치해 둔 건 제니퍼의 능력을 믿고 있었기 때문인 것도 있다.

그녀는 추후 해외 유수의 브랜드를 들여와 본인의 브랜드를 키우고 나중엔 그녀의 형제자매들에게 분할 상속되었던 해림식품의 지분을 인수, 합병. HG푸드라는 제법 걸출한 브랜드로 키워 내니까.

'하지만 그녀가 젊은 시절에 삼풍백화점 사건과 인연이 닿아 있었을 줄은 몰랐는데.'

당시, 많은 사람이 죽거나 다쳤다.

오성환과 제니퍼는 마침 그 자리에 없었던 모양인지 어떻게 살아남아서 그 모습을 비췄지만.

'……신은수는 어떻게 됐을까.'

나는 티라미수 한 입에 행복해하는 신은수를 슬쩍 쳐다보았다.

고작해야 오늘 처음 만난 사이고, 이렇다 할 친분도 쌓지 못한 관계였지만.

어쩌면 죽을지도 모를 뻔한 미래를 앞에 두고 당사자를 방관하는 건 어딘지 속이 뒤틀리는 일이었다.

'……카페인 탓인가.'

이번 생에서 그런 감상적인 생각을 품게 될 줄은 몰랐는데.

'음?'

문득 시선을 느껴 고개를 돌리니, 제니퍼가 자연스럽게 내 눈을 피하며 입을 열었다.

"……뭐, 그렇다고 걔도 아예 일을 하지 않는 건 아니야."

제니퍼는 커피를 한 모금 마신 뒤 말을 이었다.

"그건 내가 오픈을 차일피일 미루고 있던 것과도 무관하지 않고."

"무슨 이야기예요?"

신은수의 말에 제니퍼는 담담하게 대답했다.

"사실 이태원에 있는 이 업장, 상당히 불안정해."

"……자세히 말해 봐."

오성환은 그 낌새를 놓치지 않았고.

제니퍼는 일순 무표정한 얼굴로 커피를 한 모금 마셨다가 미소 띤 얼굴로 잔을 내려놓았다.

"조금 복잡한데, 간단히 말하면 도중에 이 건물의 소유주가 바뀌었어. 처음부터 공공 소유였던 걸, 갑 혼자만의 것인 양 속였던 거야."

"……."

"인테리어도 건물주 소개를 받아서 진행한 건데…… 그 과정에 계약금, 중도금, 그리고 잔금까지 뺑튀기가 됐고. 당시엔 인테리어가 한창인 와중이라 발을 뺄 수도 없게 됐어."

수수께끼가 하나 풀렸다.

'그래서였군. 그래서 업장도 인테리어도 인원도 모두 완성해 둔 상황에서 차일피일 오픈을 미루고 있던 거였나.'

제니퍼의 말을 들으며 곰곰이 생각에 잠겨 있던 오성환은 급기야 인상을 찌푸렸다.

"잠깐, 그러면 그거 사기잖아?"

이 시대는 건물주가 정말로 조물주 대접 받던 시절이었다.

내가 살았던 시절에도 건물주는 '갓물주' 운운하며 불리고 있었지만, 그런 것과 차원이 달랐다.

90년대 당시만 해도 관련한 제도적 장치나 규제가 확립되기 이전이라 말 그대로 건물주가 '방 빼'라고 하면 방을 빼야만 하는 시절이었으니까.

제니퍼는 순순히 긍정했다.

"맞아, 사기야. 중개업자와 건물주, 인테리어 업자까지 다 한통속이 되어 짜고 친 거지. 알아채지 못한 내 불찰이야."

"……"

"게다가 따졌더니 대놓고 배 째란 식으로 나오더라고. 젊은 애들끼리 사업하는 거니까 어떻게 등쳐 먹는 것도 가능하다고 봤겠지만."

하지만.

사람을 잘못 봤다.

제니퍼가 무표정한 얼굴로 말을 이었다.

"……사람 잘못 봤어."

"……그래서?"

제니퍼도 어디서 굴러 들어온 오렌지족 졸부가 아니다.

그녀의 본가인 해림식품 역시도 역사가 깊은, 명색이 뼈대 있는 재벌가 중 하나였고, 그런 그녀가 작정하고 움직이면 그 뒷배를 '평범한' 건물주 나부랭이는 어찌 감당할 수 없을 것이다.

"당연히 민사소송을 넣었지. 흥. 배 째라면 못 쨀 줄 아나. 아주 그득그득 다 쏟아 내게 만들어 줄 거야."

당연해야 할 일이 당연하지 않게 되는 것.

당연한 일은 기본적으로 상호 신뢰를 밑바탕에 두고 있으며, 그 상호 신뢰를 저버리는 것이 사기의 기본이다.

그걸 두고 제니퍼가 미숙했다, 힐난할 수는 없는 노릇이다.

사기는 당한 사람의 잘못이 아닌, 사기를 치는 놈들이 죗값을 받아야 마땅한 일이니까.

'뭐 나도 용산에 그 비슷한 짓을 해 놓고 있었으니 할 말은 없지만.'

제니퍼는 가벼운 한숨을 내쉬며 다시 커피 잔을 손에 들었다.

"그래도 그런 걸 겪고 나니까, 기분이 팍 상해 버렸어."

후룩, 커피를 한 모금 마신 제니퍼는 쓴웃음을 지으며 말을 이었다.

"아무튼 그런 마당이니 터가 안 좋은 건가, 싶기도 했고. 억지로 오픈을 하려면 할 수는 있겠지만, 그 망할 소유주에게 월세는 꼬박꼬박 나갈 테고, 법정 공방이 이어지는 동안에도 서로가 불편할 거야."

이런 경우는 다들 예상하지 못했는지, 사위가 조용했다.

제니퍼는 미소 띤 얼굴로 그 기묘한 정적을 깨트렸다.

"괜찮아, 신경 쓸 거 없어. 전화위복이 됐거든."

"전화위복?"

"응. 그래서 그걸 메꿔 보려고 이걸 준비했지."

그러면서 제니퍼는 브리프 케이스에 도로 넣어 둔 서류를
꺼내 탁자 위에 올려놓았다.

"우리 시저스를 삼풍백화점에 입점한다는 내용이야."

그 말에 이야기가 나오고부터 줄곧 심각한 얼굴이던 신은
수의 표정이 환하게 펴졌다.

"그거 대단한 거잖아요? 삼풍백화점이라고 하면 최고급
백화점이고, 거기에 우리 시저스가 들어서면……. 아, 그래
서 백화점엘?"

"응. 그랬지."

제니퍼의 미소로 모든 게 만사형통인 분위기가 될 뻔했지
만.

오성환이 끼어들었다.

"그런데 또 뭔가가 안 풀린 모양이군."

제니퍼는 빙긋 웃으며, 내게는 시선도 주지 않은 채 오성
환의 말을 받았다.

"응. 동업자는 그게 내키지 않는 모양."

"삼풍을 마음에 안 들어 하는 거야?"

"뭐, 글쎄. 그런 걸 수도 있고."

즉, 제니퍼는 자신의 불찰을 수습하기 위해 동분서주했고, 그 와중에 '대어'를 물어 온 셈이었으나.

그녀 스스로 아무 상의 없이 홀로 뒷수습에 힘썼다는 건, 어쩌면 젊어서 가능한 치기일 수도 있고.

동시에 국민학생에 불과한 내 앞에서 자존심을 구기기 싫었던 것일 수도 있었다.

'그런데 악덕 건물주를 피해 간 곳이 삼풍백화점이라니. 정말로 마(魔)가 끼었다고밖에 볼 수가 없군.'

오성환이 투덜거렸다.

"이거 참. 삼풍이 마음에 안 들면 대체 뭐가 마음에 든단 건지. 그 자식 또라이 아니야?"

뭐 인마?

그 와중 제니퍼는 싱글싱글 웃었다.

"어머, 정말 그런 건가?"

"……어쨌거나 지금까지 뒷짐 지고 지켜만 보다가 이제 와서 명분 없이 반대나 하고 있는 거라면, 또라이 맞지. 성진아, 안 그러냐?"

카페인 때문일까, 이번 생의 나답지 않게 조금 욱했다.

"다 사정이 있겠죠."

"사정은 무슨……. 그리고 보니 너한텐 어려운 이야기였을 건데, 다 알아들은 거냐?"

내가 '당연하지' 하고 대답하려는 찰나 신은수가 웃으며 끼어들었다.

"주방장님이 굳이 물어보니까 그런 거죠. 우리 성진이는 사람 없는 곳에서 아무나 욕하고 그러는 애 아니에요."

아닌데? 그러잖아도 오성환이 없는 자리에서 본인 욕을 해 줄 예정인데?

"언제 봤다고 벌써부터 '우리 성진이'래. 아니지. 설마하니 은수 너, 이름도 얼굴도 모르는 잘생긴 부자님을 편드는 건 아니지?"

"그러는 주방장님도 아까 전엔 우리 사장님을 믿어서 그렇다는 둥 동업 사장님을 포장해 주셨으면서, 입장이 손바닥 뒤집듯 바뀌네요."

"그땐 사정을 몰랐으니까. 이런 일일 줄 알았으면 안 그랬어."

그쯤 해서 제니퍼가 짝짝, 손뼉을 치며 주위를 수습했다.

"자자, 아무튼."

주위를 환기한 제니퍼는 내 어깨에 손을 올리며 말을 이었다.

"너무 그러진 마. 그간 사정을 밝히지 않은 내 탓도 있고. 그래도 이번 일로 다들 우리 시저스가 오픈을 미루고 있던 사정은 알았지?"

신은수와 오성환은 떨떠름한 얼굴로 고개를 끄덕였다.

그 와중 오성환이 나를 보며 말을 붙였다.

"너도 일부러 찾아와 줬는데, 왠지 제대로 해 준 것도 없는 거 같아 미안하다."

"아니에요. 잘 먹었습니다."

"다음에 정리 좀 되면 다시 찾아와. 기깔나는 걸로 하나 차려 줄 테니까."

"네."

나는 적당히 눈치를 보며 대꾸했고, 제니퍼는 미소 띤 얼굴로 모두를 보았다.

"그러면 시간도 늦었고 하니까, 다들 퇴근해. 나는 성진이랑 데이트나 할 테니까."

오성환이 무표정한 얼굴로 제니퍼를 보았다.

"너, 설마."

"……집에 바래다준단 의미야. 농담도 못 하니?"

"어, 흠, 뭐."

오성환이 머리를 긁적였다.

"그러면 나는 정리해 두고 알아서 갈게. 설거지도 해야 하고."

신은수도 미소를 지었다.

"저도 도울게요."

"……접시나 깨지 마."

제니퍼는 씩 웃으며 자리에서 일어섰다.

"그래, 그럼. 먼저 일어날게. 다들 수고했어."

그리고 나는 제니퍼와 둘이서 가게를 빠져나왔다.

'할 말이 많은 얼굴이군.'

그건 피차 마찬가지였다.

나는 가게 앞에 주차되어 있던 제니퍼의 새빨간 스포츠카에 올라탔다.

"집에다 바래다주면 되지?"

"네."

"S동?"

"맞아요."

제니퍼는 시동을 건 뒤 차를 몰았다.

지면에 바짝 붙은 것 같은 낮은 차체는 마치 바닥을 기어가는 듯한 기묘한 느낌마저 주고 있었다.

전생에도 그랬지만, 이래서 스포츠카는 싫다.

이태원을 벗어날 동안 아무런 말도 꺼내지 않던 제니퍼가 마침내 입을 뗐다.

"성진이는 이번 상황이 마음에 안 드는 모양이네."

"예?"

"아까 전부터 줄곧 뚱한 얼굴이어서."

제니퍼는 조수석에 앉은 나를 힐끗 쳐다보곤 핸들을 꺾었다.

"혹시…… 직원들이 마음에 들지 않아서 그래?"

"그럴 리가요. 깊게 알게 된 건 아니었지만 다들 좋은 사람으로 보였어요."

내 대답에 제니퍼는 전방을 주시한 채 입가로 미소를 지었다.

"응, 그런 건 아니겠더라. 그래도."

제니퍼가 담담히 말을 이었다.

"전화위복이었어. 너도 계약 내용을 봐서 알겠지만, 우리 입장에선 나쁘지 않은 조건이야. 매출의 일부를 떼어 주긴 하지만, 그 정도면 삼풍의 네임 밸류를 감안해도 나쁘지 않지?"

"그렇죠."

나는 순순히 인정했다.

제니퍼는 '그런데 뭐가 문제야?' 하는 얼굴로 나를 힐끗 쳐다보았다.

"……"

그렇다고 해서, '근 시일 내에 삼풍백화점이 폭삭 무너져요. 물리적으로.' 하고 대답하기도 난감한 노릇이어서, 나는 머릿속으로 적당한 구실을 떠올리느라 애를 썼지만.

'……안 되겠어. 적당한 구실이 떠오르질 않아.'

내가 난처해하는 사이, 제니퍼가 슬쩍 어림짐작을 했다.

"나도 이해는 가. 나라도 화가 날 테니까. 너한테 아무런 상의도 없이 일을 진행해 버려서."

제니퍼는 이번 삼풍백화점과 체결 직전까지 간 계약이 그 자체보다도, 동업자인 나와 상의도 없이 진행해 버리는 바람에 내가 화가 났으리란 어림짐작을 담아 오해하고 있었다.

제니퍼가 슬쩍 말을 이었다.

"아니면……. 역시 뉴월드백화점이랑 이야기해 볼 걸 그랬나?"

나는 무심결에 그런 게 아니라고 대꾸하려다가 입을 다물었다.

나도 제니퍼가 삼풍백화점이 아닌 다른 백화점과 계약을 맺었다고 하면 이런 반응으로 답하진 않았을 것이다.

오히려 제니퍼의 수완을 인정하고 칭찬을 아끼지 않았으리라.

'굳이 뉴월드백화점을 들먹일 필요도 없어. 문제는 역시, 그게 삼풍백화점이라는 점이야.'

나는 레스토랑에 있던 신은수와 오성환의 얼굴을 떠올렸다.

고작해야 오늘 처음 얼굴을 마주한 사이에 불과한 데다 설령 그들이 없어도 내 인생엔 하등 영향이 없다.

하지만.

삼풍백화점 붕괴 사건으로 그중 누군가는 이 세상에서 사라질 예정일지도 모른다.

'그걸 바꿀 수 있다면 바꾸는 게 응당하지. 운명 따

원…….'

음.

'왠지 나답지 않은걸. 카페인 탓인가?'

냉정하게, 합리적으로 생각하자.

'맞아. 삼풍백화점이 무너지도록 내버려 두는 건 나에게도 하등 좋을 게 없는 일이야. 그러니 불쾌할 뿐. 거기에 잘만 하면…….'

나는 침묵을 깼다.

"……맞아요."

"응?"

"저도 명색이 동업자인데, 저하곤 아무런 상의도 없이 그렇게 큰일을 진행해 버리면 어떡해요? 서운해요."

내 투덜거림에 제니퍼가 움찔하더니 나를 보았다.

"그런 거였어?"

거기엔 내 감정적인 대응을 향한 희미한 웃음기까지 곁들여져 있었다.

"미안. 그도 그럴 게…… 요즘엔 너도 무척 바빴잖아. 이런 저런 일로 곤란하게 만들고 싶지 않았어."

"그래도 한 번쯤 상의는 할 수 있었던 거잖아요."

"아하하, 미안. 앞으론 주의하도록 할게."

"네, 부디 그렇게 해 주세요."

내가 시트에 등을 파묻으니, 제니퍼가 웃었다.

"후후."

"왜 웃어요?"

"아니, 그냥. 성진이도 아직 어린애구나, 싶어서."

"……흥."

일부러 퉁명스레 말을 받으며, 나는 생각했다.

'그래, 여기까진 예정된 수순이라 치자고.'

그걸 뒤엎는 건, 내가 할 일이었다.

'……정 안 되면 투자금을 회수한 뒤 손절하는 것도 방법이니.'

하지만 그건 어디까지나 최후의 수단이다.

잠정적으론 보류해 두기로 하자.

"다녀왔습니다."

다녀왔더니, 이휘철이 거실 소파에 앉아 책을 읽다가 고개를 들었다.

"오, 왔느냐."

은퇴 이후엔 정말로 집에만 있네.

이휘철은 읽던 책을 덮으며 말을 이었다.

"제법 늦었구나. 한군 남매는 진즉에 하교를 마쳤던데."

"예. 오픈 예정 중인 레스토랑엘 잠시 다녀왔습니다."

내 대답에 이휘철은 턱을 긁적였다.

"레스토랑? 아, 그래. 아침에 관련해서 이야기를 나누었지."

이어서 이휘철이 물었다.

"어떻든?"

"으음……."

뭐라고 말을 해야 할까.

표면상으론 아무런 문제도 없는데.

나는 잠시 고민하다가 순순히 답하기로 했다.

"실은 다소 문제가 있습니다."

"호오."

이휘철은 그게 마치 나쁘지 않은 소일거리라는 양, 흥미를 보였다.

"그래, 어디 한번 들어 보자. 무슨 일이 있었던 게냐?"

나는 이휘철에게 미래에 있을 삼풍백화점 붕괴만 빼놓고 대강의 사정을 설명했다.

차분히 내가 하는 이야기를 모두 들은 뒤, 이휘철은 무표정한 얼굴로 고개를 끄덕였다.

"대강 사정은 알았다."

이어서 이휘철이 씩 웃었다.

"어처구니없는 일에 휘말리긴 했으되, 결과만 놓고 본다면 전화위복이라 할 수 있겠지. 하나 성진이 너는 어째서인지 이를 좋게 보지 않는구나."

"……."

이휘철은 나를 물끄러미 쳐다보았다.

"이제 와서 경영권의 지분에 욕심이 생긴 것은 아닐 것이고. 삼풍백화점과 계약 내용이 마음에 내키지 않았느냐?"

"아닙니다. 계약 내용 자체는 저도 놀랄 만큼 잘 뽑혔더군요."

"그러면?"

무어라 답해야 할까.

미래의 확정 요소를 모두 밝힐 수는 없는 노릇이기에 나는 에둘러 답했다.

"정상적인 경영을 하는 곳이라면 이제 막 런칭하는 패밀리 레스토랑과 덥석 계약할 리가 없으니까요."

"하하하핫, 제법 재밌는 말이구나. 그저 느낌뿐으로 내켜 하지 않는다? 하하하핫."

이휘철이 웃음을 터뜨렸다.

동시에, 나는 그 눈 아래서 서늘한 안광이 번뜩이는 걸 본 듯했다.

"……하나."

이휘철은 웃음기를 거두며 말을 이었다.

"삼풍백화점이라고 했겠다, 네 느낌이라는 것도 아주 이해하지 못할 바는 아니다."

이휘철이 이렇게 내 편을 순순히 들어 줄 줄은 몰랐는데.

"느낌이건 어쨌건, 사업엔 운이라는 것도 배제할 수 없는 요소지. 소위 자수성가했다고 떠들어 대는 작자들 대부분은 자신이 가진 운의 요소를 배제하곤 한다."

운이라.

"케케묵은 이야기다만, 진인사대천명(盡人事待天命)이라고들 하지. 최근엔 그걸 오용하는 못난 녀석들도 있긴 하나, 나는 그 말 자체를 부정하진 않는다."

이휘철은 내 얼굴을 물끄러미 쳐다보았다.

"하늘의 뜻을 온전히 헤아리는 건 불가능하다. 하지만……. 클클, 하늘의 뜻 운운하려니 사이비 교주가 된 것 같군. 어디, 말을 고쳐 볼까."

짧게 생각하던 이휘철이 고개를 주억거렸다.

"그래, 흐름 정도면 적절하겠어. 어떤 일이건 그것을 촉발하는 원인이 있다. 우리는 그 근원을 헤아리려고 발버둥을 치지. 그렇기에 그 변수를 줄이려 정보를 모으고 옛일을 되짚어 여기까지 오게 된 원인을 알아내려 하는 것이다."

이휘철이 히죽 웃었다.

"사실, 네가 해 온 것도 감에 의존한 것이 대부분이고."

"……."

뜨끔했다.

정확히는 내가 미래에 벌어질 일을 알고 있기에 이를 연역

해 내는 것들이었으나, 이휘철이 보기엔 이조차 순전히 '근거가 부족한 운'으로 보인 모양이다.

'따지고 보면 딱히 틀린 말도 아니고.'

이휘철이 턱을 매만졌다.

"그런 의미에서 네 생각과 내 견해가 어느 정도 일치하는구나."

"할아버지의 '느낌'인가요?"

"클클, 그래. 내 '느낌'이라고 할 수 있지."

이휘철이 냉소했다.

"내 경우는 삼풍백화점의 신기현 회장을 보고 떠올린 느낌이다만, 경영의 기본은 결국 사람을 보는 것 아니겠느냐."

사람이라.

"할아버지께선 삼풍백화점의 신기현 회장을 알고 계신가요?"

"알다마다. 뭐 아주 잘 안다거나 친한 사이라곤 말할 수 없지만 내게도 몇 번인가 얼굴을 비치려 노력하더구나."

"……어떠셨습니까?"

이휘철이 입매를 비틀었다.

"가까이 두고 싶은 인물은 아니었다."

이휘철이 말을 이었다.

"그 나름대로 자수성가……이긴 하되, 편법을 정석처럼 생각하는 작자지. 삼풍백화점이 원래는 백화점이 들어설 부지가 아니었단 것도 이 업계에선 공공연한 비밀이고."

"그랬습니까?"

"음. 뭐, 원랜 그자도 건축쟁이었다. 시멘트밥 먹던 자가 무슨 바람이 불었는지 백화점 유통 사업에 발을 들이밀더니 저 모양이더군."

"그랬군요."

나 또한 단편적으로는 알고 있던 정보였지만, 이휘철은 관련해서 제법 상세히 아는 모양이었다.

"어쨌건 우리 손자의 감이 그렇다고 하니, 찍어 두고 뒤를 캐 보면 뭐라도 나오겠구나."

왠지 모르게 의미심장하게 들리는 말이었다.

"그나저나."

이휘철이 턱을 긁적였다.

"어쨌건 어디까지나 그 그룹의 회장이 그렇단 이야기다. 보통 어지간해선 그런 윗선과 줄이 닿을 일도, 닿을 필요도 없는 일이야."

"……."

그럼에도 불구하고, 이휘철 역시 그 스스로 어떤 촉을 발동시킨 모양이었다.

"어쩔까. 이 할애비가 움직여 보랴?"

나는 생각하다가, 이휘철을 보았다.

"만일 움직이신다면 어떻게 하실 건가요?"

"……크크크."

이휘철은 얼굴 가득 미소를 머금었다.

"그럼 동의하는 걸로 알고…… 일단은 두고 보려무나. 어차피 일선에서 물러나 하릴없는 늙은이가 움직이는 일이니 밑져야 본전이지."

"……."

이휘철이 기지개를 켰다.

"그럼, 필요한 게 생각나면 네게 말해 주마. 생각보다 오래 붙들고 있었군. 너도 이만 들어가 보거라."

"예, 할아버지."

나는 이휘철이 이번 일을 어떻게 받아들이고 행동에 옮길지 짐작조차 못한 상황에서 그 자리를 떠났다.

시저스의 일이 진행되는 동안, 나는 미리부터 준비하고 있던 사무실 이전을 실천에 옮겼다.

'사무실 이전!'

삼광건설—그러니까 현재는 인수합병을 마쳐 삼광물산—이 지어 올린 신축 빌딩은 분당에 자리를 잡고 있었다.

'여기가 SJ컴퍼니의 사옥이 될 거야.'

아직 내장 공사도 채 이루어지지 않은 미완공 상태였지만,

높이 솟아 오른 빌딩을 보고 있으려니 왠지 남다른 감회가 물씬 느껴졌다.

'이제야 사장이라는 직함이 좀 실감나네. 아직까진 현찰이 부족해 온전히 내 것만은 아니지만……'

현재 빌딩의 지분은 삼광물산과 나눠 가지고 있는 상황.

그래도 6 : 4 정도로 내 지분이 조금 높았다.

'이러니저러니 해도 꾸준히 돈을 벌어들일 캐시 카우 역시 적지 않았고, 한컴의 지분까지 포함하면 비율은 더 올라갈 거야.'

마침 플레이스테이션이 일본에서 출시되며, SJ소프트웨어가 퍼블리싱을 맡은 각종 리메이크 게임 역시 시장에 절찬리 유통되고 있었다.

게다가.

한편 천희수가 발족한 아이돌 육성 사업도 제법 진행되고 있었는데.

"마 실장님, 이번에 회사를 신사옥으로 옮기고 나면, 아직 계약 기간이 남은 기존 건물은 개조해서 아이돌 연습실로 쓸까요?"

내 말에 곁에 서서 빌딩을 올려다보고 있던 마동철은 고개를 저었다.

"아뇨, 거긴 해당 용도로 쓰기엔 조금 무리가 있습니다."

"무리가 있다고요?"

"예. 아무래도 아이돌 연습생들이 사용한다고 하면, 막힘 없이 탁 트인 공간이 있어야 하는데……. 빌딩 구조상 기둥을 배제한 증축은 위험합니다."

"아, 그렇군요. 그러면……."

"방송국이 몰려 있는 여의도 근처에 적당한 건물이 있을 겁니다. 근처를 알아보도록 하죠."

"그렇군요. 예. 그럼 부탁드릴게요."

나는 문득, 어렴풋하게 머릿속에 남아 있던 광경을 떠올렸다.

작년, 구사옥에 입주했을 당시 윤아름의 요청으로 SJ엔터테인먼트를 7층에 자리 잡게 한 그날.

마동철은 공실 내부를 둘러보며 대략적인 설비 예산을 측정하고 있었더랬다.

방금도 제법 그럴듯한 건축학적 이유를 대며 용도 변경에 반대하는 입장을 보였고.

'이거, 어쩌면…….'

나는 시치미를 떼고 마동철을 불렀다.

"마 실장님."

"예."

"혹시, 인테리어 좀 아세요?"

"인테리어 말씀입니까?"

마동철은 조금 당황하더니 그 속을 감추려는 양 일부러 무표정한 얼굴로 내 말을 받았다.

"잘 아는 건 아닙니다."

"그래요? 제가 보기엔 안목이 있으신 것 같던데."

"별것 아닙니다."

마동철이 머리를 긁적였다.

"어디서 조금 주워들은 정도죠."

그 스스로는 어째 과거를 들추고 싶어 하지 않는 눈치였지만.

그 정도만 되어도 충분했다.

"흐음. 그래도 일가견이 있으신 건 분명하군요?"

"저보다 뛰어난 전문가도 얼마든지 있습니다만. 어째서 그런 걸⋯⋯?"

나는 발걸음을 돌렸다.

"일단 차로 돌아가서 이야기를 나누죠."

우리는 마동철의 차에 올랐다.

차 문을 닫고, 나는 마동철에게 말을 건넸다.

"마동철 실장님."

"예."

"저랑 일 하나 합시다."

"⋯⋯무슨 일입니까?"

나는 자동차 뒷좌석에 등을 기댔다.

"지금부터 마동철 실장님은 제가 따로 고용한 전문 인테리어 업자가 되는 겁니다."

"……영문을 모르겠군요."

"왜요, 그때 보니까 연기 잘하시던데요."

유상훈과 용산에서 뻥카를 치던 일을 언급하자 백미러 너머 마동철은 쓴웃음을 지었다.

"그땐 그냥 가만히 서 있기만 했습니다만."

"그 정도면 충분합니다."

"……?"

"그럼 동의하시는 것으로 알고, 이태원으로 출발하시죠. 사정은 가면서 말씀드리겠습니다."

"……알겠습니다."

마동철은 어안이 벙벙한 모습이긴 했지만, 그래도 내가 시키는 대로 얌전히 차를 몰았다.

"아, 가는 길에 도구 몇 개만 사죠."

"도구요?"

"소품이에요, 소품."

"……예."

간단한 준비를 마친 뒤, 우리는 시저스로 갔다.

시저스엔 내 연락을 받은 제니퍼가 기다리고 있었는데, 그녀는 마동철과 나를 번갈아 보더니 내게 고개를 돌렸다.

"누구시니?"

"아, 누나. 이쪽은 제가 알아본 인테리어 업자분이세요.

마동철 실장님, 여기는 레스토랑 시저스의 대표인…… 제니 퍼입니다."

마동철은 사무적으로 솥뚜껑만 한 손을 내밀었다.

"마동철입니다."

"……아, 네. 반가워요."

제니퍼는 얼떨떨한 얼굴로 마동철과 악수를 주고받은 뒤.

"성진아, 잠시만."

"예? 아, 네."

내 어깨를 쥐고 구석으로 이끌었다.

"인테리어 업자?"

"네. 저번에 그런 일이 있었잖아요? 그래서 믿을 만한 사 람을 데려왔는데……."

"너, 발이 넓구나? 국민학생인데도."

"어쩌다 보니까 그렇게 됐네요."

"그래, 믿을 만한 사람이니?"

제니퍼의 질문은 다른 의미겠지만.

그와는 별개로 그간 마동철을 지켜보며, 나는 마동철이 내 편임을 확신하고 있었다.

"네."

"그래? 으음. 하긴. 내 취향이긴 한데."

"……예?"

제니퍼는 허둥지둥하는 기색도 없이.

"아무것도 아니야. 그보다."

씩 웃는 얼굴로 말을 고쳐 이었다.

"그러면 너도 사실상 삼풍백화점 건은 동의하는 거구나? 화난 건 풀렸어?"

그럴 리가.

하지만 그런 척할 필요는 있었다.

"우선 장소부터 알아볼까 해요."

이제 내가 마음을 돌려먹은 것이라 생각하는 걸까, 제니퍼는 아무런 문제도 없다는 양 픽 웃었다.

"그건 문제없지. 그러잖아도 마침 그쪽도 5층 식당가 코너를 확장하면서 공실이 제법 됐거든. 쇠뿔도 단김에 뽑으라고, 움직일까?"

"……그러세요."

실행력 하난 알아줘야 할 사람이군.

잠시 나와 작당을 마친 제니퍼는 영업용 미소를 지으며 마동철에게 돌아왔다.

"실례했어요. 커피라도 타 드릴까요?"

"아뇨, 괜찮습니다. 조금 서두르고 싶어서."

그사이 건물을 둘러보고 있던 마동철은 정중하게 사양했다.

"미리 듣긴 했지만 깔끔하게 꾸미셨군요. 이 상태로 영업을 개시해도 괜찮을 것 같습니다만."

"아, 그래요? 다른 건 못 들으신 모양이네요."

"예?"

"여기는 임시로 마련해 둔 장소일 뿐이고, 정식 영업은 삼풍백화점에서 실시할 예정이에요."

"삼풍백화점 말씀입니까?"

마동철은 짐짓 놀란 듯한 얼굴을 보였다.

서당개 삼 년이면 풍월을 읊는다고, 매니저로 잔뼈가 굵은 마동철은 내빼던 것과 달리 내가 기대한 이상의 좋은 연기를 보여 주고 있었다.

제니퍼가 물었다.

"백화점은 처음이신가요?"

"예?"

"아뇨, 그러니까 백화점에 인테리어 하는 거요. 그래도 걱정하실 필요는 없어요. 거기서도 증축 및 확장에 최대한 자율 재량을 맡겼거든요."

"아뇨. 백화점이라는 것까진 저도 언질을 들어서 알고 있습니다. 그렇다기보단……."

마동철은 말끝을 흐리며 제니퍼에게 여지를 남겼다.

"무슨 일인가요?"

"아뇨, 소문일 뿐입니다. 저도 제 눈으로 확인한 건 아니어서."

"소문……."

제니퍼는 눈을 가늘게 뜨고 나를 힐끗 쳐다보았다.

설마하니 의도적으로 마동철을 뀐 건 아닐까, 하는 의심을
한 모양이지만.

어디까지나 막연한 심증에 지나지 않을 것이다.

제니퍼는 경계하는 눈으로 마동철을 보았다.

"무슨 소문인가요?"

"예?"

"아, 죄송해요."

제니퍼는 태연하게 머리를 쓸어 넘겼다.

"저도 초짜 사장이다 보니 조금 불안하거든요. 최대한 리
스크는 줄이고 싶어서."

"아, 예."

마동철은 담담하게 제니퍼의 말을 받았다.

"그리 공공연한 비밀은 아닙니다. 사장님께서도 방금 '증
축 및 확장에 최대한 자율 재량을 맡겼다'고 말씀하셨죠?"

"네, 맞아요. 그런데요?"

"아무 규제도 없이 말입니까?"

"……그건 일이 진행되어 봐야 알겠죠."

마동철은 고개를 주억거렸다.

"……흠. 그 부분은 저도 제 눈으로 확인해 봐야 확신할
수 있겠군요. 괜찮으시다면 그쪽, 삼풍백화점으로 자리를 옮
겨도 되겠습니까?"

우리는 도착한 지 얼마 되지 않아서, 마동철의 차와 나눠 올라타 삼풍백화점으로 향하기로 했다.

제니퍼의 차는 2인승 스포츠카여서 그런 것도 있었고.

제니퍼가 마동철의 차를 기웃거렸다.

"실례가 아니라면 그냥 한 번에 타고 가도 될 거 같은데요. 차도 깨끗하고요. 흐음, 묘하게 향기도 나는데요?"

그야, 원래 용도는 윤아름 수송용이니까.

마동철은 당황하는 기색도 없이 제니퍼의 말을 받았다.

"방향제를 두었거든요."

"담배는 안 피우시나 봐요?"

"아, 예."

"의외네요. 인테리어 하시는 분은 다들 담배를 피우실 거라는 선입견이 있었는데."

"그렇습니까."

정작 마동철은 철벽을 치며 나를 힐끗거렸다.

어쨌건 마동철은 지금 인테리어 업자를 연기하는 중이었으므로, 말이 길어져 정체가 탄로 나지나 않을까 저어하는 눈치였다.

'하긴, 제니퍼가 트렁크 뒤 칸에 잔뜩 실려 있는 여아용 옷과 화장품을 본다면 무슨 반응을 보일지 나도 궁금하긴 해.'

변태 아니면 범죄자, 또는 둘 다겠지.

"이 일을 하신 지는?"

마동철이 차에 기대어 대답했다.

"……혹시 포트폴리오가 필요하십니까?"

"아뇨, 아뇨. 그야 실장님은 성진이가 소개해 준 분이시니까 실력은 틀림없겠죠."

"저, 괜찮으시다면 먼저 출발해도 되겠습니까?"

"아, 죄송해요. 성진이는 어떻게 할래?"

나는 제니퍼의 차에 타기로 했다.

얼마 지나지 않아 제니퍼가 백미러에 비치는 마동철의 차를 보며 슬쩍 물었다.

"그런데 성진아, 성진이는 저분과 어떻게 알게 된 사이야? 자연스러운 조합은 아닌 거 같은데……."

마동철과 동행했으면 이런 이야기를 받아칠 임기응변이 필요했겠지.

나는 어렵지 않게 둘러댔다.

"백하윤 선생님이 소개해 주셨어요."

"백하윤 선생님……?"

제니퍼는 곰곰이 생각에 잠기더니 휙 하고 나를 돌아보았다.

"설마 바이올리니스트 백하윤 말이야?"

"네. 아세요?"

"그럼! 나도 그 정도 교양은…… 아니, 개인적인 친분이 있다는 건 아니지만. 그런데 성진이 너는……? 아."

제니퍼는 그녀가 알고 있을 사모와 나, 백하윤의 관계에 대해 얼추 짐작하곤 고개를 끄덕였다.

"하긴, 그렇겠네. 명선 언니, 아니 너희 어머니도 유명한 바이올리니스트니까."

나는 언뜻 그녀가 사모를 '언니'라고 칭하는 것을 신경 썼지만, 그녀가 호칭을 일부러 정정하는 걸 알고선 이를 내색하지 않고 본론에 집중했다.

"네. 사실 어떻게 된 거냐면……."

훌륭한 거짓말이란 원래 일말의 진실을 조미료처럼 섞어 가며 말하는 법이지.

나는 자연스럽게 그쪽으로 화제를 전환했고, 그걸 통해 백화점으로 가는 동안은 제니퍼의 마동철에 관한 관심을 잠재울 수 있었다.

"자, 다 왔네."

나는 제니퍼의 말에 입을 다물고 창밖으로 보이는 삼풍백화점을 바라보았다.

'그러고 보니 여길 와 보는 건 전생을 통틀어서도 처음이군.'

옅은 핑크색으로 외벽을 칠한 삼풍백화점은 이 시기 단일 매장으로 국내 2위의 규모를 자랑하는 만큼, 압도적으로 거대했다.

'저게 머지않아 폭삭 무너져 내린단 말이지…….'

나는 뒷덜미로 끼쳐 오는 아찔한 감각을 느끼며 삼풍백화점에 들어섰다.

　정부가 OECD 가입을 위해 로비를 펼치는 95년 대한민국의 금리는 안정적이었고, 수출은 호재였으며 모든 것이 잘 굴러가는 것처럼 보였다.

　사치품에 관한 수요는 하늘 높은 줄 모르고 치솟았다.

　빚도 자산이라는 말은 이 시기에 유행하기 시작한, 이 시대를 대표하는 문구였다.

　수많은 기업이 은행에서 아끼지 않고 돈을 빌렸으며, 대출금은 기업이 가진 재무제표의 자산 항목에 기입되는 숫자를 크게 부풀렸다.

　저금리, 호경기의 시대.

　빚을 내서 투자하는 것이 상식인 시대.

　무수한 대출 요청을 막힘없이 받은 은행은 해외에 채권을 팔아 치우며, 대한민국은 이제 조금씩 수렁에 빠져들 준비를 이어 가는 중이었다.

　이즈음 삼풍백화점 또한 공격적인 확장세를 펼치고 있었다.

　95년도에는 이름만 알려졌다 뿐인 유럽 명품 브랜드를 직

수입해 매장을 들이고, 강남구와 서초구 일대의 부유한 고객
층을 끌어들이는 데 힘썼다.

　호황기에 걸맞은, 이른바 교과서적인 투자 전략이었다.

　동시에 물 들어올 때 노 젓는다고, 삼풍백화점은 활발한
마케팅과 내부 개수 등을 활발히 진행하고 있었다.

　"여기예요."

　우리는 관계자를 대동하고 시저스가 입점 예정이라는 5층
식당가 코너를 둘러보았다.

　5층 일대는 한창 확장 공사 중이었고, 이미 공사에 들어간
식당들도 더러 보였다.

　"어때, 성진아. 괜찮지?"

　"……그러게요."

　확실히, 그녀가 말한 대로 장소도 나쁘지 않았고, 매장 넓
이도 샐러드 뷔페 패밀리 레스토랑을 지향하는 시저스의 조
건에 부합하는 크기를 자랑했다.

　'하지만 왠지, 대놓고 밀어주는 거 같은데.'

　그때, 정장을 갖춰 입은 중년 남성이 다가왔다.

　"오셨습니까?"

　"아, 네. 안녕하세요. 또 뵙네요. 오늘은 인테리어 견적을
확인해 보려고 찾아왔어요."

　"그러셨군요. 아, 소개가 늦었습니다. 저는 삼풍백화점 경
영전략팀의 신정환 전무라고 합니다."

그는 '어떠냐'는 식의 우쭐거림이 내포한 말씨로 마동철에게 자신을 소개했으나.

어차피 그런 일에 주눅 들 마동철도 아니었고, 그는 이런 일에 내성이 있었다.

"인테리어 시공업자인 마동철입니다."

"아, 예. 그러셨군요."

그나저나, 전무라고 하면 결코 낮은 직급이 아닐 터인데.

이런 자리에 직접 동행해 안내한다라.

"이쪽 어린이 손님께선?"

나는 그에게 웃으며 대답했다.

"누나 따라 구경 왔어요."

내 귀여운 대답에 제니퍼와 마동철은 무표정한 얼굴을 했지만, 신정환 전무에겐 무난하게 먹혔다.

아니, 뭐, 그렇다고 제3자에게 동업자라고 소개하긴 뭣하지 않나.

"어이쿠, 그랬구나. 암, 현장학습, 중요하지. 귀여운 동생이군요."

신정환이 내 머리를 쓱쓱 쓰다듬었다.

손 치워라.

마동철이 슬그머니 끼어들었다.

"그런데, 생각보다 부지가 넓게 책정된 듯합니다만."

"실은."

신정환 전무가 웃는 얼굴로 말을 받았다.

"저희도 명색이 국내에서 내로라하는 삼풍백화점이 아니겠습니까. 회장님께선 모든 것이 최고여야 하고, 모든 것에서 앞서가야 직성이 풀리시죠. 그런 의미에서 아직 브랜드화하지 않은 시저스의 경우는 입점에 상당히 고심했습니다만, 여기 계신 사장님의 비전과 안목, 그 열정을 보고서 저희 또한 투자할 가치가 있다고 여겼습니다."

말은 제법 청산유수이나.

원래 말 많은 놈들은 뭔가를 숨기려는 경향이 있기 마련이다.

그러면서 은근슬쩍 자신들을 갑의 위치에 놓으려는 관계자의 말을 한 귀로 흘려듣고 있으려니, 제니퍼는 의기양양한 얼굴을 보였다.

"에헴, 성진아. 들었지?"

"아, 예."

한편, 관계자는 슬그머니 우리를 살피고 있었다.

선글라스를 쓴 덩치에 오렌지족으로 보이는 여성, 그리고 국민학생.

당최 무슨 조합인가 싶었으리라.

그럼에도 불구하고 '안 됩니다' 운운하는 갑질을 행사하지 않고 있다는 건.

'제니퍼의 뒷배경을 조사했단 거로군. 하긴, 그러니 전무

쯤 되는 직급이 직접 나서서 진두지휘 중인 거겠지.'

제니퍼는 이번 계약을 그녀 스스로의 능력이라고 생각하고 있었던 모양이지만, 딱히 그렇지만은 않은 걸까.

"그런데 저희는 되도록 서둘러 공사에 들어갔으면 합니다만."

신정환이 제니퍼를 보며 말을 이었다.

"가능하면 다음 분기 행사에 일정을 맞춰 두고 싶어서요."

"아, 네. 그래서 오늘은 인테리어 견적을 짜 두려고요."

"그러셨습니까? 다행이군요."

그는 웃는 얼굴로 마동철을 보았다.

"그럼 일은 언제부터……."

한편 마동철은 보란 듯이 사전에 챙겨 온 줄자며 평형계를 들고서 연신 주위를 측량하는 중이었다.

신정환은 그런 마동철의 모습에 선뜻 말 붙이기가 어려웠는지, 자연스럽게 고개를 돌려 제니퍼를 향했다.

"벌써 업무에 들어가셨군요. 그럼 살펴보시죠. 저는 이만 실례하겠습니다."

"아, 네. 감사합니다."

"아 이럴 게 아니라 이제부턴 출입증이 필요하실 듯한데, 발급해 드릴까요?"

"부탁드릴게요. 성진아, 잠깐 다녀올게. 마 실장님도 수고하세요."

제니퍼와 신정환이 떠나자마자, 마동철은 차르륵, 줄자를 접어 허리춤에 끼웠다.

"……이거 참."

마동철은 혀를 내두르더니 나를 돌아보았다.

"사장님, 이건 연기가 아니라 제 눈으로 봐도 엉망인데요."

"그렇습니까?"

"예. 사장님께 미리 말씀을 들어서 발견한 것도 있습니다만 어째서 이런 건물이 버젓이 영업을 하고 있는 건지……."

무사안일주의의 콩깍지가 벗겨지고 나면, 달리 보이는 것도 있는 법이다.

마동철은 선글라스를 아래로 슬쩍 내리며 맨눈으로 주위를 살폈다.

"오면서 쭉 보았습니다만, 이 건물은 애당초 기둥으로 하중을 분산하는 구조로 설계되어 있습니다. 즉 이 건물의 무게를 기둥으로 버티고, 그 무게 부담을 균등하게 나눠 가져가야 하는 것인데……."

"……."

"흠. 흠."

전문적인 설명을 이어 가려던 마동철은 헛기침을 하곤 평형계를 꺼냈다.

"이럴 게 아니라 직접 보시죠."

그리고 마동철은 바닥에 휴대용 평형계를 내려놓았다.

우리는 쪼그려 앉아 평형계가 작동하는 것을 지켜보았다.

바닥에 놓인 평형계 속에 든 조그만 쇠구슬은 명백히 한쪽으로 기울어져 있었다.

"제 생각인데……."

마동철이 평형계를 회수하며 말을 이었다.

"이곳 삼풍백화점은 애당초 백화점을 건설할 수 있도록 허가가 난 장소가 아닐 겁니다."

나는 고개를 끄덕였다.

"……그렇죠."

이휘철은 착수한 지 얼마 지나지 않아 산더미 같은 관련 서류를 긁어모아 왔다.

내게 아직 그 정도 정보력은 없었고, 또 이휘철이 그런 걸 요청한 적도 없었으니, 이는 이휘철이 아직도 그 손에 쥐고 있는 힘의 일부였으리라.

어느 무더운 날 갑자기 삼풍백화점이 무너져 내렸고, 수많은 사망자와 실종자를 낸 그 대참사는 연일 신문 전면을 장식했더랬다.

그때 뉴스로 알려지던 비리와 정경 유착의 정보가 지금, 이휘철을 통해 고스란히 내 손으로 들어온 상태였다.

"애당초 이곳 부지는 삼풍아파트의 근린 시설로 지어질 예정이었습니다."

내 말에 마동철이 선글라스 너머 눈을 가늘게 떴다.

"사장님께선 미리 파악하고 계셨군요."

"예."

애당초 삼풍백화점은 원래 삼풍 기업이 지은 삼풍아파트 근처에 종합 상가의 형태로만 들어설 예정이었다.

하지만 삼풍 기업 측은 편법과 불법을 교묘하게 넘나들며 완공 직전 백화점으로 용도를 변경했고, 기존 뼈대 위에 아슬아슬한 증축을 이어 갔다.

그 과정에는 물론 불법이 있었다.

마동철은 내게서 고개를 돌리며 선글라스를 다시 고쳐 썼다.

"하면, 이번에 저를 인테리어 업자로 위장한 채 레스토랑 입점 장소로 대동한 건……. 처음부터 흠결을 잡아 이를 포기하도록 하기 위함이었습니까?"

"……."

삼풍백화점이 무너진 당시의 전생에 나는 내 앞가림조차 제대로 하지 못한 어린아이였다.

그런 내가 지금은 삼풍백화점 한복판에 들어와 부하 직원을 대동하고 삼풍백화점의 부실 공사를 알아보는 중이었다.

내게는 미래를 바꿀 힘이 있었다.

"……다른 요소도 고려하고 있습니다."

"다른 요소…… 말씀입니까?"

마동철은 의아하다는 듯 물었다.

제법 냉철하게 건물을 살폈던 그도 '암만 그래도 건물이 무너질까' 하는 생각까진 사고가 미치지 않은 듯했다.

나 역시도 거기까지는 밝힐 수 없는 노릇이어서, 대강 둘러댔다.

"아직 계획 중인 이야기예요."

"그러면 시저스 입점은 이대로 진행하실 예정입니까? 개인적으로는 추천해 드리지 않습니다만. 사실, 사장님께서도 그러기 위해 저를 데려온 것이 아닙니까?"

"글쎄요. 두고 보시죠."

대답하긴 했으되.

그렇다고 해서 알량한 정의감이나 책임감에서 착수한 일은 아니다.

어느 정도 미래의 지식을 꿰고 있는 몸이긴 하지만, 세계평화 같은 막연한 이상주의에 나를 맡기는 건 애당초 말도 되지 않는 이야기였다.

나는 미래에 닥쳐올지도 모를 내 위기 하나조차 그 실마리를 잡지 못했다.

지금의 나는 예정된 죽음이라는 그 미래에 소극적인 대처방안을 내놓으며 나 스스로를 지켜 가고 있을 뿐이었다.

「클클, 이거 잘만 하면 제법 큰 돈놀이를 할 수 있겠군.」

내게 자료를 건네던 이휘철의 웃음소리가 지금도 귓가에 선연히 들리는 듯했다.

"어때요?"

제니퍼는 돌아오자마자 물었고, 우리는 입을 다물었다.

마동철은 내 눈치를 잠깐 살핀 뒤 사전에 협의한 대로 대답했다.

"이대로 진행하시겠다면, 조만간 견적을 내 보겠습니다."

내겐 마동철의 내키지 않는다는 어조가 은연중에 느껴졌지만.

"좋아요."

정작 제니퍼는 그런 낌새를 눈치채지 못했는지, 아니면 내색하지 않는 건지 활짝 웃으며 고개를 끄덕이곤, 미소 띤 얼굴로 나를 슬쩍 쳐다보았다.

"뭐 그 전에 동업자의 허락이 떨어져야 하지만……."

나는 어깨를 으쓱였다.

"별수 없죠. 이대로 진행하세요."

"후후후, 이 녀석 보게?"

제니퍼가 내 머리를 마구 헝클어트렸다.

"너도 막상 와 보니 좋으면서, 아닌 척하긴."

"하지 마세요."

"아휴, 하는 짓도 생긴 것처럼 귀여우면 얼마나 좋을까. 얼굴이 아깝다, 얼굴이."

제니퍼는 내 머리에서 손을 떼곤 마동철을 돌아보았다.

"그러면 조만간 계약서를 보내 드릴게요. 주소가 어떻게 되시죠?"

"우선 견적을 맞춰 보겠습니다. 견적서를 보시고 계약을 결정하시죠."

제니퍼에겐 마동철의 교과서적인 대답이 마음에 든 모양이었다.

"……그럴까요. 아, 그럼 여기. 이거 받으세요. 출입증이에요."

"감사합니다."

"슬슬 점심때인데, 식사나 하실래요? 시저스는 준비해 둔 게 없어서 힘들지만 모처럼 삼풍백화점까지 왔으니……."

나는 그쯤에서 끼어들었다.

"아, 저는 선약이 있어서요."

"선약?"

"네, 변호사랑 점심 약속이 있어요."

내 말에 제니퍼는 조금 어처구니없다는 듯 나를 보더니 고개를 저었다.

"국민학생이 변호사랑 점심 약속이 있다니. 민사라도 진행 중이야? 혹시 학교에서 누가 너 때리니?"

"그럴 리가요."

"……흥. 됐어, 그럼. 마동철 실장님은요?"

마동철 역시 내가 없는 자리에서 임기응변으로 거짓말을 이어 갈 자신이 없었던 건지, 아니면 달리 이유가 있었던 건지.

그는 정중하게 제니퍼의 요청을 사양했다.

"죄송합니다. 말씀드렸다시피 저도 일감이 밀려 있어서……. 다음에 함께하시죠."

"네에. 흐으음, 두 번 연속으로 퇴짜를 맞다니, 나도 한물간 건가."

우리는 투덜거리는 제니퍼를 대동하고 공사가 한창인 백화점 식당 코너를 나섰다.

"그럼 다음에 또 봐요."

마동철과 작별한 뒤, 제니퍼가 나를 쳐다보았다.

"약속 장소가 어디야? 바래다줄게."

"감사합니다."

"얘도 참. 당연한 걸 가지고."

얼마간 차를 몰고 가면서, 제니퍼가 입을 뗐다.

"좋은 분으로 보여. 이럴 줄 알았으면 진작에 성진이 너랑 상담할 걸 그랬네."

제니퍼는 이태원에서 당한 사기를 떠올리며 자조적인 미소를 지었다.

"이제라도 늦지 않았으니 다행이죠."

"응. 그런데 마동철 실장님, 기혼이셔?"

"……제가 알기론 미혼인데요. 왜요?"

"아아니, 그냥."

설마.

나는 제니퍼를 보다가 고개를 저었다.

'거기까진 내가 관여할 바가 아니지.'

얌전히 차를 몰던 제니퍼가 나를 힐끗 쳐다보았다.

"그런데, 나 없는 사이 무슨 이야기했어?"

"왜요?"

"음. 실은 아까 전부터 실장님이 줄곧 내키지 않는단 눈치여서."

대강 눈치채고 있으면서 우리 앞에선 일부러 내색하지 않은 거였군.

나는 마침 구실이 생긴 김에 담담히 대답했다.

"작년에 성수대교가 무너질 뻔한 건 알고 있죠?"

내 말에 제니퍼가 움찔하더니 나를 보았다.

"그런 일이 있었어?"

전혀 몰랐다는 눈치였다.

'내 개입으로 인해 실제로 무너져 내리질 않았으니, 일반 대중의 인식 수준은 그 정도인가.'

원래 역사에선 두고두고 회자될 만한 사건인데도.

'원래는 삼풍과 더불어 붕괴 사고의 대명사로 취급되던 성수대교가 이번에는 단순히 부실시공이 있었다는 정도에서

그치고 마는군.'

나는 그러한 역사의 변곡점에 아이러니함을 느끼며 말을 이었다.

"작년에 하마터면 성수대교가 무너질 뻔한 일이 있었거든요."

"어머……. 하긴 왠지 출입을 통제하고 있더라니."

작년이긴 해도 제법 큰 뉴스거리였는데, 그것도 몰랐나.

제니퍼는 내 시선에 무안한 듯 변명처럼 내뱉었다.

"으음, 작년이랬지? 그땐 외국에 나가 있을 일이 많아서. 언제쯤인데?"

"오뉴월쯤 돼요."

"그럼 나 한국에 없을 때 맞네. 그래서?"

"뭐 다행히 그런 일이 있기 전에 방지할 수 있었죠. 관련해서 대대적인 언론 보도가 있었고, 지금은 재보수가 끝났어요."

"그런 일이 있었구나……. 그런데 이번 일이랑 그게 무슨 상관이 있어서?"

그래도 오히려 제니퍼가 이번 일을 자세히 모르고 있단 점이 내겐 유리하게 통했다.

"그때 관련해서 정부의 대대적인 전수조사가 있었거든요. 그중에 삼풍백화점도 끼어 있었다고 해요."

하지만 삼풍백화점에 관한 조사는 제대로 이루어지는 일 없이 흐지부지되고 말았던 듯했다.

애당초 공무원들에게 뇌물을 먹여 가며 진행한 부실 공사였고, 증축, 확장이었다.

공공 기관도 아닌 삼풍백화점이니 미꾸라지처럼 법망을 빠져나가는 건 일도 아니었겠지.

제니퍼가 속내를 감춘 얼굴로 입을 열었다.

"그랬구나. 근데 실장님이야 업계 쪽 분이니 그렇다 쳐도, 너는 그런 걸 어쩜 그렇게 잘 알고 있는 거야?"

"그걸 보도한 언론이 제 친구네 집이었거든요. 또, 제 당숙…… 진영이 형의 아버지 회사에서 성수대교 재보수 사업을 진행 중이기도 하고요."

"아하……."

제니퍼는 그제야 납득했단 얼굴로 고개를 끄덕이곤 핵심을 물었다.

"……그래서 삼풍백화점이 무너지기라도 할 거란 소리니?"

정답이다.

하지만 암만 신중하다고 해도, 거기까지 마음에 걸린다는 건 편집증적인 면모로 비칠 여지도 있었다.

또한 그 당시 실제로 다리가 무너진 것도 아닌, 그럴 가능성만 있는 상황에서 사전에 방지해 낸 일이었으니.

나는 일부러 고개를 저었다.

"설마요. 하지만 그런 이야기를 들으니 저도 걱정이 되긴 해요."

"……그래."

제니퍼는 내 걱정을 기우로 일축해 버리려다가 입을 굳게 다물었다.

입을 다문 채 차를 모는 제니퍼의 표정은 복잡했다.

어쨌거나 안전과 관련해선 아무리 조심해도 지나칠 일이 없고, 또 단순히 걱정할 것 없다고 퉁치고 넘어가려니 그녀의 입장에서도 뒤가 조금 켕기긴 했을 테니까.

'일단은 계기만 던져 둔 상태로 만족해야지.'

나도 이번 이야기만으로 제니퍼가 물러나리란 생각은 하지 않았고, 그녀의 뜻을 되돌리려면 좀 더 결정적인 구실이 필요하단 것도 인지하고 있었다.

'또, 그건 이미 작업 중이니까.'

제니퍼가 차를 세웠다.

"도착했어."

"감사합니다."

그보다, 이어서 중요한 본론.

"아, 맞다."

나는 아차 하는 척하며 제니퍼를 보았다.

"마동철 실장님께 출입증 드리는 걸 깜빡했네요."

"아, 그렇지. 내 정신 좀 봐. 나도 깜빡했네."

"저에게 주시면 제가 따로 만나서 전해 드릴게요."

제니퍼는 잠시 생각하다가 고개를 끄덕였다.

"으음……. 그래, 알았어. 수고롭지만, 부탁할게. 미안해."

"아뇨, 뭘요. 당연히 해야 할 일인 걸요."

그렇게 나는 공사 중인 식당가에 출입할 권한을 손에 넣었다.

그 뒤, 나는 예정대로 유상훈 변호사를 만나 점심을 함께 했다.

이제는 단골이 된 중식당에서, 유상훈 변호사는 직원이 세팅을 마치고 나가자마자 입을 열었다.

"일이 사장님 계획대로 흘러가고 있습니다."

"어떤 거 말씀인가요?"

"하하핫, 워낙에 계획대로 흘러가는 일이 많아서 그런가, 사장님도 파악을 못 하시는군요. 이거 실례했습니다."

이어서 유상훈은 서류를 꺼내 중식당 원형 테이블에 올리고, 빙그르 돌려서 내게 건넸다.

"작년 이맘때쯤 진행하던 일산출판사 건입니다."

"아, 그거군요."

당시, 나는 일산출판사와 CD로 엮은 디지털 대백과사전 사업을 추진하며 어처구니없을 지경의 조건으로 거래를 채

결한 바 있었다.

그리고 내 예상대로 일산대백과사전은 대한민국의 교육 풍토 속에서 공전절후의 대히트를 기록했으며, 그 덕에 국내 PC 보급률까지 상승하는 반사이익까지 누렸다.

그러며 이제는 하나둘, 일산디지털대백과사전의 아류가 모습을 드러내는 와중이었다.

"이제 사장님 승인 사인만 받으면 끝입니다. 한번 검토해 보시죠."

나는 서류를 들여다보았다.

"계약 파기를 조건으로 채권을 양도한다……. 이 정도면 나쁘지 않군요."

이어서 나는 그 자리에서 만년필을 꺼내 서명을 마쳤다.

나는 유상훈이 했던 방식대로 중식당 테이블을 통해 서류를 돌려주었고, 유상훈은 싱글싱글 웃는 얼굴로 서류를 챙겼다.

"그러고 보니 새삼 제가 사장님을 모시게 된 지도 벌써 1년이나 되었나 싶군요."

"아직 1년을 다 채운 건 아닙니다만."

"어라. 설마 1년을 다 채우는 날에 보너스라도 주실 예정입니까? 하하하!"

유상훈은 넉살 좋게 웃음을 터뜨렸다.

그리고 유상훈은 그 웃음에 이어 미소를 머금은 채로 말을 이었다.

"그나저나 이번 건으로 일부 처분은 해냈습니다만 아직 삼
광전자의 채권은 적잖이 남아 있습니다. 이제 경영권이 이태
석 사장님께 돌아가 좋게 마무리된 뒤여서 드리는 말씀입니
다만, 자칫하면 삼광전자 측에서 채권 양도에 따른 감사가
있었을지도 모를 일이었죠."

"예. 얼마든지 트집을 잡으려면 잡을 수 있었겠지요."

나는 자스민 차를 한 모금 마셨다.

"하지만 그쪽도 긁어 부스럼 만들고자 하진 않았을 겁니
다. 만에 하나 아버지의 경영권 방어가 좋지 않게 흘러갔다
하더라도, 명목상 SJ컴퍼니는 삼광전자의 자회사니까요. 삼
광전자 측에서도 채권을 쥐고 있는 편이 우리를 조종하기 쉬
울 거라 생각했을 공산이 큽니다."

"비즈니스적으로 접근하시는군요."

"그들에게도 개인적인 감정은 없을 테니까요. 애당초 정
말로 양도를 받았으면 모를까…… 형태상으론 합법적이지
않습니까."

내 대답에 유상훈은 웃음기를 살짝 걷어 냈다.

"흐음, 왠지 사장님께서는 이렇게 될 줄 알고 예상하셨던
듯이 들리는걸요."

어느 정도는.

전생에도 이휘철의 죽음 자체는 기정사실이었고, 이태석

은 어떤 방식으로든 경영권 회복에 힘썼다.

하지만 그 자체가 온전한 확정 요소는 아니었다.

이태석은 유능한 사람이긴 했으나, 전생에도 그는 공석이 된 삼광 그룹의 회장직을 계승하기 위해 동분서주, 그즈음 IMF가 터져 주는 등 어느 정도 운이 따라 주기도 했으므로.

나는 시치미를 뗐다.

"그럴 리가요. 어느 일이건 무리해서 지름길로 가려다가 고꾸라지는 경우도 있기 마련이니 정석을 밟은 겁니다. 그러니 제가 해 온 일은 일종의 보험료라고 생각하시면 될 듯합니다."

유상훈이 쓴웃음을 지으며 고개를 저었다.

"정말이지, 하시는 말씀을 듣고 있다 보면 국민학생답지 않군요."

"새삼스레 말이죠?"

"하하핫, 자각은 하시는군요. 뭐 저야 유능한 사장님을 모시는 게 지복이긴 합니다만."

글쎄.

오히려 내가 유상훈의 입장이었다면 무능하고 게으른 상사를 쥐락펴락하는 걸 더 선호하지 않았을까.

'아니. 이성진 아래서 휘둘리던 시절을 생각해 보면 꼭 그렇지만도 않나.'

어쩌면 이성진은 생각보다 유능했을지도 모른다.

그게 아니면 내가 그를 조종할 만큼 유능하진 않았거나.

'……지금이라면, 또 모르겠군. 의미 없는 가정이지만.'

그즈음 코스 요리의 애피타이저가 나와서 우리는 자연스러운 침묵에 들어갔다.

유상훈은 게살스프를 두어 입 떠먹곤 먼저 침묵을 깨트렸다.

"그러면 사장님께선 앞으로도 당분간은 남아 있는 채권을 처분하실 생각은 없으신 겁니까?"

"예."

나는 스푼을 내려놓았다.

"아직은 그걸 무기로 쓸 일이 남아 있거든요."

"무기라……. 하하, 이거 참."

"오히려 부채 비율을 좀 더 늘려야 할지도 모릅니다."

"예?"

유상훈이 눈을 깜빡였고, 나는 보란 듯 미소를 지어 보였다.

"무기라니까요."

"……제게는 왠지 그 무기가 양날의 검처럼 들리는군요."

나는 고개를 끄덕였다.

"무기란 쓰기 나름이니까요."

3장

저녁 즈음해서 집으로 돌아오는데, 저택으로 들어가는 입구에서 우연히 이태석을 만났다.

"이제 오는 모양이구나."

"예, 다녀왔습니다. 아버지."

"그래. 일단 들어가자."

이태석은 내 어깨를 툭 하고 치더니 앞장서서 집으로 들어갔다.

'기분이 좋아 보이는걸.'

요즘 회사 일이 잘 풀리는 건지, 이태석은 바쁜 나날을 보내는 와중에도 활력이 넘쳐흘렀다.

이태석을 따라 집으로 들어갔더니, 만삭의 사모가 현관 부근까지 나와 우리를 반겨 주었다.

"다녀왔습니다."

"어머, 오늘 둘이 함께 있었어요?"

이태석은 사모를 보며 희미한 미소를 지었다.

"입구에서 만났어."

"후후후."

"왜?"

"아뇨. 언젠가는 둘이서 나란히 출퇴근하는 날도 오겠다 싶어서요."

사모의 말에는 이태석도 픽 웃어 버렸다.

"그것도 나쁘지 않지. 그나저나 당신, 몸은 괜찮아?"

"네. 오늘은 우리 쌍둥이가 얌전하네요."

사모의 배는 출산 예정일에 비해서도 많이 부풀었고, 알아 보니 태내에 쌍둥이가 들어섰단 이야기를 들었다.

'원래는 존재한 적도 없는 이성진의 동생이, 그것도 둘이나 추가되다니.'

이걸 어떻게 받아들여야 할지.

'이희진에 이어 조기교육의 대상이 또 늘었군.'

내 교육의 성과인지는 몰라도, 이희진은 나를 잘 따르고 있었다.

"오빠아~!"

마침 이희진은 내 품으로 달려와 와락 안겼다.

"응. 희진이 잘 있었어?"

"응! 다녀와써요!"

사모는 그런 이희진을 보며 미소를 지었다.

"희진아, 아빠한테도 인사해야지."

"응. 아빠, 다녀와써요."

이희진은 내게 안긴 채 고개만 돌려 꾸벅 숙이곤 다시 내 다리에 얼굴을 비벼 댔다.

그리고 그걸 보는 이태석의 표정이 제법 착잡해 보였다.

'전생부터 이희진에겐 팔불출 구석이 있던 이태석인데, 아빠보단 오빠를 더 따르니.'

후계 구도는 이로써 안정권인가.

이태석은 떨떠름한 표정을 감추며 입을 열었다.

"……아버지는?"

"아버님은 서재에 계세요."

"은퇴 이후인데도 왠지 바쁘신 거 같군."

그렇게 말하며 이태석은 나를 물끄러미 쳐다보았다.

"그러고 보니 아버지가 너랑 뭔가 하시려던데. 또 무슨 일을 하려는 거냐?"

"나중에 말씀드릴게요."

"흠."

그때, 서재에 들어가 있던 이휘철이 거실로 설렁설렁 걸어 나왔다.

"이거 참, 요즘은 부자(父子)가 모여 있는 얼굴을 보기가 힘들구나."

"다녀왔습니다."

"다녀왔습니다, 할아버지."

이태석과 나는 이휘철에게 인사했고, 이휘철은 그런 우리를 번갈아 보더니 고개를 돌렸다.

"그래도 오랜만에 저녁 식탁이 가득하겠군. 다들 적당히 채비를 마치려무나."

이휘철의 말마따나 저녁 식사 자리는 오랜만에 이휘철 직계가 모두 모였다.

사모가 주도해 분위기를 이끌었고, 밥공기가 반쯤 덜어질 즈음.

"아, 그렇지."

이태석이 수저를 내려놓았다.

"성진아, 네가 부탁한 제품의 목업이 나왔다."

"일찍 나왔군요?"

이태석이 고개를 끄덕였다.

"그래. 네 말마따나 소프트웨어가 중요하지, 내부 기기 자체는 간단한 포팅만으로 끝날 일이더구나."

"예."

"뭐, 핵심은 그 변환에 필요한 프로그램 자체일 뿐이고. 그러니 이번에 걸린 시간은 사실상 금형에 걸린 기간이라고 보면 될 거다."

이휘철이 흥미를 보였다.

"무슨 이야기냐?"

"아, 예. 성진이가 우리 삼광에서 음향 기기를 생산하지 않겠느냐고 하더군요."

"음향 기기? 워크맨이나 CD플레이어, 오디오 같은 거 말이냐?"

"예."

이휘철은 탐탁지 않은 듯한 얼굴을 했다.

"그건 딱히 우리가 기술적 우위에 설 만한 사업은 아닌데. 애당초 그쪽 분야는 파나소닉이며 소니 같은 해외 기업들이 꽉 잡고 있으니."

이 시기, 삼광전자에서도 CD플레이어며 오디오, 컴포넌트 같은 음향 재생 기기를 취급하고 있었다.

하지만 이는 오롯이 삼광전자의 기술력으로 생산되는 것이 아닌, 국내외 중소기업에 OEM 방식으로 하청을 맡겨 삼광전자의 브랜드를 붙여 판매하고 있는 것에 불과했다.

'생각 이상으로 노하우가 적잖이 필요한 업계였어.'

나도 이번 생에 들어서 음악과 관련해 접점이 생기다 보니 학습한 것인데, 음향 기기는 브랜드별로 '곡 해석'이라 불리는 것이 다 달라서 같은 음악이라도 재생 기기에 따라 디테일한 부분은 천차만별로 나뉘었다.

이를테면 어느 브랜드는 저음을 강조하는 경향이 있고, 어느 브랜드는 고음의 선명도가 높은 식이다.

이러한 노하우는 후발 주자들이 하루아침에 따라잡기 힘든 것이어서, 음향 기기는 결국 전통의 강자들만 남아 그들만의 리그를 이어 가는 레드 오션 시장이기도 했다.

결국 음향 기기 시장은 이들 '사운드 디자이너'라고 불리는 고급 전문 인력들과 시간이 만들어 낸 기술의 집합체로, 삼광전자가 이제 와서 끼어든다고 한들 '계륵'에 불과한 결과만을 낼 것이 뻔했다.

'선택과 집중……인 거지.'

그러니 작금의 삼광전자 측에서도 어디까지나 구색 갖추기용으로나 음향 기기를 취급하고 있을 뿐이었고, 결국 이런 음향 기기 일체는 대리점에서 먼지만 풀풀 날리는 신세이기 일쑤였다.

실제로 삼광전자는 추후 OEM 방식으로 그 명맥만 이어 가고 있던 음향 기기 사업을 전면 개편, 급기야는 철수하기에 이른다.

'하지만 나중에 스마트폰 시장이 열리고 보조 디바이스가 각광받고 나선 조금 후회하게 되지.'

그 뒤엔 그제야 부랴부랴 다시금 신규 TF를 긴급 소집하게 되지만, 소 잃고 외양간 고치는 격이었다.

그러니 신규 사업으로 음향 기기를 언급하는 이태석을 이휘철이 못마땅해하는 것도 당연한 일.

하지만 이태석은 이휘철의 핀잔에도 아랑곳하지 않았다.

"글쎄요. 내용물을 알고 나면 생각이 바뀌실 겁니다."

"내용물이라. 그러면……."

모처럼 단란한 식탁이 다시금 업무 이야기로 흘러갈 분위기가 되자, 사모가 툴툴거렸다.

"아이 참. 두 분, 업무 관련한 이야기는 식사들 마치고 따로 하셔야죠. 음식이 식겠어요."

사모의 말에 이태석이 빙긋 웃었다.

"이번엔 당신 도움도 조금 필요할 것 같아서."

"저요?"

"응. 당신도 한번 들어 보고 의견을 개진해 줬음 좋겠어."

매번 사업 이야기가 나올 때마다 꿔다 논 보릿자루처럼 있어야 하던 사모는 이번 일에 자신이 필요하다고 하니, 기쁨에 겨워 못 이기는 척 한 수 접어 주었다.

"정 그러시다면 어쩔 수 없죠. 아버님도 흥미로워하시고요."

"그래."

이태석은 사모에게 애정이 듬뿍 묻어나는 미소를 보낸 뒤 자리에서 일어섰다.

"그럼 잠시 방에 다녀오겠습니다."

이태석이 자리를 뜨자마자 이휘철이 나를 보았다.

"너희 둘, 대체 무슨 작당을 하고 있는 거냐?"

나도 이태석이 이런 식의 자리를 마련했으리라곤 생각하지 못했기에 조금 당황하긴 했지만, 그 연출법이 나쁘지 않았다.

"선입견을 심어 줄 수도 있으니 저는 입 다물고 있을게요."

"선입견? 흐음, 뭔가 있긴 있구나. 그것도 다분히 주관의 영역에."

이휘철의 성격엔 선입견을 줄 수도 있다는 말 자체가 이미 선입견을 심어 주고 만 모양이지만.

오히려 조금쯤 의심하는 자세를 만들어 두는 것도 괜찮겠단 생각이었다.

잠시 후 이태석이 실사용 제품과 외견상 별다른 차이가 보이지 않는 목업 CD플레이어와 이어폰을 가지고 돌아왔다.

'이거 참, 이태석 나름의 프리젠테이션인가.'

나는 거기서 이태석이 의도한 바를 조금 눈치챘지만, 일부러 침묵했다.

"아버지, 들어 보시죠."

"음."

이휘철은 이태석이 건넨 이어폰을 귀에 꽂고 잠시 침묵했다.

집중해서 음악을 듣던 이휘철은 이내 이어폰을 귀에서 뽑으며 이태석을 쳐다보았다.

"이게 뭐 어떻단 거냐?"

"그렇다면 성공이군요."

"음?"

어리둥절해하는 이휘철을 남겨 두고 이태석은 사모에게도
이어폰을 건넸다.

"당신도 들어 봐."

"네."

사모는 진지한 얼굴로 음악을 듣다가 고개를 갸웃했다.

"응?"

"어때?"

"잠시만 기다려 줘요."

사모는 눈을 감고서 몇 초가량 음악을 더 듣곤 이어폰을
빼냈다.

"기계에 문제가 있는 거 아니에요?"

"흠……. 역시 전문가에겐 다르게 들리는 모양이군."

"전문가……."

사모는 소리 없이 웃었다.

"그보다, 어때? 가감 없는 감상을 들려줘."

"으음."

사모는 잠시 생각하다가 조금 진지한 얼굴로 대답했다.

"조금 이질적이에요."

"이를테면?"

"이를테면……. 매끈매끈하다고 해야 할까요?"

"매끈매끈?"

"지금은 그 정도 감상뿐이에요. 저라면 이 기계로 음악을 듣진 않을 거 같은데."

이른바 혹평이라면 혹평이랄 수 있는 견해였지만, 이태석은 오히려 만족스럽단 얼굴을 했다.

"그거 마침 연구소 직원들의 견해와 일치하는군."

"어머, 그래요? 당신도 참."

사모가 어처구니없다는 듯 웃었다.

"다 알고서 하신 거군요."

이휘철이 손을 내밀었다.

"아가, 나도 다시 한번 들어 보마."

"네, 아버님."

사모에게서 이어폰을 건네받은 이휘철은 잠시 음악을 듣더니 고개를 끄덕이곤 이어폰을 빼냈다.

"그 말을 듣고 보니 그런 듯도 하구나. 하지만 나 같은 막귀는 누군가 말해 주지 않고선 눈치 못 챌 정도이긴 하다."

이어서 이휘철이 입꼬리를 올리며 이태석을 보았다.

"이 정도 선이 네가 의도한 바겠지?"

"예. 정확히는 성진이의 계획이지만요."

"성진이가?"

모두의 시선이 내게 모였다.

그쯤해서 나는 상황을 설명하기로 했다.

"방금 전 두 분이 들으신 건 MP3라는 겁니다."

MP3.

지난번 독일인 한스의 방문 이후, 나는 이태석의 중계를 통해 그와 연락을 주고받는 중이었다.

당시만 하더라도 이태석은 '식사 자리에서 할 이야기가 아니'라며 관련 주제를 일축해 버렸으나, 속내는 달랐던 모양이었다.

그는 짧은 설명만으로 MP3가 가진 잠재성을 파악했고, 바쁜 와중에도 관련 정보를 긁어모은 뒤 신중하게 움직였다.

그 결과물 중 하나가 지금 이태석이 들고 있는 CD플레이어였다.

"아하, 그때 들었던……."

한스와 이야기가 나올 당시 그 자리에 있었던 사모는 기억이 나는지 고개를 주억거렸고, 이휘철은 그런 우리를 보다가 불쑥 끼어들었다.

"MP3? 곡명이냐?"

이휘철의 말에 나는 고개를 저었다.

"아뇨, 확장자명입니다. 기존 CD에 녹음되는 확장자명은 WMA, 이번에 들으신 곡의 확장자명은 MP3……. 간단히 말해 파일을 보관하는 한 형태라고 보시면 됩니다."

이휘철은 대강 알아들은 양 고개를 끄덕였고, 사모는 여전히 조금 헷갈리는 눈치였지만 얌전히 내 말을 경청했다.

"그렇구나. 그럼 취향은 배제하고 네가 말한 MP3 확장자 파일이 가진 장점이 있겠지?"

이휘철은 일의 핵심을 파악하고 곧장 파고드는 면이 있었다.

나는 고개를 끄덕였다.

"예. MP3로 변환 시, 음원의 손실을 감수하고 해당 파일이 가진 용량을 대폭 줄일 수 있습니다."

"용량이라……. 그래, 어느 정도냐?"

이태석이 내 말을 대신 받았다.

"파일에 따라 다르지만…… CD 한 장에 대략 200곡 내외입니다."

"호오."

이태석이 씩 웃었고, 사모도 MP3가 그 정도일 줄은 몰랐다는 양 눈을 동그랗게 떴다.

"그건 그렇고."

이휘철은 떨떠름한 얼굴로 턱을 만졌다.

"그게 전부냐?"

이태석과 나는 이휘철을 바라보았다.

"무슨 말씀이십니까?"

이태석의 점잔 뺀 물음에 이휘철은 팔짱을 꼈다.

"어쨌거나 그 자체엔 이럭저럭 잠재성이 있다는 건 나도 알겠다. 다만, 그 정도에서 그쳐서야 우리 회사의 수익성과 직접적으로 연결되는 것은 아니다."

이휘철의 말마따나.

"우리는 어디까지나 전자 회사다. 뭐, 성진이야 그쪽 음반 업계에 조금 발을 걸쳐 두고 있긴 하나, 네가 보여 준 건 어디까지나 CD플레이어에 불과하지. 또, 그 자체는 어디서나 흔히 볼 수 있는 것에 지나지 않고."

이태석은 동의하듯 고개를 끄덕였다.

"그렇긴 합니다만……."

"이번 일로 인해 시장 자체가 거대해져 우리가 떼어 먹을 파이 조각까지 커지는 걸 노리는 것이면 모르되, 그래서야 다른 놈 배 불려 주는 꼴밖에 되질 않지. 그게 아니라면……."

그때 이휘철이 무슨 생각을 떠올렸는지 입을 꾹 다물더니 눈을 예리하게 빛냈다.

"그러고 보니 요즘은 컴퓨터로도 음악을 듣는다고 하던데."

"……그렇습니다."

이태석이 긍정하자, 이휘철은 빙긋 웃었다.

"어쨌건, CD-ROM을 기준으론 수록곡이 백 단위를 오간다 이거지. 그렇다는 건 소비자가 컴퓨터를 통해 자신이 원하는 곡을 편집할 수도 있을 테고."

과연 이휘철이라고 할까, 사안의 핵심을 예리하게 파고드는 것이 일품이다.

이태석은 딱히 놀라는 기색도 없이 담담하게 대답했다.

"그렇습니다. 이 포맷의 가장 큰 장점은 소비자의 입맛대로 곡을 편집할 수 있다는 점이죠."

"역시."

"예. 개인마다 취향은 천차만별이지 않겠습니까. 소비자들은 이 MP3를 통해 자신이 듣고 싶은 음악만을 골라서 넣어 다닐 수 있게 될 겁니다."

이야기를 듣던 사모가 활짝 웃었다.

"그거 대단하네요. 그러면 그건 이를테면 카세트테이프에 좋아하는 음악을 녹음해 두는 거랑 비슷하겠는걸요."

"뭐, 그렇지. 카세트테이프와는 용량이며 편의성 측면에서 비교도 되지 않겠지만."

곰곰이 생각에 잠겨 있던 이휘철이 고개를 저었다.

"편의성이라고 했으니 조금 끼어들겠다만. CD라는 저장 매체 특성상 일반 소비자는 네가 말한 장점에 접근하기 쉽지 않을 텐데?"

이휘철의 지적에도 일리가 있었다.

소위 '굽는다'고 말하는 CD-ROM 저장 기술은 아직 대중화되지 않은 시기였다.

심지어 아직까지 CD-ROM 디스크가 탑재되지 않고 5.1

인치, 3.5인치 디스켓만을 사용하는 PC가 버젓이 유통되는 실정이었고, 머지않아 등장할 윈도우95 역시도 CD-ROM 버전과 디스켓 버전을 따로 구분해서 유통할 정도였다.

그나마도 일반 대중에 유통된 CD-ROM ODD는 읽어 오는 기능만 작동하고 있을 뿐, '저장' 매체로써 기능은 하지 않는 실정.

그러니 CD 굽는 기계인 CD-RW는 전문적인 업자들이나 소수의 컴퓨터 마니아 계층이 가지고 있는 게 고작이었다.

이태석은 고개를 끄덕였다.

"그렇긴 합니다. 저도 아직 시기상조라고 생각하곤 있죠. 하지만."

이태석이 말을 이었다.

"머지않아 하드웨어의 질적 향상이 이루어지고 나면, 이 MP3 포맷은 전 세계를 강타하게 될 겁니다."

"……클클."

이휘철이 웃음을 흘렸다.

"뭐 미래엔 자동차가 날아다닐 거라는 허무맹랑한 소리처럼 들리진 않아서 좋구나. 그래, CD플레이어의 형태로 만든 건 일종의 과도기적 정책이겠고."

"……예."

"과연. 일단은 알았다."

나는 이휘철이 도달한 사고의 끝과 방향성이 사뭇 궁금했으나, 그는 아직 시기상조라는 양 말을 아꼈다.

"나야 경영자의 자리에서 물러난 일개 늙은이에 불과하지. 내가 가타부타할 필요 없겠구나."

방금 전까진 완전 흥선대원군급 섭정을 이어 가려던 기세였는데요.

이휘철이 입꼬리를 올린 채 말을 이었다.

"하나만 물어보마."

"예."

"요즘 컴퓨터에 탑재되는 하드디스크 용량은 어느 정도냐?"

이태석은 반사적으로 대답하려다가 이제 컴퓨터 관련해서는 멀티미디어 사업부를 인수한 내 몫이라는 양 고개를 돌려, 내게 바통을 넘겼다.

나는 대답했다.

"자사의 완성형 컴퓨터를 기준으로, 올해 년도 프리미엄 모델은 850MB, 보급형은 540MB입니다."

"……흠, 아직은 갈 길이 멀었구나. 아무튼 알겠다."

그쯤해서 이휘철이 용무를 마쳤다는 양 다시 수저를 들려고 할 때에.

이태석이 애써 담담한 얼굴로 입을 열었다.

"아, 한 가지 더 있습니다."

이건 그거다.

'One more thing.'

얼마 전 정부 관계자가 지켜보는 가운데 방화 범죄를 일 으켰던 이태석은 이제 프레젠테이션에 재미를 들린 모양이 었다.

'……이러니저러니 해도, 임팩트 하난 효과적이었지.'

이태석의 '삼광전자 불량 제품 화형식'은 경영사례집에서 두고두고 회자될 만한 일이었으니까.

그리고 이태석은 주머니를 뒤져, 네모나고 조그만 전자 기 기를 탁자 위에 달각 올려놓았다.

"그리고 이번에 개발한 'MP3 플레이어'라는 제품입니다."

이휘철은 수저를 들다 말고 가만히 MP3 플레이어를 바라 보았고, 사모 역시도 눈을 동그랗게 떴다.

이 세계 최초의 MP3 플레이어였다.

그걸 본 이휘철은 슬며시, 아주 천천히 입꼬리를 올리더 니.

"크크큭."

급기야.

"하하하핫, 이거 참, 너희 둘에게 한 방 먹었구나, 하하하 하!"

웃음을 터뜨렸다.

"그러잖아도 듣자마자 떠올렸다."

이휘철은 웃음기를 머금은 얼굴로 입을 뗐다.

"애당초 MP3라는 것의 특장점이 컴퓨터를 통한 편집의 자유분방함에 있다면, 차라리 들고 다닐 수 있는 플래시 메모리를 만드는 것이 어떨까, 하고 말이지."

이휘철이 턱을 매만지며 만족스럽단 듯이 말을 이었다.

"뭐, 굳이 내가 지적하지 않고도 알아서들 잘하는구나."

솔직히, 나는 이휘철이 홀로 도달한 사고의 영역에 경악하고 있었다.

'오늘 처음으로 MP3 포맷에 관해 전해 듣고, 앉은자리에서 MP3 플레이어 기기의 결론까지 파악하다니.'

나는 이태석의 안색을 살폈다.

하지만 이태석은 조금 놀라긴 했으되, 나만큼은 아니었다.

그는 담담한 얼굴로 대답했다.

"예, 성진이도 그렇게 말하더군요."

그가 생각하기로는 오히려 그런 개념을 발굴해 사업 아이템을 소개한 나를 더 높이 평가하고 있으니 그런 것이겠지만.

'나로선 속이 뜨끔할 일인데.'

이휘철이 빙긋 웃었다.

"아무렴, 내 손주니까 당연하지."

내 경우는 미래에 있을 요소를 파악하고 있기에 가능했던 건의 요소들에 불과했다.

'실상 천재라 불리는 건 아마도 저런 사람들일 테지.'

그에 비해 나는 기억력이 조금 좋은 정도밖에 되질 않는 다.

'그에 비하면 나는 그저 미래의 정보를 무기로 훗날 나올 제품을 앞당겨 선보이는 것밖에 되질 않아.'

그런 내 속내를 알 턱이 없는 이들은 탁자 위에 놓인 MP3 플레이어를 보며 대화를 이어 갔다.

"아직은 외관이 투박하구나. 분명 목업이겠지?"

"예. 일단은 구동이 가능한가의 여부를 두고 만들어 뒀을 뿐이니까요. 기능도 재생과 일시정지, 이전 곡, 다음 곡, 볼륨 조절이 고작입니다."

"용량은?"

"목업은 일단 16MB입니다."

"흐음, MP3 포맷으론 한 10곡 내외 정도가 들어가겠군. 뭐, 그 정도면 충분하지 않느냐?"

"그러게 말입니다. 다만."

그렇게 말하며 이태석은 나를 슬쩍 돌아보았다.

"이 녀석의 눈높이가 지나치게 높아서 문제입니다."

"어떻기에?"

"성진이가 제안했던 잡다한 부가 기능은 차치하고…… 아무리 그래도 256MB 정도는 되어야 하지 않겠냐고 하더 군요."

"……"

이휘철은 어처구니없다는 듯 나를 보았다.

"나 원, 그래서야 하드웨어 수준이군. 주머니에 들어가지도 않을 게다."

나는 나름대로 MP3 플레이어의 초창기 기준을 잡은 것이었으나, 그것도 역시 이 시대엔 이른 모양이었다.

'전생의 내가 용돈을 모아서 장만했던 게 256MB짜리였으니까 그랬던 건데.'

참고로 고등학생 당시 내 최초의 MP3 플레이어는 도둑맞았다.

이휘철이 고개를 저었다.

"뭐, 됐다. 어쨌건 언젠가는 그렇게 되겠지. 개인용 컴퓨터도 벌써 1GB의 영역에 다가가고 있지 않느냐. 세상 참 빨리 변하는군."

"그렇습니다."

"그래, 태석이 네 생각은 어떠냐? 좀 더 묵혀 두고 싶은 게냐, 아니면."

이태석은 당당히 대답했다.

"빠를수록 좋지 않겠습니까?"

"하긴, 선점 효과라는 것도 무시할 수 없지. 우리가 만들었으면, 다른 곳도 만들어 낼 게다."

글쎄.

제대로 된 MP3 플레이어라면 아직 2~3년은 더 있어야 나올 텐데.

이휘철이 이죽거렸다.

"게다가 소니 놈들이 워크맨이니 CD플레이어니 하는 것들을 내면서 거들먹거리는 것도 보기 싫었고."

"그렇습니다."

"클클, 이번엔 우리가 시장을 선도하는 형국이 되겠군."

여보세요들.

비즈니스에 개인감정을 넣으면 어쩌자는 겁니까.

"모델군은?"

하지만 내 생각이야 어쨌건, 이태석은 이휘철의 말을 받았다.

"예, 저는 일단 16MB짜리 일반 제품과 32MB짜리 프리미엄 제품군으로 나눠 출시하면 어떨까, 생각 중입니다."

"그래, 문제는 가격이지. 소비자가는 얼마 정도로 생각하느냐?"

"플래시 메모리 가격도 감안해야 하니……. 6~70만 원 선에서 책정될 듯합니다."

비싸다.

1GB도 되지 않는데. 그것도 물가가 낮은 이 시대에.

하지만 이휘철은 나쁘지 않다는 양 고개를 주억거렸다.

"하긴 그 정돈 받아야 우리도 남는 게 있겠군. 라이센스는 어떻게 되지?"

"MP3의 경우는 독일의 프라운호퍼 연구소가 가지고 있습니다만, 법무 팀에 문의해 보니 MP3 플레이어에 관한 특허는 저희가 가져갈 수 있다고 하더군요."

"흠……."

이휘철은 잠시 생각하더니 빙긋 미소 지었다.

"그게 아니지. MP3 플레이어에 관한 특허는 삼광전자가 아닌 성진이에게 돌아가야 하지 않느냐?"

"……예? 아, 따지고 보면 그렇게 됩니다만."

이휘철이 입꼬리를 올렸다.

"뭐, 나도 따지고 보면 SJ컴퍼니의 경영고문이니까. 더 이상 삼광 그룹의 회장도 아니고."

"……예, 그랬죠."

왠지 방금 전까지만 해도 그 부분을 망각하고 있었던 듯한데.

그야 오늘 그는 여느 때와 다를 바 없는 '삼광의 이휘철 회장'이었으니까.

이휘철이 나를 보았다.

"그래, 성진이 네 생각은 어떠냐?"

"특허는 SJ컴퍼니 측이 소유하되, 삼광전자 측과 협력 계약을 맺겠습니다."

"음. 맞다. 권리는 네가 쥐고 있어야지."

이야기가 나오다 보니, 이태석은 다 잡은 고기를 눈앞에서 놓친 꼴이었지만 이태석도 고작 그런 걸로 '부자간의 정이 어떻고 인륜이 저렇다'는 생각을 할 사람은 아니었다.

그로서도 MP3 플레이어를 유통, 납품하는 일에 흥미가 있을 테니까.

더욱이 SJ컴퍼니의 전신은 이태석이 손수 일궈낸 멀티미디어 사업부고 하니.

어쨌든 아직은 시기상조인 듯하단 내 생각과 달리, 둘의 의견은 지금 당장 출시해서 선점 효과를 누려야 한단 견해였다.

'하긴, 큰 돈벌이는 못 하더라도 일단 시장을 형성해 두는 것으로도 충분하지.'

잘만 하면 해외에서도 먹힐지 모른다.

'오히려 인터넷이 활발하게 보급된 해외에서 더 잘 먹히려나. 흠.'

그때 내 시야에 덩그러니 방치되어 있던 CD플레이어가 눈에 들어왔다.

'그러고 보니, CD플레이어에서 MP3로 넘어가는 과도기적 시대에 나타난 녀석이 있었지.'

나는 고개를 끄덕였다.

"알겠습니다. 단, 제품을 한 가지 더 추가하겠습니다."

이휘철과 이태석이 나를 보았다.

"뭐냐?"

"뭐지?"

나는 대답했다.

"MP3CDP입니다."

내 대답에 둘은 사뭇 흥미로운 얼굴을 했고.

"잠시만요."

사모가 손을 들었다.

"지금 음식이 다 식었는데, 다시 데워 오라고 할까요?"

"……."

여기가 저녁 식사 자리라는 걸 모두 깜빡 잊고 있었다.

저녁 식사 후 우리는 이휘철의 서재로 모였다.

"이거, 며느리한테 혼쭐이 났구나."

"……."

이휘철은 농담처럼 말했지만, 이태석의 표정은 그 농담을 받아들일 여유가 없어 보였다.

나중에 구박 좀 받겠군.

'그나저나.'

이휘철의 서재 중앙 구석, 그가 사용하는 커다란 책상 위에는 서류 뭉치가 한가득 쌓여 있었다.

나는 그중에서 구석에 둘둘 말린 청사진을 시야 한구석에 담았다.

'이휘철은 홀로 삼풍백화점에 관한 조사를 이어 가고 있었던 모양인데.'

이태석 역시도 서류가 어지럽게 쌓인 이휘철의 책상을 보았는지, 그 나름의 감상을 입에 담았다.

"은퇴까지 하신 분이 무척 바쁘게 지내시는 것 같군요."

이휘철은 씩 웃으며 응접용 앉은뱅이 탁자 앞에 자리를 잡았다.

"늘그막에 하나 붙잡은 소일거리일 뿐이다."

이휘철의 대답에 이태석은 잠시 책상을 힐끗 살폈다가 탁자 앞에 앉았다.

"소일거리…… 말씀입니까."

"그래. 너희 둘을 여기까지 부른 것과도 무관하진 않고."

"……."

나까지 삼각 구도로 자리를 잡고 나자, 이휘철은 담담한 얼굴로 입을 뗐다.

"MP3와 관련한 이야기는 아까 식탁 위에서 나눈 것으로 충분할 듯하니, 다른 이야기를 해 보자꾸나."

이태석이 맞은편에 앉은 나를 보았다.

"성진이가 하는 일과 관련이 있는 내용입니까?"

"그렇지."

이휘철이 말을 이었다.

"성진이가 레스토랑 사업을 준비 중이라는 건 너도 알고 있을 거다."

"예, 그랬죠."

이태석은 얌전히 말을 받긴 했지만, 이 자리에 자신을 부른 것이 의아하다는 투였다.

이태석이 말을 이었다.

"무슨 문제라도 있습니까?"

"뭐, 문제라고 한다면 얼마든지 있지."

이휘철은 가만히 있던 나를 힐끗 쳐다보았다.

"자, 그럼. 어디 한번 네 아비에게 이야기를 들려줘 보려무나."

나는 이태석에게 지금까지 있었던 대강의 사정을 간추려 설명했다.

"삼풍백화점이라."

이야기를 경청한 이태석은 고개를 주억거렸다.

"최근 확장세가 심상치 않긴 했지. 그래도 레스토랑 컨셉이 제법 괜찮았던 모양이구나. 그게 아니면 네 동업자의 인맥이 만만치 않았거나."

"예. 하지만 제 동업자가 그 일에 뒷배를 쓰진 않았을 거예요."

"흐음……. 그래, 뭐 나름의 사정이 있겠지."

이태석은 제니퍼가 가지고 있을 배경까지 알고 있는 상태에서, 아마 그녀의 가슴 속에 켜켜이 쌓인 인정 욕구며 콤플렉스 등은 그의 관심 밖이라는 양 냉정하게 일축했다.

"그래서, 아버지와 너는 그게 어떤 방식으로든 마음에 걸리는 모양이고. 새삼 스무고개를 할 생각은 없으니 본론을 듣자꾸나."

이태석의 말에 나는 고개를 끄덕였다.

"예. 오늘 오전, 저는 삼풍백화점에 입점 예정인 부지를 살피고 왔습니다."

"흠."

"건축에 다소 조예가 있는 동행인은 부실 공사의 가능성을 점치더군요."

"부실 공사?"

이태석은 쓴웃음을 지었다.

"작년의 성수대교에 이어 두 번째로구나. 하긴, 증축에 따른 건축법 위반, 그런 것도 충분히 감안해 볼 수 있겠지. 주지했듯 삼풍백화점은 최근 공격적인 확장세를 펼치고 있으니 말이다."

이태석은 이번 일을 두고서 '사소한' 건축법 위반 정도로 치부하고 있었다.

나는 물었다.

"만약 그 정도가 아니라면요?"

"……무슨 소리냐?"

잠자코 있던 이휘철이 씩 웃으며 끼어들었다.

"건물 자체가 근본적으로 결함이 있다는 이야기지."

나는 고개를 끄덕여 동의했다.

"제가 알아보니 구조상 기둥으로 건물의 하중을 떠받치는 형태더군요. 하지만 공사로 드러난 콘크리트 층에 균열이 보였습니다."

"그렇더냐?"

이휘철이 내 말을 받았다.

"내가 알아본 바로도 엉망진창이더구나. 애당초 삼풍아파트의 근린 시설을 목적으로 지었고……. 종합 상가로 계획했던 건물을 업체까지 바꿔 가며 5층 높이로 증축했지. 흠, 아마 관공서에 제출된 설계 도면과 실제 건물은 달라도 많이 다를 게다."

암만 은퇴했다곤 하나, 이휘철은 이휘철이었다.

'벌써 거기까지 조사했나.'

한편 우리 둘의 반응에 곰곰이 생각을 이어 가던 이태석은 흠칫하고 고개를 들었다.

"아니, 아무리 그래도……."

그러더니 이태석은 진중한 얼굴을 했다.

"……실제로 무너질 가능성은 있는 겁니까?"

이태석의 말에 이휘철이 끌끌 웃었다.

"딜레마다, 이거로군."

"……."

"맞다. 모든 부실 공사가 붕괴의 조짐을 내포하고 있지. 하지만 문제는 '언제 무너질지 모른다'는 점이다."

내가 기억하는바 실제 삼풍백화점이 무너진 때는 1995년 6월 29일.

하지만.

'……그것도 확정 요소는 아니야.'

이제 와서는 그것도 확신할 수 없게 되었다.

이휘철이 쓰러지고 난 뒤, 나는 그가 쓰러진 시기의 불일치에 혼란을 느꼈다.

나비효과라고 했던가.

이미 내 존재로 인해 미래는 바뀌고 있었다.

그 변화의 결과 많은 것이 변했고, 심지어는 성수대교 붕괴라는 대참사는 이 세계에 존재하지 않는 일이 되었다.

삼풍백화점의 경우도 마찬가지.

어찌 되었건 성수대교 스캔들은 국회를 통해 국내 건축법의 재검토를 추진했고, 그 과정에서 여러 불법, 부실 공사가 철퇴를 맞았다.

삼풍백화점도 그 과정에 자유롭진 않았을 것이다.

'……어떻게든 땜질을 했겠지. 하지만 성수대교의 부정 수주 건이 드러난 건 실제로 무너진 것에 비할 바는 아니었고. 그러니 어쩌면 예정보다 일찍 붕괴하게 될지도 몰라.'

더군다나 삼풍백화점의 문제점은 이휘철의 말마따나 좀
더 '근본적'인 이야기였다.

건축학적으로 근본 뼈대를 뜯어고쳐 바꾸지 않는 한, 붕괴
는 언제고 일어날 것이다.

'그렇기에 딜레마인 거고.'

언젠간 무너질 건물이, '언제' 무너질지 모른다.

이번 건은 성수대교의 붕괴를 막았던 것과는 그 성격이 다
소 달랐다.

결과적으론 붕괴를 막았지만 냉정히 말해서 실제 성수대
교가 무너지든 말든, 관련해선 중요하지 않다.

관건은 가능성의 측면에서 동화건설 측에 '정부 수주의
공사를 맡을 자격이 있느냐 없느냐'를 놓고 벌어진 공방이
었고.

이는 분당 수주 건을 사이에 두고 있었던 그 이해관계 속에
서 언론과 정부를 끌어들인 대리전의 결과에 지나지 않았다.

'더욱이 지난 정부의 적폐를 청산한다는 상징성까지 있었
지.'

반면 삼풍백화점은 좀 더 '개인적'인 문제였다.

그러잖아도 우루과이라운드가 타결되고, 분위기도 뒤숭숭
한 와중이다.

자본의 황금기가 이어지는 상황이지만 정치적으론 그렇지
만도 않아서, 전생의 이 시기는 벌써부터 YS정부의 레임덕

이 점쳐지던 상황.

성수대교 건에선 협조적이었던 정부에서도 민간이 관련된 이 사안에는 한 걸음 뒤로 빼고 싶을 것이다.

만일 어떻게든 정부 및 언론을 끌어들여 조치를 취한다고 하더라도, 길게 시간을 끌 수는 없다.

최고급 백화점을 폐쇄하는 건 막대한 기회비용 손실로 이어지고, 폐쇄 중에 붕괴가 일어나지 않으면 모든 건 허사로 돌아간다.

'삼풍 역시도 대기업이니, 어떻게든 구실을 만들어 빠져나갈 방법을 찾겠고.'

이휘철이 침묵을 깨트리며 미소를 머금었다.

"내 입으로 딜레마 운운하긴 했다만."

이휘철은 탁자 위를 손가락으로 툭툭 두드리며 말을 이었다.

"무너지건 말건 상관없다. 그 가능성이 있고, 여지가 충분하기만 하다면야."

이휘철이 입가에 걸린 미소를 더욱 짙게 만들었다.

"얼마든지 트집을 잡아 집어삼켜 버릴 수 있지."

집어삼킨다.

이태석이 중얼거리듯 그 말을 받았다.

"……집어삼킨다고요?"

"그래."

이휘철이 씩 웃었다.

"물론, 그 전에 우리가 소화시키기 쉽게끔 좀 주물러 줘야 할 필요는 있다."

이휘철의 말을 이태석은 눈을 동그랗게 떴다가, 이내 그 눈을 가늘게 고쳤다.

"아버지 말씀대로라면, 위태롭기 짝이 없는 회사입니다만."

"맞다. 언제 무너질지 모르는, 말 그대로 사상누각인 셈이지."

이휘철은 그 스스로 내뱉은 니힐한 농담이 마음에 들었다는 양 웃었다.

"삼풍이 지금 열심히 노를 젓고 있지? 상장을 준비하고 있는 게야."

"흠."

이태석이 고개를 끄덕였다.

"삼풍 그룹은 애초에 상장을 마쳤으니…… 이번엔 따로 계열사 분리를 마친 삼풍백화점 브랜드를 별개 상장하겠단 거군요."

"그래."

이휘철이 턱을 매만졌다.

"그들이 지금 가지고 있는 건 강남에 있는 백화점 하나뿐이다만, 본점이 흥하면 2호점도 생각나기 마련 아니겠느냐.

이미 지방 쪽에 자리를 알아보고 있단 소문도 있고. 그들은 후발 주자이니만큼 어떻게든 몸을 비틀어 대고 있는 거지."

"……."

"2호점 백화점뿐만 아니라 내부에 자체 브랜드를 만들어 운영할 계획도 있을 것이다. 그러니 재무제표에 가시적으로 드러나는 성과뿐만 아니라 성장 가능성을 알리기 위해 이것 저것 잡다한 일에 손을 대는 게다."

이휘철의 말을 들은 이태석은 잠시 생각하다가 동의하듯 말을 받았다.

"예. 말씀하신 건물 상태야 어찌 됐건 장사는 상장을 고려할 만큼 되는 모양이긴 합니다."

"호경기에 맞물려 특수 효과를 노리는 것이긴 하지만, 뭐 건축 일 하면서 쟁여 둔 부동산이 제법 되니까 자본도 제법 탄탄하고. 하지만 놈들도 본업이던 건축 사업에선 손을 뗄 모양이다."

이휘철이 픽 웃었다.

"이 참에 아예 유통업 쪽으로 발길을 돌릴 거 같더군."

"이제 와선 새삼스럽단 느낌이군요. 제가 기억하기로 삼풍건설의 성적은 나쁘지 않았습니다만."

이태석의 말을 들은 이휘철은 대수롭지 않다는 양 대답했다.

"본질을 들여다보면 하찮다. 삼풍이 가진 욕망이 허영에서 비롯하고 있을 뿐."

이휘철은 마치 그것이 명제인 양 말했다.

"삼풍 스스로도 어디 가서 '나 건축밥 먹는 사람이오' 하는 게 아닌, 허영과 사치로 가득한 백화점 주인이 되고 싶은 욕망으로 가득한 게야."

툭하고 내뱉은 이휘철은 이태석을 슬쩍 쳐다보았다.

"아, 그렇다고 사돈댁이 그렇다는 건 아니고."

"……알고 있습니다."

이휘철은 공연한 헛기침 뒤 말을 이었다.

"흠, 흠. 어쨌거나 너희도 알다시피 삼풍백화점이 가진 아이템은 이른바 명품이라 불리는 해외 수입 사치품을 기반으로 하고 있지. 무슨 사업을 하느냐가 결국 그 사람의 밑바탕을 드러내기도 하는 법이니까."

하지만 이태석은 이휘철의 독선적인 발언이 내키지 않는 얼굴이었다.

"조그만 회사는 그럴지도 모르죠."

조그만 회사라.

'상대적인 관념이긴 하나, 삼광에 비하면 그렇기도 하겠지.'

얼마 전 '승계'를 마친 이태석은 그 스스로 실감하고 있는 내용인 양 이휘철의 말을 받았다.

"삼광은 다릅니다."

내가 느끼기로 삼광의 경우는 어떤 인격적 비유를 들먹이기엔 너무 거대했다.

기업이 어느 규모에 이르고 나면, 법인은 마치 그 자체가 의지를 가진 거대한 괴물처럼 움직인다.

이휘철식의 비유를 들먹이자면 욕망이라고 하는 개념 그 자체라고 해야 할까.

그러니 삼광쯤 되면 오너의 욕망이 회사의 욕망인지, 회사의 욕망이 오너의 욕망인지 모를 지경이 되어 그건 마치 성장하는 것만이 스스로의 존재 이유인 양, 그 내부로 인간을 동력원 삼아 움직이며 끊임없이 다른 것을 집어삼키려 꿈틀거린다.

그러니 이태석의 말은 그 스스로 느끼고 있던 씁쓸한 자조마저 섞여 있었던 것인데.

"녀석."

이휘철이 의외의 미소를 지었다.

그건 내가 이휘철의 얼굴에서 처음으로 보는, 자식의 성장을 바라보는 아비의 흡족한 미소였다.

"뭐, 그렇게 됐으니."

몸을 일으킨 이휘철은 책상으로 가서 서류를 뒤적거리더니, 우리가 있는 곳으로 돌아왔다.

"자."

툭 하고 탁자 위에 서류 더미가 묵직하게 얹혔다.

"재료는 갖춰졌으니, 어디 한번 요리를 해 보자꾸나."

　일신상의 은퇴를 발표했던 삼광 그룹의 전 회장 이휘철이 다시 한번 공식 석상에 모습을 드러내자, 재계와 각종 언론이 들썩이기 시작했다.
　그 내용인즉 이휘철이 모 그룹의 총수와 회담을 진행했다는 것이었는데, 대상이 누구였는지는 딱히 비밀로 삼을 거리도 아니라는 양 머지않아 공식적으로 공개되었다.

　「이휘철 삼광 그룹 전 회장 삼풍백화점의 신기현 회장과 대동」
　「삼광은 삼풍백화점과 만나서 무엇을 이룰 것인가?」
　「다시 한번 불거지는 삼광과 뉴-우월드백화점 불화설」

　두 거물의 만남이 백화점 업계에 가져다준 충격은 어마어마했다.
　이와 관련해 어느 투자 분석가는 이휘철 전 회장의 은퇴가 삼광 그룹 경영의 재정비를 위해 계획된 것이었다고 하는 분석마저 나올 정도였다.
　'그야 뭐, 오해이긴 하지만.'
　그 와중에 저택엔 좀처럼 모습을 보인 적 없던 낯선 손님이 찾아왔다.

사모는 부른 배를 끌어안으며 찾아온 손님을 반겼다.

"오빠!"

그 손님이란 사모의 친정 오라버니이자, 이성진의 외가 쪽
백부인 서명훈이었다.

그는 한 번 슬쩍 사모를 쳐다보곤 짧게 고개를 끄덕였다.

"음. 매제(妹弟)는?"

"그이야 뭐, 이 시간엔 회사에 있지 않겠어. 그보다 오랜
만에 만나서 한다는 게 그런 이야기야?"

"그러면?"

"정말이지."

그 짤막한 대답에 사모는 입을 삐죽였다가 곁에 있던 내
어깨를 손으로 짚었다.

"그러고 보니 오빠, 성진이랑은 정말로 오랜만이겠다. 그
치?"

"……음."

이어서 서명훈은 그제야 나를 물끄러미 쳐다보며 눈을 맞
추었다.

그는 사모와 핏줄이 이어진 사람답게 잘생긴 얼굴이긴 했
으나, 한편으론 신경질적이고 차가워 보이는 인상 탓인지 쉽
게 가까이하기 어려운 인물이기도 했다.

"……."

게다가 무뚝뚝하기까지.

'전생에도 그가 이성진에 대해 개인적으로 어떤 감상을 갖고 있는지는 알기 힘들었지.'

다만 그 냉랭해 뵈는 모습은 어디까지나 그 인상에서 비롯한 선입견일 뿐이었고, 실상은 제법 다정다감한 면모도 있었다.

나는 그런 서명훈의 됨됨이를 전생의 어떤 계기를 통해 우연히 알게 되어서, 나 스스로는 그에 대해 별다른 악감정이 없는 편이기도 했고.

결국 나는 이 '은근히 낯가림이 심한' 외척에게 먼저 인사를 건넸다.

"오랜만에 뵙습니다."

"……음."

내 인사를 받은 그의 리액션은 그 정도가 고작이긴 했지만, 알게 모르게 그의 안면 근육이 꿈틀거렸다.

그리고 서명훈의 시선은 내 다리를 꼭 붙잡고 있던 이희진에게 향했다.

"……."

나는 지레 겁먹은 얼굴의 이희진에게 몸을 낮춰 속닥였다.

"인사해야지, 인사."

"……안녀하세여."

결국 이희진은 마지못해 그러는 것처럼 꾸벅, 배꼽인사를 했지만, 그러고 곧장 낯가림을 하는 것처럼 내 다리 뒤로 쏙 숨어 버렸다.

그런 이희진을 보는 서명훈의 얼굴엔 언뜻 서운한 기색이 내비쳤으나, 그건 나나 사모가 아니고선 알아채기 힘든 표정 변화였다.

"희진아, 외삼촌이야. 그러니까 엄마의 오빠."

사모가 쓴웃음을 지으며 이희진을 얼렀지만, 서명훈은 짧게 고개를 저었다.

"괜찮아. 그런데······."

"아버님은 서재에 계셔."

사모의 말에 서명훈은 고개를 끄덕였다.

서명훈은 이휘철의 부름을 받고 이 저택을 방문했던 터였다.

"그럼."

이어서 서명훈은 발걸음을 뗐다.

한편 나도 서명훈을 따라 이휘철의 서재로 향했는데, 서명훈은 이 상황에 동행하는 나를 힐긋 쳐다보았을 뿐 별다른 말도 하지 않았다.

그러다가 기나긴 복도를 지나, 서명훈은 이휘철의 서재로 들어가는 문 앞에서야 입을 뗐다.

"······왜?"

그의 줄일 대로 줄인 말을 굳이 해석하자면 '나야 업무상의 이유로 찾아왔으나 너는 무슨 연유로 이휘철 회장님의 서재에 동행한 거니? 혹여 내가 서재를 찾지 못할까 봐 안내한 거야?' 쯤 되리라.

나는 미소 띤 얼굴로 대답했다.

"저도 용무가 있거든요."

"……."

그는 아무 말 없이 나를 물끄러미 쳐다보다가 서재로 이어지는 문을 가볍게 노크했다.

"들어오게."

문 안쪽에서 이휘철의 승낙이 떨어지자마자 서명훈은 문을 달각 열었다.

책상에 앉아 있던 이휘철은 쓰고 있던 돋보기안경을 벗으며 서명훈을 반겼다.

"사돈양반, 왔는가."

이휘철을 마주한 서명훈은 정중히 허리를 숙여 인사했다.

"오랜만에 뵙습니다, 사돈 어르신."

이휘철은 느긋한 끄덕거림으로 인사를 받은 뒤 입을 뗐다.

"그래. 자네 부친은 별고 없으시고?"

"예. 사돈 어르신은 정정해 보이셔서 다행입니다."

"……."

"……."

"클클."

이휘철은 그 앞에서도 필요 최소한의 말만 하는 서명훈이 재밌다는 양 웃으며 몸을 일으켰다.

"이럴 게 아니라 앉아서 이야기하지."

우리는 이휘철의 서재에 비치된 앉은뱅이 탁자에 삼자대면 구조로 마주 앉았다.

"일단."

이휘철이 입을 뗐다.

"자네도 내가 삼풍백화점의 신 회장을 만났단 건 알고 있을 걸세."

"예."

이휘철은 놓여 있는 다기에 직접 녹찻잎을 띄웠다.

"클클. 어째서 뉴월드백화점이 아니라 삼풍백화점인지, 궁금하지 않던가?"

이휘철의 말에 서명훈은 그에 동의하듯 다소 곤혹스러운 표정을—알아볼 사람만 알아볼 수준으로—지으며 대답했다.

"예."

사모의 집안, 그러니까 이성진의 외가는 국내에서 내로라하는 백화점인 뉴월드백화점을 경영하고 있었다.

'그 시기, 외국으로 음악 유학을 보낼 정도라면 집안이 빵빵해야지.'

그래서 사모와 이태석의 결혼 당시, 일각에서는 삼광 그룹과 뉴월드백화점 양사 간의 전략적 동맹을 맺은 것이 아니냐는 추측성 보도도 흘러나왔지만.

'전혀 그럴 것 같지 않았지만, 정작 둘은 연애결혼이었단 말이지.'

오죽하면 이태석조차도 사모가 뉴월드백화점의 영애였던 사실을 뒤늦게 알았을 정도였다.

'그러는 사모도 이태석이 삼광 그룹의 직계라는 걸 연애 중간에 알았다고 하니…… 어떻게 보면 참 잘 어울리는 한 쌍이야.'

그런 상황이니 결혼 과정도 아주 순탄치만은 않았다.

삼광으로선 백화점 업계에 진출할 생각은 추호도 없었고, 뉴월드 역시 데릴사위를 들여도 마땅찮을 판에 금지옥엽 딸이 재벌가 맏며느리로 '기고' 들어가는 걸 원치 않았다.

결국 자식 이기는 부모 없다고, 사모가 친정에서 대판 싸운 끝에 결혼 승낙을 얻어 냈다던가.

'……그렇게 안 보였는데 말이지.'

그래서 호사가들의 말과는 달리, 삼광과 뉴월드 사이엔 암묵적으로 그 어떤 전략적 제휴도 없었다.

그런 상황에 이성진의 외가와 친가 사이는 묘한 불편함을 앙금처럼 남긴 채 근 10년 넘도록 관계가 이어지고 있다, 는 것이 재계에 조금이라도 관심 있는 사람들이 생각하는 내용이었다.

'실은 딱히 그렇지만도 않지만.'

사모가 백화점 VVIP 자격으로 잔뜩 사 오곤 하는 각종 명품의 출처가 다름 아닌 뉴월드백화점이었고, 이성진의 생일 때면 외가에서 용돈이며 각종 선물이 쏟아지듯 들어오곤 했으므로.

'이렇게만 본다면…… 이성진의 주변 환경은 축복 그 자체인걸.'

친가가 그 삼광 그룹이고, 외가는 백화점 재벌이라.

'하지만 그 탓에 장성해선 여러 이권 다툼 속 태풍의눈이 되었던 것이겠지만.'

어쨌건 그런 상황에.

삼광 회장직에서 은퇴한 이휘철이 삼광전자 자회사인 SJ 컴퍼니—바깥에서 보기론 오롯이 이휘철의 것으로밖에 보이지 않는—경영고문으로 취임하고 벌인 일이 삼풍백화점 투자라니.

사돈 관계인 뉴월드 측으로선 대체 어째서 경쟁 기업과 손을 잡고 거기에 힘을 실어 주려 하는 것인지 적잖이 당혹스러웠으리라.

이휘철이 말을 이었다.

"현재 대구 쪽에 뉴월드와 삼풍이 부지를 두고 경매 중이지?"

"그렇습니다."

이휘철은 서류 한 장을 꺼내 탁자 위로 내밀었다.

"은퇴 후 심심풀이 삼아 조사하던 걸세."

서명훈은 이휘철이 내민 서류를 가만히 읽더니, 눈썹이 씰룩였다.

"……흠."

"노인네가 심심풀이 삼아 한 것치곤 재밌지 않나? 사돈양반."

클클 웃는 이휘철을 보며, 서명훈은 서류를 내려놓았다.

"혹시 출처를 알 수 있겠습니까?"

"허어, 믿지 못하겠단 건가."

"……그건 아닙니다."

나는 이휘철이 타 놓은 녹차를 홀짝이며 히죽 웃었다.

'공신력 있는 언론사에 이거 한 장만 내밀어도 당분간 뉴스 고민은 할 필요가 없어지지.'

이휘철이 서명훈에게 내민 서류는 삼풍이 유착하고 있는 지방 공무원들과 그 입김이 닿아 있는 정치인들의 목록이었다.

'그나저나 홍차며 녹차는 되는데 왜 커피는 안 되는 거야?'

게다가 시저스에서 마셨던 때처럼 카페인으로 인한 각성도 찾아오질 않았다.

'체질인가.'

이휘철이 말을 이었다.

"이래 봬도 힘깨나 쓰는 친구가 조금 있어서. 우리 세대에겐 놀라울 것 없는 이야기지."

이휘철의 말을 들으며 서명훈은 다시 한번 서류를 들여다
보았다.

사모와 나이 차이가 제법 되어 이태석보단 그 연배가 높은
서명훈이었으나, 그런 그도 이렇듯 노골적인 정경 유착 비리
의 흔적을 손에 쥐려니 그도 적잖이 당황한 기색이었다.

'하지만 사실 대단치는 않아.'

말이 공무원이다, 정치인이다일 뿐, 곧 사라질 얼굴들이
다.

95년 올해 6월 대한민국은 첫 지방자치단체 선거가 있을
예정이었고, 그 결과는 여당의 참패로 끝난다.

'텃밭이라고 생각했던 대구에서도 여당이 패배, 무소속 출
신이 선출됐던가, 아마.'

더군다나 지금 논의가 나오고 있는 지역은 다름 아닌 대구
였고.

'……그 선거 이틀 뒤 삼풍백화점 붕괴 사고가 일어나면서
여당은 완전히 끝장나지.'

이번에 삼풍백화점 붕괴를 막아 내면 어떻게 바뀔지, 아
니, 어쩌면 바뀌지 않게 될지도 모르나.

'종이에 쓰인 이들이 종이호랑이라는 건 변함이 없어.'

한편 서명훈은 입술을 잘근 씹었다가 무표정한 얼굴 아래
은근히 어린 노기를 아래로 꾹 눌렀다.

"사돈 어르신의 말씀대로라면 뉴월드백화점의 대구 지점 입점에는 차질이 생기겠군요."

차질뿐일까, 가만 내버려 두면 유동인구가 많은 밀집 지역의 금싸라기 땅은 삼풍 차지가 될 것이 뻔했다.

'……아니, 가만 내버려 두면 삼풍백화점 붕괴로 인해 원래 역사처럼 뉴월드백화점이 들어서게 되겠지만.'

이휘철은 의뭉스러운 미소로 일관했다.

"앞일이야 어떻게 될지 아무도 모를 일이네. 재미없고 뻔한 소리이긴 하네만."

"……."

서명훈이 허리를 곧게 펴며 자세를 바로 했다.

"사돈 어르신. 그렇다면 제게 이런 정보를 제공하신 까닭은 무엇입니까?"

"팔은 안으로 굽는다고."

이휘철이 녹차를 후루룩 한 모금 마셨다.

"우리도 삼풍보단 뉴월드와 손을 잡는 게 피차 좋지 않겠나."

"……."

이휘철의 그 뻔뻔한 대답을 서명훈은 특유의 과묵함으로 응수했다.

"자, 그럼 그 뒤는."

이휘철이 아랑곳하지 않고 씩 웃으며 나를 보았다.

"우리 사장님이 설명할 걸세."

서명훈은 그제야 고개를 돌려 맞은편에 앉은 나를 보았다.

여전히 무표정해 보이는 얼굴이었지만, 그 눈은 명백히 놀람에 물들어 있었다.

'내가 정말로 실질적인 오너였다는 건 몰랐다는 눈치군.'

하긴, 상식적으론 생각하기 어렵지.

나는 찻잔을 내려놓으며, 빙긋 미소 지었다.

4장

삼풍백화점의 경영전략팀은 난리가 났다.

사실상 그들이 따 놓은 것이나 다름없는 대구 2호점 부지뿐만 아니라, 대전에 마련 중이던 건축 부지까지 토지대장 열람을 요구받은 것이다.

그러잖아도 얼마 전 이휘철 삼광 그룹의 전 회장과 대동후 부쩍 언론의 관심이 쏠려 있던 삼풍백화점이었다.

이런 와중 정경 유착의 흔적을 찾으려는 움직임이라니.

삼풍백화점의 신기현 회장은 불편한 심산을 감추지 않았다.

"뉴월드 쪽이 그렇게 나왔단 말이지?"

신기현 회장의 착 가라앉은 목소리에 신정환 전무는 진땀을 뺐다.

"아, 예. 저쪽에서도 저희가 마련한 예산 이상의 경매가를 들고 나오는 바람에……."

무능한 놈.

신기현은 눈앞의 신정환 전무를 노려보았고, 신정환은 그 시선을 받으며 움찔했다.

"얼마나?"

"예? 아, 그, 그러니까 3천억 정도의 추가 지출이 예상됩니다."

"……."

신기현 회장은 책상 위의 유리 재떨이를 집어 던지려다가 꾹 눌러 참았다.

아들놈이라고 적당히 한자리 앉혀 놨더니, 이제는 눈 뜨고 코 베이는 형국이다.

'이휘철 회장이 자식 농사에 성공한 것과 달리…… 말이지.'

신기현 회장은 그 자리에 서서 잠시 얼마 전 만났던 이휘철 회장의 면면을 머릿속에 떠올렸다.

언론에서 떠들어 대던 것과 달리, 그가 오매불망 바라던 이휘철 전 회장과의 대동은 '정말로 아무 일 없이' 시시하게 흘러가 버리고 말았던 만남이었다.

'정말로 아무 일 없었던 건 아니지만.'

그렇다곤 해도.

재계의 거물인 이휘철 전 회장의 움직임은 말 그대로 각계의 흥밋거리였고, 그 자체만으로 삼풍은 그 브랜드 네임에 적잖은 반사이익을 거두고 있던 차였다.

'……그 탓에 언론의 이목이 쏠린 건, 결과적인 것이긴 한데.'

신기현 회장은 문득 떠오른 생각에 멈칫했다.

'설마, 뉴월드백화점이랑 무언가 짜고?'

아니.

암만 그래도 그건 지나친 억측이다.

더욱이 이휘철 회장도 스스로 말하지 않았던가.

「뉴월드 말인가? 거긴 애당초 내가 끼어들 여지가 없는 곳이지.」

이휘철이 말을 이었다.

「신 회장도 내가 잠깐 침대에 누워 있는 사이에 있었던 일을 잘 알 테이네.」

「허허, 무슨 말씀이신지, 잘.」

「피차 우리 사이에 모른 척하기 있는가. 자네나 나나 일가의 총수쯤 되는 위치라면 무슨 일이 벌어졌는지 모르진 않을 터인데.」

신기현 회장은 당시 이휘철의 말 속에서 시총으로만 따져도 몇 배는 차이가 나는 대 삼광 그룹의 전 회장이 자신을 동급 취급하는 것에 경도되어 취해 있었다.

　「자네도 이번에 내 아들놈이 집안싸움으로 동분서주했던 것은 잘 알 거야.」
　「집안싸움이었습니까?」
　「아무렴. 솔직히 말해서 전부 내가 내 손으로 키워 냈던 걸, 나 하나 입 다물고 있었더니 어떤 일이 벌어졌나. 이제 와선 내 손을 떠나고 말았지.」
　이휘철은 자조적인 웃음을 흘렸다.
　「결국 믿을 것이라곤 내 피붙이뿐이란 것을 알게 되었다네. 그것도 한 다리 건너 놈들은 믿을 게 못 된다는 것까지.」
　이휘철이 말을 이었다.
　「사돈댁도 그래, 자네 말이 나와서 말인데 뉴월드 쪽은 실제로 아무 손도 빌려주지 않았단 말이지. 그래도 사위인데 말이야.」

　관련해서, 실제로도 삼광 측이 뉴월드와 회동했단 증거는 전혀 나오지 않았다.
　심지어 이휘철 전 회장의 퇴임과 동시에 이뤄진 승계와 주식 처분 당시, 뉴월드는 아무런 움직임도 보이질 않았으니까.

뉴월드와 삼광의 관계야 익히 알려진 그대로였고, 그나마 관계가 있으리라 생각했던 삼광물산조차 지금 와선 경영권 분리와 독립의 움직임마저 보이고 있던 차였다.

「퍽 서운하더군. 그러니 다음에 할 일은 제대로 내 손이 닿는 것만 눈여겨볼 참이지.」

말인 즉.

그의 손주와 며느리 명의로 되어 있던 SJ컴퍼니가 실제론 이휘철 전 회장이 직접 관여하고 있는 회사였다는 암시였다.

'기껏해야 비자금 조성용으로 만든 페이퍼 컴퍼니인 줄 알았더니.'

아니, 실제로도 그러할 것이다.

대한민국의 상속세란 그와 같은 재벌이 생각하기에도 어처구니없는 것이었고, 따라서 이휘철 회장은 별도의 자회사를 차려 조세포털용으로 장만하고 있었던 것이리라.

나중엔 손자에게 그 지분을 넘겨 합법적인 증여 탈세의 수단까지 겸사겸사 장만할 수 있겠고.

'하기야, SJ컴퍼니라는 곳이 벌이는 사업이란 것도 눈먼 돈이 튀어나오기 쉬운 것들이긴 하니까. 역시 호락호락한 늙은이가 아니야.'

그러잖아도 그 삼광이 엔터테인먼트 사업이니 소프트웨어

사업이니 하는 것에 손을 댄다는 것부터가 어처구니가 없었
는데.

　내막을 알고 나니 곱씹어 생각할수록 고개가 끄덕여지는
이야기였다.

　'그래, 상장을 하지 않고 버티는 것도 그런 연유였겠지. 상
장 후엔 감사 대상이 되기 일쑤이니.'

　아직은 금융감독원이 창설되기도 전이지만, 그럼에도 불
구하고 재벌 일가들에게 세금 문제란 다소 예민하게 대처할
필요가 있는 것이었다.

　정치인들이란 걸핏하면 재벌가가 축재한 재산을 놓고 시
비를 걸어오기 일쑤였으니까.

　"네 생각은 어떠냐?"

　신기현 회장의 물음에 신정환은 어설피 웃으며 손에 든 서
류를 뒤적거렸다.

　"에흠, 그러니까 저는 대구 2호점 부지가 그 정도로 가치
가 있으리라고는 생각하지 않습니다. 그러니 대구는 뉴월드
에게 넘겨 버리고⋯⋯."

　"멍청한 놈."

　"⋯⋯예?"

　신기현 회장이 급기야 유리 재떨이를 집어 들자 신정환은
기겁하며 몸을 움츠렸고, 그 모습에 어처구니가 없어진 신기
현은 고개를 저었다.

"됐다. 네놈을 믿고 일을 맡긴 내 잘못이지."

"……."

신기현 회장의 한마디에 신정환은 입을 꾹 다물었다.

어째서인지, 그의 아들은 부족함 없이 자라난 주제에 거의 항상 주눅이 들어 있었다.

신기현은 그런 자신의 아들을 탐탁지 않다는 양 보며, 입을 뗐다.

"너는 대구에 낼 2호점이 어떤 상징이 있는지도 모르고 있구나."

신기현이 입매를 비틀었다.

"삼풍백화점 브랜드의 상장을 앞둔 이 시기에 뉴월드에게 지고 꼬리를 말아서야, 있던 투자자들도 달아나겠다, 이 놈아."

"……아."

이휘철은—비록 공공연한 비밀이긴 했으나—삼풍이 상장을 앞두고 있단 것까지 간파하고 있었다.

「삼풍 이름으로 상장을 준비하고 있지 않은가?」

「글쎄요.」

일부러 모른 척하는 신기현에게 이휘철은 껄껄 웃었다.

「예끼, 그런 일은 굳이 감출 필요가 없는 일이야. 우리쯤 되면 지금 흐름만 봐도 척하고 보이는 게 있지 않은가? 잔치는 결국 소문을 낼수록 좋은 이야기가 오가기 마련이고.」

결국 신기현은 고개를 끄덕였다.

그는 방금 그 말에서 돈 냄새를 맡은 것이다.

「회장님 말씀대로입니다.」

「전 회장이지.」

이휘철은 농담조로 그 말을 정정하며.

「내 비록 이미 은퇴를 한 데다가 이빨 빠진 호랑이로 불리고 있는 몸이긴 하지만.」

은연중 목소리에 힘을 실었다.

신기현 또한 이휘철이 여간한 자리에선 일부러 빈틈을 드러내 상대를 방심하게 하는 화술을 구사한단 건 알고 있었으나.

「……그래도 내 헛기침에 움찔하는 아이들은 조금 남아 있다네.」

정작 그가 목소리에 슬쩍 힘을 얹은 것만으로 장소의 공기가 바뀌는 듯한 느낌을 받았다.

이어서 이휘철은 언제 그랬냐는 듯 어조에 힘을 빼고 은근한 뉘앙스의 말을 붙였다.

「그래서 말인데, 혹시나 하고 하는 말이네만, 신 회장만 좋다면…….」

다시금 이휘철의 제안을 떠올린 신기현은 눈앞의 신정환

에게 명령조로 물었다.

"따로 쓰려고 빼 둔 돈이 있지?"

"그……. 예, 그렇습니다만."

"그거 묻고 돈을 더해."

신기현의 말에 신정환은 당혹감을 감추지 않았다.

"하지만 아버지……."

"……."

"아, 아니, 회장님, 제가 조사한 바에 따르면 그 정도의 투자 가치가 있다고는 생각하기가……."

신기현이 입꼬리를 올렸다.

"재무제표로 보이는 매출액만 돈이 아니야."

"……?"

"대구 지역을 먹어 두면, 일대의 부동산 가격도 오르기 마련이지. 너도 그런 걸 배워 둬라."

그제야 신정환은 입을 헤벌리고 고개를 끄덕였다.

"아."

신기현은 그런 신정환을 마뜩잖다는 듯이 보다가 말을 이었다.

"그러잖아도 이휘철 회장이 경북 쪽에 대규모 공단이 들어설 예정이라고 하시더구나."

"그렇군요."

신기현이 제자리로 돌아가며 말했다.

"남는 돈으로 거기 공무원들에게 떡이나 한 판씩 돌려라."

그 말에 신정환이 어리둥절한 얼굴로 물었다.

"한 판이면 됩니까?"

"……"

"아, 예! 알겠습니다!"

정말이지.

신기현은 혀를 끌끌 차곤 의자에 털썩 등을 기대앉았다.

"그럼 들어가서 일 봐."

"예, 회장님!"

신정환이 회장실을 나서고, 신기현은 도금된 명함 케이스에서 명함 한 장을 꺼냈다.

　　SJ컴퍼니 경영고문

　　이휘철

신기현은 명함을 보며 빙긋 웃곤 책상 위에 놓인 호출기 버튼을 눌렀다.

-예, 회장님.

"오후 스케줄 비워 둬."

-분부대로 하겠습니다.

그리고 신기현은 히죽 웃었다.

'일이 잘 풀리려면, 뭐든 징후부터 좋은 법이군.'

大邱(대구)에서 일어나는 銃聲(총성) 없는 戰爭(전쟁)

三風百貨店(삼풍백화점)과 뉴-우월드백화점의 경매, 一帶(일대)
에 投機(투기) 熱風(열풍) 일어

삼풍백화점, 三光火災(삼광화재)와 戰略的(전략적) 提携(제휴)의
움직임마저

不動産(부동산)은 不敗(불패)의 神話(신화)인가

世紀末(세기말) 뉴딜의 시작?

이휘철 全(전) 會長(회장)의 行步(행보)와 삼풍의 同行(동행)

집중 조명!

大邱地域(대구지역)에서 뉴-우월드백화점의 競賣慘敗(경매참패).
一角(일각)에선 거품 投資(투자)라는 分析(분석)도

올해 乙亥年(을해년) 地方自治制(지방자치제)를 앞둔 大邱廣域市
(대구광역시)의 稅收擴大(세수확대) 로비 의혹에 관계자 부인

나는 대문짝만 하게 실린 경제지 일면을 슥 훑어보다가 신
문을 덮었다.

'이휘철의 계획대로 흘러가는걸.'

2014년에 있었던 삼성동 한전 부지 입찰 때만큼 조 단위
의 돈이 오갔던 것은 아니나, 그래도 이 시기엔 파격적인 경
매가를 기록하며 삼풍백화점은 부지 확보에 성공했다.

관련해서 재계가 떠들썩했을 뿐만 아니라, 올해부터 시행될 지방자치단체장 선거를 앞두고 정계까지 주의 깊게 관심을 보이는 지경까지.

「외삼촌께서 이번에 도와주실 일은 대구 부지 경매 입찰가를 최대한 높여 부르는 겁니다.」

잠시 그 특유의 과묵한 얼굴로 곰곰이 생각에 잠겼던 서명훈은 이를 나쁘지 않은 제안이라고 생각했는지, 짧은 고갯짓으로 흔쾌히 수락했다.

'사실 서명훈으로선 당장은 불리하게 적용될 이야기였는데도.'

실제로, 서명훈이 주도한 대구 백화점 부지 경매 실패는 현시점에서 그의 경영 능력에 대한 공격으로 이어졌다.

'아니, 그 돈을 주고 땅을 사는 게 바보짓인데.'

그러거나 말거나 서명훈은 우직하게 그 공격을 모두 감내했다.

'뭐, 결국 끝에 가서 웃는 건 서명훈이 될 테니까.'

삼풍이 무리해서 투자에 나섰던 건 그들이 상장을 앞두고 있었던 것이 유효했다.

어쨌건 상장을 하고 나면 돈이 쏟아져 들어오기 마련이다.

'더욱이 이번 대구 부지 입찰 성공으로 삼풍의 공모가엔

거품이 붙었지.'

그게 순자산의 평가 기준인 것은 아니다만.

사실 이는 기업가들의 나쁜 버릇이기도 한데, 그들은 상장으로 벌어들인 돈을 주주들의 것이 아닌 오롯이 기업의 것이라 착각하는 경향이 짙었다.

'뭐, 거품은 꺼지기 마련이고.'

그러고 있으려니 병원 로비로 이태석이 걸음을 빨리하며 다가왔다.

"어떻게 됐지?"

나는 이태석의 물음에 담담히 답했다.

"들어간 지 얼마 안 되셨어요."

"……그러냐."

나는 지금 산부인과 대기실에 앉아 새로 태어날 동생들을 기다리는 중이었다.

1995년 4월 5일 식목일.

아직은 식목일이 국가 공휴일로 지정되어 있던 날, 사모는 진통이 시작되자마자 곧장 병원으로 이송되었다.

이번이 세 번째 출산이라서 그런지, 사모는 진통 와중에도 담담한 모습을 보였다.

「다녀올게.」

분만실 앞에서, 사모는 내 손까지 살짝 잡아 주며 미소를 지어 보였더랬다.

그러고 얼마 지나지 않아서 이태석이 부랴부랴 병원까지 찾아온 참이었다.

공휴일이었음에도 불구하고 이른 아침부터 출근했던 이태석은 사모의 출산 소식을 듣자마자 만사 제쳐 두고 달려온 모양이었는데, 머리가 조금 헝클어진 것이 매사 냉정침착하고 쿨한 그답지 않은 모습이었다.

VVIP를 위한 병원 측의 배려였는지, 대기실은 우리 둘뿐이라 어딘지 적막했다.

우리는 복도에 놓인 의자에 나란히 앉았다.

이태석은 사내 둘만 남아 있는 이 상황에 잠시 어색한 침묵으로 일관하다가 마치 의무처럼 내게 말을 붙였다.

"요즘 사업은······."

이태석은 그렇게 운을 뗐다가, 그 스스로도 이 상황에 적절한 화제가 아님을 깨달았는지, 얼른 말을 고쳤다.

"······지금 몇 시쯤 됐지?"

어지간히도 화제가 없었던 걸까. 그 손목에 고급 손목시계가 얹혀 있음에도 불구하고 이태석은 구태여 내게 시간을 물었다.

나는 보란듯 병원 복도 바로 맞은편 벽에 걸린 시계를 힐끗 쳐다보았다.

"오후 3시 10분이네요."

"……그래."

우리가 전생에 비해서는 부쩍 친밀해진 부자 관계라곤 하나, 생각해 보면 사업 이야기를 제외하면 우리 둘 사이에 이렇다 할 사담을 나눈 기억은 없었다.

'어색한걸.'

그 외에는 사모의 중계와 그녀가 주도하는 화젯거리를 통해 이야기를 이어 나가곤 했으므로, 나는 사모를 위해 모인 자리에서 사모의 부재를 깊이 실감하고 있다는 퍽 새삼스러운 감정에 휩싸여 있었다.

다행히 어색한 순간은 길지 않았다.

또각또각 병원 복도를 울리는 구둣발 소리를 듣고 우리는 동시에 고개를 돌렸다.

"형부!"

"아."

이태석은 어색함과 반가움이 반쯤 섞인 얼굴로 의자에서 일어섰다.

"처제."

이제 20대 초반을 넘었을까 싶은 그녀는 사모의 친동생이자 이성진의 이모인 서명화였다.

"오랜만이에요."

그녀는 가볍게 이태석을 포옹했다가 그 양손을 꼭 붙잡았다.

"언니는요?"

"아직. 들어간 지 얼마 되지 않았다더군."

이어서 서명화는 고개를 돌려 나를 향해 미소를 지어 보였
다.

"아, 성진아. 오랜만이야."

사모의 자매답게 서명화는 그녀와 똑 닮은 구석이 있었지
만, 서명훈의 동생이기도 한 그녀는 사모에 비해 눈이 약간
날카롭고 이지적인 면모가 언뜻 엿보이는 인상이었다.

그녀는 유학을 떠난 김에 주로 외국에서 살다가 전생엔 아
예 거기서 눌러 앉기도 했고, 그러다 보니 전생의 나는 이 서
명화라는 인물과 이렇다 할 접점이 없어서 이성진이 그녀를
어떻게 대했는지 떠올리느라 조금 애를 먹었다.

"예. 이모님도……."

"얘는, 오랜만에 만났는데 이모'님'이 뭐니."

그녀를 향한 내 호칭이 불필요하게 딱딱한 격식을 차린 것
이 다소 언짢기라도 한 양, 서명화는 입을 삐죽이며 다짜고
짜 내 볼을 꼬집었다.

아야.

"정말, 남도 아니고……."

그제야 내 얼굴을 자세히 들여다보았던 서명화는 내 이마
한구석을 비스듬히 가로지른 흉터를 발견하곤 흠칫하더니,

내 얼굴을 양손으로 붙잡아 바짝 끌어당겼다.

"어머, 웬 흉터?"

아, 그렇지. 이번 생 들어 그녀를 처음 보았으니, 서명화는 내 얼굴의 흉터를 몰랐으리라.

나는 얼굴이 붙잡힌 상태로 대꾸했다.

"계단에서 굴렀어요."

"뭐? 언제?"

"아……. 작년쯤요."

"작년? 세상에. 그런데도 아직 흉터가 남은 거야?"

서명화는 내 턱을 붙잡고 얼굴을 요리조리 돌려 보더니 울상을 지었다.

"우리 예쁜이가 어쩌다가……."

"……."

"형부, 그런데도 언니는 아무런 조치도 하지 않은 거예요?"

이태석이 어색한 얼굴로 그 말을 받았다.

"아니, 뭐, 이젠 옛날이야기고……."

작년 이맘때, 사모는 내 얼굴의 흉터를 두고 나름대로 난리를 피웠다.

그 난리를 '남자의 흉터' 운운하며 막은 장본인은 이태석이었고.

이태석은 변명하듯 덧붙였다.

"처제도 잘 아는 한스 말로는……."

"여긴 한국이거든요?"

"……아, 음. 뭐."

안 통하네.

왠지 이 순간, 나는 전생의 이성진이 이런저런 구실을 대가며 이모와 만남을 피해 다니던 것이 조금 이해가 갔다.

"그래도 그렇지, 이렇게 오래도록 흉터가 남을 정도면 제법 큰일이었을 텐데 저한텐 아무 말도 하지 않은 거예요? 저 서운해요."

"처제야 외국에 있었으니까……. 아, 귀국은 언제 한 거야?"

"……."

일부러 화제를 돌리려는 수작이 뻔히 보인다는 양, 서명화는 이태석을 향해 눈을 흘겼다.

"……오늘요."

그러면서도 대답은 곧잘 했다.

"아, 그러면 처제는 귀국하자마자 바로 온 건가? 피곤할 텐데."

"시차 적응이야 한두 번 겪던 것도 아니고. 아 글쎄, 집에 들렀다가 형부네 집으로 갔더니 병원으로 갔다고 하지 뭐예요. 그래서 곧장 달려온 거죠."

서명화는 내 이마의 흉터를 손가락으로 조심스럽게 만졌

다.

"아프진 않니?"

"아무렇지도 않아요. 1년이나 지난 일인데요."

"……흐음."

이어서 서명화는 내 얼굴을 빤히 들여 보다가 낮췄던 몸을 일으켰다.

"뭐, 좋게 보면 좋게 볼 수도 있겠네. 그래도 여전히 예쁘고, 잘생겼단 것도 변함없고."

"……감사합니다."

"으휴, 이모한테 데면데면한 것도 여전하네."

그러면서 서명화는 내 볼을 한 번 더 꼬집었다.

완전 인형 취급이군. 이러니 데면데면할 수밖에.

뒤이어 서명화는 짧은 침묵조차 허용하지 않겠다는 양 재차 입을 열었다.

"형부, 희진이는요?"

"집. 아직 어려서."

"희진이도 많이 컸겠죠?"

"걸음마는 뗐어."

"애들은 쑥쑥 자라네요 정말."

과묵하기 그지없던 서명훈과 달리, 서명화의 성격은 어느 쪽이냐면 사모에 가까웠다.

솔직히 말해서, 나는 사모 같은 타입은 대하기 조금 어렵다.

개인적으론 피곤한 성격이지만, 그래도 그녀 덕분에 이태석과 단둘이서 감내해야 했던 어색한 침묵이 사라진 건 조금 달가웠다.

"아, 그렇지. 오빠가 성진이 이야기를 많이 하던데."

서명훈이?

내 시선을 서명화는 웃는 낯으로 받았다.

"그럼. 한동안은 전화기로 네 이야기밖에 하질 않았다니까. 이쪽은 새벽이었는데도."

어지간해선 '……'밖에 내놓지 않을 것 같은 서명훈이 이 시끄러운 동생과 수화기 너머로 대화를 주고받았다는 건, 여간해선 떠올리기 힘든 광경이었다.

'내 빈곤한 상상력을 탓할 수도 없고.'

그러며 잠시 기다리고 있으려니, 병원등에 불이 꺼지고 문이 좌우로 열렸다.

우리는 누가 먼저랄 것 없이 자리에서 일어섰다.

간호사는 그런 우리를 보며 물었다.

"서명선 씨 보호자분?"

"접니다."

딱딱한 얼굴을 한 이태석을 보며 간호사가 미소를 지었다.

"축하드립니다. 순산이에요. 아이들도 산모도 모두 건강하고요."

그때 나는 이태석의 얼굴 한구석에 줄곧 어려 있던 불안과 초조의 기색이 싹 씻겨 가는 것을 보았다.

"……감사합니다."

그럼에도 이태석은 이를 내색하지 않으며 짧은 목례로 인사했다.

좀 더 솔직하게 기뻐해도 되련만, 이태석답다고 할지.

"형부, 축하드려요."

"고마워."

뒤이어 이태석은 다급한 티를 내지 않으며 간호사를 보았다.

"면회가 가능하겠습니까?"

"아, 네. 물론이죠. 하지만 산모도 안정을 취해야 하니 짧은 시간만 가능합니다."

"알겠습니다."

서명화가 웃는 얼굴로 이태석의 어깨를 툭 하고 쳤다.

"그럼 다녀오세요."

"처제는?"

"저는 나중에. 가족이 우선 아니겠어요?"

"그러는 처제도……."

이태석이 '가족 아닌가' 하고 말을 잇기도 전에 서명화가 손사래를 쳤다.

"아휴, 안정이 우선이라고 하잖아요. 이 상황에 우르르 몰려가는 것도 민폐 아니겠어요?"

"……음."

이태석은 마지못해 그러는 양 고개를 끄덕였다가, 마침 생각났다는 양 덧붙였다.

"아, 그리고."

"네?"

"고마워."

"아뇨, 뭘요. 제…… 언니인데요."

이태석과 나는 싱긋 웃으며 손을 흔드는 서명화를 남겨 둔 채 간호사를 따라 병실로 자리를 옮겼다.

사모는 피로한 기색이 남은 얼굴로 양팔에 각각 하나씩, 쌍둥이를 기대 놓은 상태였다.

하나는 하늘색 수건에, 하나는 분홍색 수건에 감싸여 있었다.

산부인과 의사가 우리를 반겼다.

"왕자님과 공주님을 순산하셨습니다."

사모가 희미한 미소를 지었다.

"이상적이죠?"

그 말에 이태석은 입을 굳게 다물었다가 간신히 입을 뗐다.

"……그러게."

그 목소리에 희미한 물기가 어려 있었다. 간호사가 이태석에게 물었다.

"안아 보시겠어요?"

"예."

이태석은 간호사로부터 핏덩이 하나를 넘겨받아 조심스럽게 안았다.

갓 태어난 아기의 쭈글쭈글하고 못생긴 얼굴을 보며, 이태석은 그 얼굴에 희미한 미소를 지어 올렸다.

그 모습에서 나는 이태석이라는 인물과 거리가 멀어 보이던 어떤 변연계적 감정—이를테면 사랑이라든가—이 나타나는 것을 보며 새삼스러운 감정에 휩싸였다.

'……나때도 그랬을까.'

아니.

내가 아니라 이성진이지.

내가 은연중 떠올린 생각에 쓴웃음을 지으려니, 이태석이 나를 힐끗 쳐다보았다.

"너도."

"예."

나는 강보에 싸인 아기를 받아 조심스럽게 품에 안았다.

'전생에는 존재한 적 없던…….'

아마도 나라는 변수로 인해 태어난 동생을, 나는 가만히 내려다보았다.

어지간한 산전수전은 모두 겪어 본 나였지만, 갓난아기를 품에 안아 보는 건 내 생을 통틀어 이번이 처음이었다.

'이렇게나 작고 가벼운데. 왠지 모르게 무거워.'

내가 아기를 안아 들고 느낀 무게감은, 아마 이 조그만 생명체가 나면서 갖고 있을 존재감이리라.

"이름은……."

나는 목소리를 가다듬었다.

"이름은 정해 두셨나요?"

이태석은 고갯짓만으로도 아기가 깰까 싶어, 조심스럽게 고개를 끄덕였다.

"남자애는 이하진, 여자애는 이유진."

이하진과 이유진.

이성진, 이희진에 이은 진 돌림이었다.

이태석이 간호사를 쳐다보자, 간호사는 이태석에게서 아기를 받아 조그만 유아용 침대에 뉘였다.

나 또한 품에 있던 조그맣고 뜨거운 생명을 간호사에게 넘긴 뒤, 아기가 침대에 눕는 양을 가만히 쳐다보았다.

그사이 이태석은 사모에게 말을 건네고 있었다.

"푹 쉬어. 무리하지 말고."

"네."

병실을 나서며, 우리는 아무 말도 하지 않았다.

하지만 그건 대기실에서의 어색한 침묵이 아닌, 각자가 깊은 생각에 잠긴 자연스러운 정적이었다.

나에겐.

「우리, 아이를 갖는 건 어때?」

옛 약혼자의 목소리가 어쩐지, 귀에 선연히 들리는 듯하였다.
'……너도 이맘때 어딘가에 있겠지.'

그사이.
삼풍백화점의 투자를 검토하던 삼광화재가 클레임을 걸고 나섰다.

「투자를 재고해 봐야 하겠습니다.」

그 발언은 언론을 타고 일파만파로 번져 나갔다.
삼풍백화점을 향한 공격이 시작되었다.
작년 성수대교 부실 공사 건이 드러난 이후 정부 주도하에 각종 건축물에 관한 대규모 전수조사가 행해졌으나, 이는 어디까지나 공공 기관에 한정한 이야기였다.
그러잖아도 '성수대교가 무너질지 모른다'는 것 자체가 정부에 악재로 미치는 커다란 스캔들이었고―실제로 붕괴했던 역사를 알고 있는 나로선 어처구니없을 지경이었지만―정부는 민간까지 개입해 지지율을 떨어트리는 일은 원치 않았다.

바위를 들추면 그 아래 이런저런 벌레가 들끓기 마련이겠지만.

한편으로 발에 채이지 않는 돌부리는 굳이 신경 쓰지 않고 못 본 척하겠단 의미였다.

그러니 삼풍백화점 같은 민간 법인은 대규모 전수조사하의 감사를 요리조리 빠져나갔던 것인데, 성수대교가 무너졌던 전생에도 그랬으니 이번엔 오죽할까.

더욱이 여기엔 온 국민이 불문율로 알음알음하던 공무원 비리까지 연루되어 있었다.

공공기관의 부패가 '노골적인 증거를 포함해' 들춰지는 건 여당 정부 입장에서 달가운 이야기가 아니었다.

그러니 아마 삼풍백화점 관련해서도.

「아무 문제 없지?」
「예.」
「잘하자.」

이런 식의 눈 가리고 아웅 하는 지적만 있었다가 말았을지도 모를 일.

그 와중에 삼풍백화점은 상장을 앞두게 되었으며, 상장만 하게 된다면, 이 대한민국의 부흥에 힘입어 바닥에 널린 금덩이를 주워 주머니에 넣기만 하면 모든 것이 만사형통이라고.

그들은 생각하고 있었을지 모른다.

하지만 세상일은 그렇게 장밋빛으로 물들어 있지만은 않았다.

이어질 2, 3호점을 무리하게 준비하며 대규모 투자 유치에 나선 삼풍백화점은 그 파트너십을 맺기로 약조한 후보 중 하나였던 삼광화재의 클레임을 받게 된 것이다.

계약서에 도장을 찍고 악수를 나누면 모든 것이 끝나리라 여겼던 것인데.

이게 웬걸.

그들은 삼풍백화점의 경영진이 전혀 생각해 본 적 없던 문제를 들고 딴죽을 걸었다.

처음 이 보고를 들은 삼풍백화점의 신기현 회장은 이를 두고 상장을 앞둔 액땜 정도라 여긴 모양이었다.

아마 자신과 이휘철 전 회장 사이의 관계를 눈치채지 못한 아랫것들의 오산이거나, 아니면 공모가를 쥐락펴락하려는 이휘철 회장 나름의 협상패 정도.

그러나 일은, 그리고 그 일에 관한 스노우볼은 신기현 회장이 생각한 것 이상이었다.

[저는 지금 삼풍백화점 앞입니다.]

나는 TV를 보며, 이럭저럭 익숙한 얼굴이 나오는 것에 아이러니함을 느꼈다.

'심수진 앵커.'

그녀는 작년 이맘때쯤 성수대교 부실 공사 스캔들과 관련해 안면을 튼 사이였다.

전생대로 일이 흘러갔더라면 채한열과 불륜설이 알려지며 언론계에서 사라졌을 그녀였으나, 이번 생에는 내가 중간에 개입함으로써 관련 사안이 '없던 일'이 되어 버린 바람에 이 세계에서 그녀의 커리어는 퍽 안정적으로 보였다.

[삼풍백화점은 보시는 바와 같이 당초 삼풍아파트의 근린 생활 단지로 부지가 조성되어 있었으나……]

자료 화면은 설계 도면과 청사진, 그리고 한창 증축 중이던 '관계자 외 출입금지 장소' 내부가 핸드 헬드 카메라로 적나라하게 찍힌 영상을 끼워 넣었다.

출처는 뭐, 굳이 말할 필요도 없겠고.

나는 손에 든 삼풍백화점 관계자 출입증을 만지작거리며

싱긋 웃었다.

[……이러한 과정에서 처음 삼풍백화점 공사의 수주를 맡은 유성건설 측은 설계상 무리한 증축을 강요받았으며…….]

특집 보도로 기획된 뉴스는 이러한 삼풍백화점의 부실 공사와 부실 공사를 묵인한 비리 공무원 사이의 유착 정황을 가감 없이 비추고 있었다.

[이는 안전을 완전히 무시한 설계입니다.]

어느 국립대의 교수가 패널로 나와서 인터뷰를 이어 갔다.

[보시면 삼풍백화점은 무량판 구조로, 소위 기둥이 건물의 하중을 떠받치는 것으로 설계되어 있는데, 저로서는 이런 건물이 여태껏 건재할 수 있다는 것에 의문이 들 정도입니다.]
[그렇다면 삼풍백화점은 언제든 붕괴의 조짐이 있다고 하시는 건가요?]
[그렇습니다. 여기 내부 사진을 보시면 노출된 콘크리트 벽면에 균열이 가해져 있는 것을 아실 텐데요. 건축학적 지식이 조금이라도 있는 사람이라면…….]

의도한 바이긴 했으나, 시기상으로도 적절했다.

머지않아 다가올 대규모 선거를 앞두고, 젊고 야망 있는 야당의 정치 병아리들—내 입장에선 이 미래의 능구렁이들의 젊은 시절을 목도하는 것도 아이러니하지만—이 표를 의식해 목소리를 드높여 성토하기 시작한 것이다.

그들은 '자유안전을위한시민단체연합' 같은 듣도 보도 못한 시민단체를 조직해 삼풍백화점 인근에 천막을 치고 성명서를 발표했다.

여당 정부에서는 문민정부 출범 이전의 정권에서 있었던 일이며, 관련 공무원은 엄중히 징계하겠노라고 발표했으나 큰 의미는 없는 발뺌이었다.

이번 문민정부는 그 이름부터 '문민'이라 하여 제6공화국과 차별점을 두며 출범한 조직이긴 했으나, 사실상은 그 연장선에 놓인 정부이기도 했으므로 각종 공기업이며 요직에 이전 정권의 이름깨나 날리던 사람들이 자리를 지키고 앉아 있더란 건 공공연한 사실이었다.

'삼풍 스캔들'을 이전 정권에 있었던 과오를 연좌제로 삼아 공격하는 것이라 주장하는 건 야당 정치인들의 말마따나 '국민을 우롱하고 능멸하는' 대처임이 분명했다.

그렇게 작년, '선거 시기와 시간상 거리가 있다 보니' 다소 유야무야 넘어간 느낌이 들던 성수대교 부실 공사까지 재조명되면서 삼풍 스캔들은 이런 저런 연료를 땔감 삼아 환하게 불타는 떡밥으로 현재 진행 중이었다.

　한편 삼풍백화점은 그제야 사태가 심상치 않다는 걸 느꼈
는지, 부랴부랴 '폭탄 세일'을 감행했으나.

　제아무리 안전 불감증에 걸린 대한민국 국민이라 하더라
도 이 정도로 언론에서 떠들어 대니 어지간해선 발걸음을
하기 어려울…… 것이라고 생각한 나도 안전 불감증이었나
보다.

　'이거 참.'

　나는 저 멀리, 근방의 교통 혼잡까지 야기할 정도로 빽빽
하게 들어찬 자동차를 보며 어처구니가 없어 웃었다.

　"……그러게, 나도 어처구니가 없어서 웃음이 나오네."

　내 곁의 제니퍼가 입술을 잘근 깨물며 다가와 중얼거렸다.

　"늑대를 피해 달아났더니 호랑이 굴이었어."

　제니퍼가 한숨을 내쉬며 머리를 쓸어 넘겼다.

　"에휴, 정말이지, 나는 사업에 마가 낀 건가……."

　"오히려 좋은 타이밍에 발을 뺀 거라고 생각하면 어때요?"

　내 위로에 제니퍼는 인상을 찡그렸다.

　"너, 알고 보니 의외로 되게 긍정적인 소년이었구나?"

　"새 나라의 어린이인걸요."

"제 입으로 그런 말 하는 어린이가 세상에 어디 있어."

제니퍼는 입을 삐죽이곤 인근 편의점에서 사 온 슬러시를 내밀었다.

"자, 새 나라의 어린님. 생과일주스가 아니라서 미안하지만, 이걸로 참아 주렴. 이제 이 누나는 파산이라서."

그 자조적인 농담엔 웃질 못하겠군.

"잘 마실게요."

제니퍼는 삼풍백화점 스캔들이 터진 이후, 다른 몇몇 대형 식당 점주들처럼 삼풍백화점과의 계약을 파기했다.

그리고 관련해 싸움을 벌여 오다가 그 서류를 챙긴 것이 바로 오늘.

「세상일이란 앞길을 예측할 수 없다더니, 딱 그 꼴이네.」

제니퍼는 휴지 조각이 된 계약서를 흔들며 그렇게 덧붙였다.

하긴, 삼풍백화점이 상장을 앞둔 마당에 이런 악재가 터지다니 누가 짐작이나 했을까.

전생과 마찬가지로, 아마 높은 확률로 삼풍백화점의 상장은 없던 일이 될 것이다.

설령 건물이 무너지지 않더라도 삼풍백화점은 이미 그 덩치를 키우느라 무리한 마당에 여기저기서 채권과 투자금을 끌어들였고, 이번 상장이 물 건너가게 되면 끌어들인 돈을 메꿀 수 없어 기업 자체가 경매로 넘어갈 판국이다.

그러는 와중 삼풍 측은 어떻게든 '대출혈 바겐세일'을 펼쳐 가며 제 살을 깎아서라도 실적 부풀리기에 나서는 중이었다.

내 눈엔 저 커다란 건물 한쪽 면을 장식한 채 초여름 바람을 맞은 '폭탄 세일' 문구처럼 그저 최후의 발악, 정도로밖에 보이지 않는 것이었지만.

'이래서야 부도도 머지않았지.'

그런 의미에서 삼풍백화점과 어렵사리 맺은 계약을 과감하게 정리한 제니퍼의 사업 수완도 범상치 않았다.

제니퍼가 제 몫의 슬러시를 빨대로 쪽 빨아 마셨다.

"이렇게 될 줄 알았다면 진즉에 성진이 네 말을 들을 걸 그랬어."

"그래요?"

"결국은 네 말대로 됐잖아."

아니.

정확히는 그렇게 되게끔 약간 손을 본 것이긴 하지만.

그걸 솔직하게 밝혔다간 제니퍼가 어떻게 나올지 몰라 어깨를 으쓱였다.

"우연이에요."

"흥⋯⋯."

제니퍼는 코웃음을 치곤 슬러시를 쪽쪽 빨아 먹다가 홱 고개를 돌렸다.

"아니, 잠깐만. 저번엔 그냥 넘어갔지만 너 진짜, 뭔가 보인다거나 하는 건 아니야?"

"이야기가 왜 그런 식으로 흘러가는 건지 모르겠는데요."

"어쨌거나 네 말마따나……. 아니, 뭐."

제니퍼는 흥분해서 떠들어 대려다가 입을 꾹 다물었다.

"……어쨌거나 아까도 말했다시피 네 말대로 된 것도 사실이고. 무너진 건 아니었지만 어쨌건 부실 공사 문제는 심각했잖아?"

"에이, 그 정도는 정보의 힘이죠."

말은 그렇게 했으나, 나는 이휘철과 내가 합작한 조손사기단의 행적이 들킬까 가슴이 조마조마했다.

제니퍼는 나를 물끄러미 쳐다보다가 빨대를 만지작거렸다.

"하긴 뭐, 그러는 나도 설마 저 커다란 건물이 무너질 거라곤 생각하지 않지만 말이야."

글쎄.

나는 슬러시를 한 모금 빨아 마셨다.

하긴, 이번 생에는 무너지지 않을지도 모르고.

제니퍼의 말을 재인용하자면 세상일이란 앞길을 예측할 수 없는 법이니까.

관련해서는 이휘철이 예전 성수대교 부실 공사 건을 두고 논평했던 대로.

이는 '무너지건 무너지지 않건 하등 상관없는 일'이었다.

관건은 어쨌거나 그들에게 문제가 있다고 떠들어 대 주기만 하면 될 일이었으니까.

그때, 우리 앞에 고급 스포츠카 한 대가 부웅, 지나가더니.

끼익.

멈춰 섰다.

그리고 재빨리 후진.

"어라?"

뒷자리에 쇼핑백이 가득 실린 오픈카에 앉아 쓰고 있던 선글라스를 슬쩍 내리는 젊은 미녀…….

"……엑."

아니, 이성진의 이모인 서명화잖아.

당신이 왜 여기 있어?

그런 생각을 한 건 비단 나뿐만은 아닌 듯했다.

"켁."

제니퍼는 대놓고 똥 씹은 표정으로 서명화를 마주했다.

서명화는 스포츠카에 올라탄 채로 크고 동그란 눈을 깜빡이더니 입을 열었다.

"금례야, 네가 왜 우리 성진이랑……."

"네가 무슨 상관이야?"

금례.

정금례는 (아마도 그녀 스스로 콤플렉스를 느끼고 있는 듯한)제니퍼의 본명이다.

제니퍼는 욱하며 반사적으로 말을 뱉었다가 아차하곤 혀를 씹었다.

"……아니지. 음, 너야 뭐 성진이 이모니까."

"그렇지. 그래서 너는?"

제니퍼는 이 갑작스러운 만남이 반갑지만은 않은 양 한숨 섞인 목소리로 대답했다.

"사업 파트너야."

"사업 파트너?"

대답을 들은 서명화는 웃음을 터뜨렸다.

깔깔거리며 웃는 서명화를 제니퍼는 뚱한 얼굴로 쳐다보았고, 뒤이어 서명화는 차에서 내리며 본넷에 엉덩이를 걸쳤다.

"아, 미안, 그런 의미로 웃은 건 아니야. 그냥, 아, 정말 그런 거 아닐까 했던 게 사실이라서 웃었어."

"……."

서명화가 선글라스를 벗으며 나를 쳐다보았다.

"성진이는 오빠 말 그대로네. 정말로."

"어떤 말씀을 들었는지는 모르겠습니다만."

"칭찬이야, 칭찬. 애도 참."

부지불식간의 일이라 제대로 된 인사를 할 타이밍을 피차 놓치고 만 셈이었지만, 제니퍼나 서명화 둘 다 아랑곳하지 않는 눈치였다.

그것만 놓고 보면 서로가 지우(知友)라고 평할 법도 하지만, 제니퍼의 안색은 서명화와의 우연한 조우가 아주 달가워 보이지만은 않는 눈치였다.

"그래서, 무슨 일이야? 여긴 삼풍백화점 근처인데. 집에 있으면 너네 백화점 컨시어지들이 대신 쇼핑해 주는 거 아니었니?"

제니퍼의 은근한 가시가 돋친 물음엔 '뉴월드백화점의 영애께서 경쟁 기업인 삼풍까진 어언 행차이신가'를 내포하고 있었다.

그러잖아도 그녀의 시선은 삼풍백화점 로고가 박힌 뒷좌석 쇼핑백에 붙박여 있었으니.

그런 노골적인 뉘앙스를 알아듣지 못할 서명화도 아니어서, 그녀는 태연하게 대답했다.

"그래서야."

"응?"

"이 정도 바겐세일이면 백화점 입장에선 팔수록 손해잖아? 그러니까 겸사겸사 잔뜩 쇼핑한 거지. 뭐, 쇼핑하는 걸 싫어하지도 않고."

"……."

뉘앙스는 '편의점 1+1 상품이라서 잔뜩 가져왔다'는 식의 가벼운 어조였다.

'이래서 재벌들이란.'

그렇다고 서명화의 말이 아주 틀린 것도 아니라는 게 제법 아이러니했다.

"그래도 얼마 못 했어."

서명화가 어깨를 으쓱였다.

"도중에 백화점이 문을 닫았거든."

"응?"

의아해하는 제니퍼와 달리, 나는 잠시 벙쪘다.

'삼풍백화점의 영업 정지?'

나는 얼른 서명화의 차로 갔다.

"이모님, 라디오 좀 틀어 주시겠습니까?"

"응? 아, 그래."

내 어조가 다급히 들렸는지, 서명화는 '이모님 운운'하며 딴죽 걸 생각도 않고 얼른 카 라디오를 켰다.

서명화가 휠을 돌려 라디오 주파수를 몇 번 맞추고 나니, 때맞춰 뉴스가 흘러나왔다.

[……다음 뉴스입니다. 검찰 측은 업무상의 배임 행위와 부당 청탁 의혹에 있는 삼풍백화점 신기현 회장을 불구속 입건하는 한편, 안전상의 이유로 삼풍백화점에 영업금지 가처분 신청을 낸 가운데 한차례 진동

이······.]

진동이라.

나는 저 멀리 삼풍백화점을 쳐다보았다.

타이밍 한번 기가 막히는군.

제니퍼 역시 나와 생각이 같았는지, 착잡함과 안도감이 복잡하게 뒤섞인 얼굴로 고개를 주억거렸다.

이 중에서는 오직 서명화만이 담담한 얼굴로 뉴스를 들었다.

"왠지, 그럴 거 같더라니까."

서명화는 그렇게 말하며 고개를 돌려 저 멀리, 혼잡스러운 백화점 앞 교차로를 쳐다보았다.

백화점 앞은 어느새 유니폼을 입은 안내 여직원이 자리를 비운 지 오래였고, 자동차 경적 소리 틈으로 긴급 투입된 경찰관의 교통 통제용 호루라기 소리가 아득히 들려오는 가운데 그들이 휘둘러 대는 지시봉이 의미 없는 춤사위처럼 초여름 한낮의 허공을 이리저리 갈라 대었다.

'결국 정부에서 나선 모양이군.'

내가 몸담던 시대에서는 상상하기 힘든 이야기였지만, 아직 정부의 공권력이란 국민들에게 다소 어렵고 딱딱하게 여겨지던 시절이었다.

'그러다 보니 결행도 빨라.'

삼풍백화점 부실 공사와 그 부실 수주 건은 이번 선거에서 야당이 앞세우고 있는 주요 구실 중 하나였고, 관련해서 어쩌면 정부와 신기현 회장 사이에 사법 거래가 있었는지도 모른다.

하지만 관건은 거기에 있는 게 아닌, 영업정지 신청과 신기현 회장에 대한 영장 발부.

사실 몇 번인가 정부로부터 시정 조치 명령을 받아 온 삼풍백화점이었으나, 말 그대로 '시정'이 가능할 리 없는 이야기였다.

건축적으로 근본부터 뒤틀려 있는 마당이니, 사실상 정부의 시정 조치 명령조차 '앞으로 얼마 뒤 영업정지를 먹이겠다'는 경고와 유예를 겸한 것이나 마찬가지인 이야기.

'이로써 삼풍백화점의 상장은 사실상 물 건너가고 말았어.'

이 호황기에 부도라니, 그것도 참 대단한 뉴스거리긴 하다만, 이 또한 삼풍의 업보였다.

'그래도 수천 명이 죽거나 다친 대참사는 일어나지 않게 될지도 모르겠군.'

이어서 서명화가 카시트에 등을 붙이며 우리를 쳐다보았다.

"그나저나 너희 둘은 무슨 사업 중인데 삼풍백화점까지 온 거야?"

그 말에 제니퍼가 고개를 저었다.

"이미 끝난 이야기야."

"그래? 다행이네. 뭐였니?"

"이야기하자면 길어."

그 일방적인 밀어내기에 서명화는 잠시 뚱한 얼굴을 하더니 슬쩍 나를 보았다.

그러잖아도 그녀는 이번 일이 얼마 전 있었던 서명훈과 내 만남이 어떤 연관성을 갖고 있지는 않을까, 생각하고 있는 참이었던 모양이었다.

'그렇다고 해서 이번 일의 배후에 내가 관련되어 있단 사실을 대놓고 드러내는 건 다소 껄끄럽지.'

해서, 나는 적당히 끼어들었다.

"삼풍백화점과 연계해서 사업을 준비 중이었거든요."

"삼풍이랑?"

서명화는 다소 언짢은 듯 눈썹을 씰룩였다.

"우리 뉴월드가 아니고?"

"뭐어."

나는 힐끗 제니퍼를 쳐다보았다.

둘 사이가 지인이더란 것을 제외하면 나로선 둘의 관계가 세밀하겐 어떻다는 걸 알 수 없었고, 자연히 그 안에 내재된 내적 동기까진 헤아리기 힘든 이야기였으므로.

그사이 잠시 생각에 잠겨 있던 제니퍼는 가벼운 한숨을 내쉬며 끼어들었다.

"말했다시피 이미 끝난 이야기야."

"흐응."

"……뭐? 왜?"

"아니."

서명화가 픽 웃으며 선글라스를 도로 썼다.

"너도 참 여전하구나, 싶어서."

"……너야말로 미국에 있다고 들었는데, 한국엔 어쩐 일이야?"

제니퍼의 말에 서명화는 고개를 갸우뚱했다.

"못 들었어?"

"왜? 무슨 일 있었니?"

"정말. 이런 거 보면 성진이가 형부랑 판박이네."

내가 뭘.

서명화가 말을 이었다.

"얼마 전에 언니가 쌍둥이를 낳았거든."

그 말에 제니퍼는 눈을 동그랗게 떴다.

"뭐? 정말? 명선 언니가?"

"얘도 참, 정말 몰랐구나?"

서명화는 어처구니없다는 듯 나와 제니퍼를 번갈아 보았다.

"아무튼 그래서 겸사겸사 귀국한 거였는데……. 둘이 그렇게 친한 사이는 아닌가 봐?"

"……성진이 표현대로면 비즈니스 관계일 뿐이지."

말하는 왠지 제니퍼는 퍽 서운해하는 눈치였다.

아니. 피차 암묵적으로 배경 이야기는 하지 않는 분위기였으니, 먼저 말 꺼내기도 조심스러웠던 건데.

"됐고, 오랜만에 만났는데 우리, 성진이 끼워서 밥이나 먹을까? 내가 쏠게."

그 제안에 제니퍼는 그녀답지 않게 다소 주저하다가 고개를 저었다.

"아직 일이 남아서. 다음에."

"그래? 흠."

뒤이어 서명화가 빈 조수석을 슬쩍 암시하면서 빙긋 웃었다.

"그러면 성진이는?"

업무상 처리할 일이 남아 있긴 해도 오랜만에 우연히 만난 친구와 밥 한 끼 함께할 시간이 없지는 않을 터.

'서명화야 어쨌건 제니퍼는 이성진의 이모를 그다지 좋아하지 않는 눈치인데.'

아닌 말로, 정말 반가운 사이라면 상황이야 어찌 됐건 시저스에서 오성환의 요리를 대접할 수도 있을 터.

더군다나 나 역시도.

'전후 사정을 모르는 서명화가 삼풍백화점 관련해서 미주

알고주알 떠들어 댈지도 모를 일이지.'

그건 조금 곤란하다.

그리고 이 기묘한, 본의 아니게 여자들 사이의 신경전 가운데 놓인 내 입장도 누군가가 이해해 주면 좋겠다.

'별수 없지.'

그래서 나는 당초 계획대로 제니퍼와 동행하기로 했다.

"저도 제니퍼 누나랑 일이 남아서요."

"제니퍼?"

서명화가 웃었다.

"뭐 아무튼 알았어. 약속을 잡은 것도 아니었고."

서명화는 머리 위로 올렸던 선글라스를 도로 썼다.

"그럼 다음에 보자."

"……응. 그래. 잘 가."

이어서, 서명화는 쿨하게 기어를 넣더니 곧장 차를 몰아 떠나 버렸다.

서명화가 떠나고 우리 둘만 남은 상황에서, 제니퍼가 시선을 돌리지도 않은 채 입을 뗐다.

"성진이 너도 일이 남았었니?"

"그럼요."

"……그래? 그러면 우리도 차로 돌아가자."

나는 제니퍼를 따라 그녀의 차에 올라탔다.

내가 안전벨트를 매자마자 제니퍼는 차를 몰았고, 그로부터 얼마 지나지 않아 제니퍼가 다소 가시 돋친 목소리를 끄집어냈다.

"왜 아무 말도 안 했어?"

"뭘요?"

"……네 어머니가 출산하셨단 거."

제니퍼는 그게 퍽 서운하다는 양 말했지만, 일부러 숨긴 것도 아니었다.

"제니퍼 누나가 저희 외가랑 친분이 있다는 것도 오늘 처음 알았는걸요."

예전에 그녀가 사모를 두고 '명선 언니'라고 슬쩍 언급한 적이 있긴 했지만, 그녀 스스로 황급히 정정했던 내용이어서 나는 시치미를 뚝 뗐다.

더군다나 비즈니스 관계에 가정사를 미주알고주알 늘어놓을 필요는 없으니까.

"……그것도 그러네."

아마 처음부터 그런 것을 내색했더라면 오히려 그녀가 시저스의 뉴월드백화점 입점이라는 쉬운 길이 아닌, 아무런 연고도 없는 삼풍백화점과 계약을 맺었다는 것을 먼저 언급해야 했을 터.

또, 거기엔 그녀의 내밀한 곳에 자리하고 있었을 모종의 감정적인 면모까지 드러내야 한단 의미이기도 했으니, 이 또한 그녀 스스로 감췄던 나비효과의 여파였다.

'차라리 처음부터 그녀의 입장을 밝혔다면, 자연스레 삼풍이 아닌 뉴월드와 계약을 맺었겠지.'

제니퍼 역시도 그런, 그녀 스스로 만들어 낸 비밀에 이렇듯 발목이 잡힐 줄은 몰랐다는 양 입술을 잘근 깨물었다.

아마, 그녀에겐 그녀의 환경을 배재한 자수성가의 열망이 내재해 있었을 것이다.

사실, 제니퍼는 나이에 비해 제법 유능했다.

하지만 그것을 오롯한 그녀의 천성이라고 치부할 수 있을는지, 외부자인 나로선 가타부타 논할 수 없다.

내가 논박할 수 있는 것이라면, 20여 년가량 그녀가 가정의 비호를 받으며 쌓아 올린 자신의 능력까지, 그녀가 타고난 배경과 전혀 무관하진 않았으리라는 정도.

가까운 예를 들어 공가희만 하더라도, 그녀가 무너져 가는 분식집 장녀라는 환경이 아닌 제니퍼나 나처럼 재벌가 출신이었다고 하면, 그녀의 가진바 재능이며 꿈을 펼치는 것에 허들이 낮았으리라.

공가희까지 갈 것도 없다.

고아원에서 자라 청계천 불법 조립 PC 시장에 발을 들인 조인영, 부모의 강압으로 연예계 출발선에 섰던 윤아름, 이제는 없던 이야기가 되었지만 부모의 이혼과 아버지의 불륜과 관련한 콤플렉스가 있었을 채선아까지.

'그리고 나조차도 말이야.'

자아 운운하는 거창한 철학을 논할 생각은 없지만, 사람이란 어느 정도 자신의 환경에 그 성향이 지배받기 마련이다.

'그런 의미에서 자신의 타고난 배경을 벗어던지려 발버둥친 제니퍼는 역으로 그 탓에 삼풍백화점이라는 재앙과 마주하게 된 것이겠지.'

만일 그녀가 처음부터 자신의 배경과 인맥을 활용했다고 하면, 무난하게 뉴월드백화점과 계약 후 전생보다 이른 나이에 사업가로 성공했으리라.

'다만, 어디까지나 가정에 불과한 이야기야.'

어쨌건 제니퍼와 나는 어디까지나 비즈니스에 입각한 관계였고, 그녀만큼이나 나 역시 스스로를 그녀의 인생 상담이나 해 줄 위치라곤 생각하지 않았다.

차내에 짧은 침묵이 맴돌았다.

그 묘하게 어색한 침묵을 깨트린 건 제니퍼였다.

"네 이모랑 나, 고등학교 동창이었거든."

"처음 듣는 이야기군요."

"굳이 말할 필요가 없다고 생각했으니까."

딱딱하게 대답한 제니퍼는 그녀 스스로 맞이한 이 운명의 장난을 자각했는지, 얼마 지나지 않아서 쓴웃음을 지었다.

"이럴 줄 알았으면 그냥 처음부터 뉴월드백화점에 고개를 숙이고 들어갈 걸 그랬나?"

짐짓 밝은 척 떠들어 대긴 했으나 본질은 자조 섞인 혼잣

말이어서, 나는 대답하지 않았다.

'고개를 숙이고 들어간다……라.'

그 짧은 읊조림에서 나는 그녀가 가진 모종의 콤플렉스가 담뿍 묻어나는 걸 느낄 수 있었다.

전생의 제니퍼는 젊은 시절에 겪은 이 잇따른 실패로 그녀가 저항하던 운명을 순순히 받아들였을 것이다.

그녀가 버리려고 하는 정금례라는 이름처럼.

제니퍼가 웃는 얼굴로 말을 이었다.

"나도 참 운이 없네. 나는 나대로 해 본다고 했던 일인데."

말마따나, 운이 없었다.

이번 생엔 역사가 바뀌어 삼풍백화점이 무너지지 않는다고 하더라도, 그 뒤엔 IMF가 있다.

나 또한 거품으로 그 실적을 쌓아 올린 삼풍백화점이 대기업 줄도산의 IMF 폭풍 속에서 살아남으리라고는 생각하지 않는다.

그렇다곤 하나.

이미 많은 이들의 운명이 바뀌고 있었다.

성수대교는 무너지지 않았고, 조인영과 공가희는 가진 재능을 살려 내 아래에 들어와 있었으며, 윤아름은 강압적인 어머니 아래에서 사실상 독립해 전생보다 굵직한 커리어를 쌓아 올리는 중이었다.

'그뿐만 아니라 예정된 시기의 죽음을 피해 낸 이휘철이며, 전생엔 존재한 적도 없던 이성진의 쌍둥이 동생까지.'

제니퍼와의 만남도 그 자체는 우연한 것이었으나, 그녀의 현재 상황은 우연이 아니었다.

"성진이 너, 어디까지 알고 있었어?"

제니퍼가 툭 하고 던진 말에서 나는 삼풍의 부도에 관여한 걸 들킨 양 속이 뜨끔했으나, 일부러 모른 척했다.

"뭘요?"

"뭐…… 나랑 네 이모의 관계까진 그렇다 쳐도, 내 이름이랑 배경 정도는 알고 있었을 테고."

아, 그건가.

"그럼요. 알고 있었죠."

"그런데도 꼬박꼬박 제니퍼 누나라고 불러 주네?"

나는 그 추궁 아닌 추궁 앞에 일부러 담담히 대답했다.

"누나가 그렇게 불러 달랬잖아요?"

"……쿡."

제니퍼가 웃음을 터뜨렸다.

"아하하하, 맞아. 내가 그랬지. 맞아. 아하하하."

내 별것 아닌 대답이 지금 그녀에겐 위로가 되기라도 한 양, 제니퍼는 소리 내서 웃었다.

"정말이지, 앙큼한 꼬맹이야."

"제가 뭘요?"

"됐네요, 이 사람아."

제니퍼는 큭큭 웃으며 덧붙였다.

"아, 그리고 명선 언니한테 출산 축하드린다고, 안부 전해 줘."

"물론이죠. 그렇게 전할게요."

"응…… 그래."

제니퍼가 어딘지 짐을 내려놓는 듯한 한숨을 내쉬었다.

"그래도 이렇게까지 쫄딱 망해 버리니까 차라리 우습네. 이 그리스 비극적인 상황에 카타르시스마저 느껴져."

"……."

"아, 애들한텐 좀 낯선 이야기였나? 나, 전공이 철학이거 든."

"아뇨. 뭐."

그건 이미 알고 있다.

이따금 그녀의 쓸데없는 잡학이 장황설을 타며 흘러나올 때도 있었고, 한때 스티브 잡스의 영향으로 인문학 열풍이 불었을 당시 '한국의 성공한 경영자 사례'에 정금례가 소개되 기도 했을 정도니까.

"왜, 경영학이 아니라서 놀랐어?"

"누나가 경영학 전공자일 거라고 생각한 적은 없었는데 요."

"참 나. 얘가 은근히 디스를 하네?"

"그런 의미가 아니에요. 경영학 전공자라고 다 경영을 잘하는 건 아니잖아요. 철학자인 탈레스도 올리브 투기로 유명하듯 말이죠."

"……너 정말 국민학생 맞아?"

"수박 겉핥기일 뿐인데요, 뭘."

제니퍼는 잠시 나를 어처구니없다는 듯 쳐다보다가 고개를 저었다.

"뭐, 이젠 끝난 이야기지만."

제니퍼는 지금 경영자로서 자신의 커리어가 끝났다는 생각 중이었겠지만.

'다 짜 놓은 판인데, 그럴 리가.'

나는 아직 그녀를 놓아줄 생각이 없었다.

우리는 두런두런 이야기를 나누며, 이태원의 여전히 '개업 대기' 상태인 시저스 본점으로 향했다.

우리는 차를 세운 뒤, 이태원에 자리한 시저스 '본점'으로 향했다.

예의 텅 빈 식당엔 오성환과 신은수가 마주 앉아 라디오를 듣던 중이었다.

"아, 사장님."

"안녕."

"……네. 성진이도 왔네?"

나는 짧은 목례로 인사를 대신 받았다.

"사장님, 혹시 방금 뉴스 들으셨어요?"

"응."

이어서 신은수는 주저하며 제니퍼에게 위로를 건넸다.

"그…… 유감이에요. 일이 이렇게 되어서."

"뭐 어쩌겠어."

제니퍼는 짐짓 쿨하게 신은수의 말을 받아넘기며 둘이 앉아 있던 테이블에 털썩 자리를 잡았다.

그러는 사이 아무런 말도 없이 그런 제니퍼와 곁에 앉은 나를 물끄러미 쳐다보던 오성환이 툭 하고 입을 열었다.

"성진이는 왜 데려온 거야?"

"뭐어."

제니퍼는 어깨를 으쓱였다.

"몰랐어? 우리 사귀는 사이거든."

"……."

아무 말 없이 전화기로 향하는 오성환을 제니퍼가 다급히 말렸다.

"농담이야, 농담."

"……."

"흠, 흠. 어쨌건 성진이를 우리 레스토랑의 처음이자 마지막 손님으로 수미상관의 방점을 찍는 거라고 생각하면 어때?"

오성환이 팔짱을 끼며 고개를 저었다.

"전부 다 날아간 마당에 무슨 손님 어쩌고야? 소꿉장난할 분위기는 아니지 않나."

이어서 오성환은 그 스스로 말이 조금 지나쳤다고 생각했는지 머리를 긁적였다.

"뭐, 오늘만큼은 성진이한테 커피밖에 내 놓을 게 없어서 그런 것도 있고."

"담가 둔 절임무는?"

"……그것만 가지고 뭘 어쩌라고."

"정말 아무것도 없나 보네?"

"정리 중이잖아. 식재료는 싹 다 비웠지."

"알았어, 그럼 커피라도 타 줘."

오성환은 서명화를 물끄러미 쳐다보았다가 고개를 저었다.

"……나 참. 마지막 날까지 부려 먹긴."

"걱정 마, 나도 도와줄게. 찬장에 비스킷 있지?"

그리고 둘은 주방으로 들어가 버렸다.

애써 농담을 띄우며 분위기를 환기해야 할 만큼, 이곳은 가라앉아 있었다.

사실상 레스토랑은 반년 넘게 개점 휴업 상태였고, 차라리 오픈이라도 했다가 망했으면 모를까, 바란 적도 없고 예측하지도 못한 외부적 요인으로 인해 뭔가를 시작해 보지도 못하고 폐점인 상황이었으므로.

'이런 상황 자체가 바람직하진 않지. 부조리극의 불쾌한 농담 같을 거야.'

신은수는 그런 둘의 뒷모습을 물끄러미 바라보다가 탁자에 턱을 괴었다.

"그런데 성진이는 어쩐 일이니? 놀러 온 거야?"

"아뇨, 업무차 방문했어요."

"업무?"

내 말을 농담으로 받아들인 신은수가 소리 없이 웃었다.

"누나, 저 잠시 메뉴판 좀 봐도 돼요?"

"응? 그래. 그거라도 볼래?"

삼풍백화점과의 계약을 재고하기 직전까지, 그래도 시저스는 활발했다.

오성환은 시저스의 컨셉에 걸맞은, 그러면서도 현지화에 맞춘 메뉴를 개발하느라 최선을 다했고, 신은수 역시도 자잘한 업무 준비로 분주하게 움직였다.

메뉴판은 그중 하나였다.

신은수가 내 앞에 메뉴판을 놓으며 물었다.

"주문은 어떻게 도와드릴까요?"

"음, 여기 있는 거 전부요."

"아하하하."

신은수는 쾌활하게 웃으며 내 곁에 앉았다.

메뉴판의 다소 난해한 메뉴명 옆에는 신은수가 손수 그린

데포르메풍의 일러스트가 메뉴 선택에 도움을 주게끔 아기자기하게 그려져 있었다.

"그림 예쁘지?"

"네. 전공이에요?"

"전공은 아니고. 그냥 취미?"

원래라면, 이 시기 신은수는 삼풍백화점에 입점한 레스토랑의 총 매니저로 상주하며 바쁘게 일했을 것이다.

그리고 '삼풍백화점이 무너지지 않았더라면' 제니퍼가 차릴 식품 브랜드의 창립 멤버로 커리어를 쌓아 올렸으리라.

정말, 사람 일이란 알 수 없는 법이다.

"누나 전공은 뭐예요?"

"어머, 왠지 면접 보는 거 같네."

신은수가 미소를 지었다.

"경영학. 사장님이랑 같은 학교야."

"동창이셨군요?"

"응. 사장님이랑은 부전공 수업 중에 알게 됐는데……."

제니퍼도 사업적으론 선을 긋는 면모가 있었으니, 단순히 교양 수업을 함께 들었단 인연으로 그녀를 고용하지는 않았을 것이다.

나는 힐끗 투명한 유리창 너머를 쳐다보았다.

비록 영업은 개시도 못 한 상황이라곤 하나, 신은수가 열심히 쓸고 닦았는지 가게 내부는 흠 잡을 곳 없이 청결함을 유지하고 있었다.

'다른 건 몰라도 책임감은 있나 보군.'

고용주 입장에선 바람직한 종업원이었다.

더군다나, 이런 자리에서조차 제니퍼를 꼬박꼬박 사장님으로 지칭하는 것부터가, 제법 싹수가 좋아 보였다.

"아, 성진이는 이런 이야기 잘 모르지?"

"알 만큼은 알아요."

"어휴 똑똑하기도 해라."

"앞으로의 계획은요?"

"정말 면접이라도 보려고?"

"……."

"뭐어."

내 말에 신은수는 곰곰이 생각하다가 고개를 저었다.

"모르겠어. 복학 준비라도 해야 하나."

"휴학 중이었어요?"

"정말 알 만큼 아네. 국민학생인데. 이게 요즘 세대의 조기교육?"

신은수는 그렇게 말하곤 볼을 긁적였다.

"사실 대학원을 갈지 이대로 취업을 계속해야 할지 고민 중이었거든. 안 그래도 샴광전자에 들어가려고 준비했는데 보기 좋게 떨어져서."

삼광전자 취준생이셨군.

왠지 속이 뜨끔해서, 심심한 위로를 건넸다.

"삼광전자가 인재 보는 눈이 없군요."

"아니야, 아니야. 성진이도 참."

신은수가 웃었다.

"떨어질 만해서 떨어졌는걸. 면접 때 너무 긴장해서 혀도
꼬였고. 결국 보기 좋게 떨어졌지."

"음……."

"그러다가 사장님이 창업을 한다고 하시지 뭐야. 그래서
냉큼 뽑아 주세요! 하고 말했어. 서비스업이면, 그런 내 단점
을 극복할 연습도 될 거라 생각했고."

"지금은 잘하시는데요."

"정말 면접이었어? 성진이는 보기보다 재밌네."

신은수의 면접을 보고 있으려니, 제니퍼와 오성환이 커피
네 잔을 머그컵에 담아 비스킷을 곁들여 가져왔다.

"기다렸지? 무슨 이야기했어?"

"면접요."

신은수의 말에 제니퍼가 웃음을 터뜨렸다.

"벌써 재취업 준비하는 거야? 그럼 우리 수석 셰프님 면접
도 부탁하고 싶은데."

나는 커피를 홀짝이며 담담히 대꾸했다.

"저번에 맛본 까르보나라로 이미 합격입니다."

내 말을 들은 오성환은 피식 웃으며 커피를 마셨다.

"그런 거라면 냉장고에 있는 절임무도 가져올 걸 그랬나? 그거 제법 잘 익었거든."

"다음에요."

"하하."

제니퍼는 가만히 커피를 마시며 우리 이야기를 듣고 있다가 브리프 케이스를 열어 하얀 봉투 두 개를 꺼냈다.

"자, 그럼 두 사람. 이거 받아."

"……이게 뭔데?"

"퇴직금."

오성환은 입을 꾹 다물었고, 신은수는 얼굴에 걸린 미소를 지우며 시무룩한 얼굴을 했다.

"사장님…….."

"…….."

봉투를 노려보던 오성환은 한숨을 내쉬더니 봉투를 도로 제니퍼 자리로 슥 밀었다.

"됐어, 안 받아."

"야."

제니퍼가 인상을 찌푸렸으나, 신은수도 조심스럽게 봉투를 슥 밀었다.

"……저도요."

"……너까지 이럴 필요 없어."

"사실, 사장님이 오시기 전에 주방장님이랑 이야기했던

거예요."

오성환이 고개를 끄덕였다.

"그동안 공짜 월급 받은 것도 소화가 안 됐거든. 이거까지 받으면 위장병에 시달릴 거야."

"……."

"왜? 착각하지 마. 내 정신 건강을 위해서 안 받겠단 거니까."

이건 그건가.

'흐, 흥, 딱히 널 위해서가 아니니까, 착각하지 말라고!' 같은 거.

이걸 뭐라고 하더라…… 츤데레?

오성환은 무표정한 얼굴의 제니퍼를 지그시 쳐다보았다.

"안 그래도 너, 동업자에게 빚이 있잖아. 은수가 그러더라. 못해도 억 단위 돈이 날아갔을 거라고."

"뭐야, 동정하는 거야?"

"그런 거 아니야. 음, 은수야, 이걸 뭐라고 하더라?"

신은수가 조심스레 말을 받았다.

"투자요?"

"아, 그렇지. 응. 투자. 우리 시저스의 노조가 결정한 사항이야."

"네, 네, 맞아요. 저희도 저희 나름대로 고용 안정을 고려한 자구책이라고요."

둘이 쿵짝을 치고 나오니, 제니퍼는 어처구니없어하며 헛웃음을 터뜨렸다.

"……정말이지."

그러더니 제니퍼가 나를 쳐다보았다.

"성진아, 어떡하지? 애들이 벌써 노동조합까지 만들었다는데."

"고용주 입장에선 속이 쓰리시겠네요."

"말 그대로야."

"제가 보기엔 아직 설립 총회도 열기 전으로 보이는데, 그전에 얼른 파산신청을 하시죠. 노무사까지 끼고 나오면 곤란해질 테니까요."

"……."

"농담인데요?"

"너는 앞으로 농담 같은 거 안 하는 게 좋겠다. 국민학생 입에서 나올 말이 아니야. 정말."

제니퍼가 쓴웃음을 지으며 고개를 돌렸다.

"아무튼 나는 받을 수 없어. 걱정 안 해도 돼. 너희들이 생각하는 것보단 나, 능력 있으니까."

그야, 해림식품의 차녀니까 이런 레스토랑 하나둘쯤은 망해도 큰 타격이 없겠지.

'……음. 나도 벌써 금수저의 사고방식이 물들기 시작한 건가.'

제니퍼가 봉투를 도로 건네면서 말을 이었다.

"뭐, 여기 업장에서 소송으로 받아 낼 돈도 있고. 걱정하지 마."

"……너도 고집 하난 끝내주네."

오성환의 말에 제니퍼는 빙긋 웃었다.

"고집 같은 거라도 없으면 사장 못 하지."

"그걸로 충분해? 결국 코빼기 하나 안 비쳤던 동업자 양반이 뭐라고 하지 않겠어?"

"뭐어."

제니퍼가 나를 힐끔 쳐다보았다.

"성진이는 어떨 거 같니?"

제니퍼의 태도를 보며, 오성환과 신은주는 왜 생뚱맞게 나를 끌어들이냐는 얼굴을 했지만.

나는 어깨를 으쓱였다.

"두 분의 퇴직금은 회수하시죠."

"너까지? 나 없는 사이 짜고 쳤어?"

"시저스의 공동 창립자로서 고용인의 일방적인 부당 해고는 용납하기 힘들거든요."

제니퍼는 입을 꾹 다물었고, 신은수와 오성환은 어리둥절한 얼굴을 했다.

그러다가.

"어, 혹시, 말씀하신 동업자라는게……"

나는 신은수에게 고개를 끄덕인 뒤, 명함을 꺼내 두 사람에게 내밀었다.

"소개가 늦었습니다. SJ컴퍼니 사장 이성진입니다."

두 사람은 내가 책상 위로 내민 명함을 멍하니 쳐다보다가.

"아, 아앗!"

신은주가 벌떡 일어섰다.

"그, 그, 그, 사, 사, 사, 삼광전자? 정말?"

하긴, 얼마 전까지 언론이 SJ컴퍼니의 이휘철 경영고문 건으로 떠들어 대긴 했지.

"예, 뭐."

"으에. 으엑, 으에엑."

신은수는 선 채로 기괴한 소릴 내뱉었고, 오성환은 눈을 가늘게 뜬 채 명함을 쳐다보다가 고개를 들었다.

"······그럼, 처음부터?"

"속이려던 건 아니었어요."

"······."

나는 내 입으로 사장이 아니라고 한 적은 없었다.

사장이라고 한 적도 없지만.

오성환은 인상을 찌푸렸다가 고개를 저었다.

"후우. 이거 원, 몰래카메라도 아니고."

오히려 적극적으로 거짓 음해를 유포하며 속인 건 제니퍼였기에, 오성환은 제니퍼를 째려보았다.

"뭐? 키 크고 젊고 잘생긴 부자?"

"맞잖아."

"키는?"

"클 거야. 유전자의 힘이지."

"젊어?"

"너보다 젊지."

"그건 어리다고 하는 거다. 뭐, 잘생겨?"

"잘생겼잖아?"

"……인정."

부자인 건 딴지를 안 거네.

급기야 오성환이 방치되어 있던 흰 봉투를 덥썩 쥐었다.

"퇴직금 받아 간다. 은수야, 너도 챙겨라."

"어어, 잠깐, 타임! 타임!"

오성환이 잠시 날뛰긴 했지만, 적당히 자리가 수습되고.

"퇴사를 결정하시기 전에 잠시 동행해 주시겠어요?"

내 말에 오성환이 입을 삐죽거렸다.

"어디로 데려가려고'요'? 사장님."

"어디긴요."

나는 빙긋 웃어 주었다.

"시저스 본점이죠."

나는 제니퍼의 차로 단둘이서 분당으로 향했다.

제니퍼의 스포츠카가 2인승이어서, 별수 없이 오성환과 신은수는 내가 일러 준 주소에서 합류하기로 했다.

"이 차, 그냥 처분해 버릴까……."

나는 안전벨트를 매며 그 말을 받았다.

"도심에서 스포츠카는 비효율적이긴 해요."

따지고 보면 스포츠카, 라고 하는 자체가 낭비와 비효율의 상징이긴 하지만.

제니퍼가 쓴웃음을 지으며 고개를 저었다.

"아니, 왠지. 이 스포츠카 자체가 내게 남아 있는 일종의…… 아니야, 못 들은 걸로 해 줘."

그녀의 전공이 가미된 버릇을 엮어 유추하자면, 스포츠카라는 물건이 제니퍼 본인을 상징하는 대유물이라는 말을 하고 싶었던 모양이다.

제니퍼의 이번 실패는 그녀에게 자리 잡은 일말의 허세와 비효율적인 면모가 적잖은 영향을 끼친 것이었으므로.

'아직 젊디젊은 금수저 아가씨가 거기까지 생각해 낸 것도 제법 기특하긴 하지만.'

이어서 제니퍼가 씩 웃었다.

"그때 봤던 마동철 실장님의 차 같으면 우리 모두 한 번에 움직일 수 있었을 텐데. 그치?"

나는 고개를 저었다.

"세상 모든 가치가 효율성만으로 작동하는 건 아니잖아요?"

"응?"

앞서 비효율 운운하긴 했지만, 그건 어디까지나 목적성과 지향점의 차이일 뿐이다.

"일부러 고급 승용차를 몰아야 하는 경우도 있어요. 자동차란 것도 따지고 보면 그 사람의 정체성을 반영하는 것이고, 그 자체가 하나의 선입견으로 유리하게 작용하기도 하거든요."

"······후후, 그렇긴 해. 뭐, 효율성만을 추구하는 거라면 레스토랑 사업도 마찬가지고."

나는 문득 제니퍼가 초창기 기획했던 레스토랑의 원형을 떠올렸다.

'처음엔 프렌치와 곁들여 라이브 음악을 연주한다는 둥, 비효율의 극치였지.'

그걸 허상윤과 이진영까지 합세해 뜯어말린 결과가 현재의 시저스였다.

제니퍼가 말을 이었다.

"그래도 이걸 팔아 치우면 네가 투자한 것도 일부 회수할 수 있을 거 아니야?"

"그렇긴 합니다만."

굳이 그럴 까닭이?

내가 의아해하는 사이, 제니퍼가 말을 이었다.

"그래도 왠지 고마운걸. 네가 그 두 사람을 고용해 줘서."

"……."

아.

나는 그제야 제니퍼의 생각을 파악했다.

"설마, 시저스 경영에 손 떼시려고요?"

제니퍼는 입을 일자로 굳게 다문 채 기어를 바꾼 뒤, 내 말을 받았다.

"처음부터 단추를 잘못 꿰었어. 모든 건 성진이 네가 우려한 그대로였고, 내가 망친 일의 뒷수습은 성진이 네가 감수하고 있었으니까."

"……."

"결국 나는 사업에 소질이 없었던 거야. 흐음, 뭐 수업료치곤 비쌌네."

그런 와중에도 강한 척 한마디를 덧붙이는 게 여전히 그녀답긴 했으나.

'오성환과 제니퍼가 한자리에 모인 곳인데. 이런 레스토랑을 고작 한두 번 망한 걸로 내다 버리기엔 아깝지.'

나는 천천히 입을 뗐다.

"제니퍼 누나가 수업료라고 했으니까 그에 맞추는 이야기지만, 여기서 포기하고 손 놓으면 수업료가 아깝죠."

"위로하는 거야? 아니면……."

"우리 두 사람이 다 인정하는 대로, 이번 일은 모두 운이 나빴을 뿐이에요."

"……."

제니퍼가 미래에 이룩하는 사업적 결과물을 생각해 보면, 그녀에게 수완이 없었다곤 말하기 힘들다.

이휘철은 일찍이 자수성가한 인물이 가지는 나쁜 버릇 중 하나가 자신이 가진 운의 요소를 배제하는 것이라고 했다.

제니퍼의 경우는 반대로, 그녀가 가진 원석 같은 재능을 운이라는 요소를 빗대 과소평가한다는 점이 그 차이였다.

'실제로 그녀는 아무런 외적 도움 없이 삼풍백화점과 계약을 따내기도 했고.'

나는 생각에 잠긴 제니퍼를 보며 말을 이었다.

"우리 레스토랑은 아직 출발선에 서지도 않았어요. 그런 상황에 고작 운이 나빴단 이유만으로 이번 일을 놓아 버린다는 건……."

일부러 말을 조금 강하게 골랐다.

"오히려 무책임한 거라고 생각하는데요."

"……."

까놓고 말해서 제니퍼의 지금 행태는 자기연민에 빠져 허우적거리는 것과 다름없었고, 이 또한 자신이 세상의 주인공이라 여기는 자의식과잉의 연장이다.

그 또한 그녀답다면 그녀다운 이야기였다.

제니퍼가 무표정한 얼굴로 내 말을 받았다.

"성진이 네가 똑똑하다는 건 알아. 하지만 방금 이야기는 선을 넘은 거라고 생각하는데."

"저도 알아요."

"알면서 그래?"

"제니퍼 누나가 선을 긋고 너머로 들어가 버렸으니까, 저는 그 선 너머로 손을 뻗은 것뿐입니다."

"……."

제니퍼는 핸들을 꾹 쥐었다.

"나더러."

목소리에 희미한 물기가 어렸다.

"……나더러 뭘 어쩌라는 건데. 나도 할 만큼은 했어. 그래도 안 되는 걸 어쩌라고. 나는, 나는……."

음.

운전 중에 감정의 동요를 일으키는 건 조금 위험했나.

나는 어조를 누그러뜨렸다.

"갓길에 잠시 차를 대죠."

제니퍼는 천천히 갓길에 차를 대고, 비상 신호를 켠 뒤 핸들에 머리를 기댔다.

"미안. ……엉망진창이지?"

네.

"아니에요. 저도 말이 심했어요."

그 말에 제니퍼는 고개를 돌려 나를 향해 희미한 미소를 지었다.

"……성진이는 가끔 보면 나보다 어른스러워 보일 때가 있다니까."

가끔?

내 실제 나이를 생각하면 응당 그래야 마땅하지.

제니퍼는 핸들에서 머리를 떼곤 카시트에 등을 툭 붙였다.

"오늘 만났던 네 이모……. 명화랑 내 사이가 그다지 좋다곤 할 수 없단 것도 알겠고."

"어느 정도는요."

정확히는 제니퍼가 서명화를 밀어낸다는 느낌이 짙었다.

제니퍼는 그런 나를 보면서 픽 웃었다.

"걔는 뭐랄까, 악의는 없는데 은근히 자기중심적으로 생각하고 움직이는 게 있단 말이야."

"……."

"네 앞에서 이모를 험담할 생각은 없어. 그냥……."

제니퍼는 한참을 생각에 잠겼다가 힘겹게 입을 뗐다.

"부러웠어, 걔들이."

복수형이 나왔다.

그건 일종의 '패거리' 이야기를 하고자 함일 것이다.

"성진이 너는 알까 모르겠는데, 여자들 사이에선 좀, 그런 게 있거든. 알게 모르게 끼리끼리 뭉쳐 다니는 그거."

제니퍼가 말을 이었다.

"명화는 그중에서도 독보적이었지. 왜, 얼굴도 예쁘고 머리도 좋은 데다가 언니는 바이올리니스트니까. 게다가 뉴월드백화점이라고 하면 그때나 지금이나 국내 최고의 백화점이고. 반면에 나는……."

제니퍼의 행동 요인엔 그녀에 내재되어 있는 인정 욕구도 적잖이 기인해 있을 것이다.

그건 삼풍백화점의 신기현 회장이나, 제니퍼나 마찬가지였다.

재벌들 사이에도 암묵적인 서열이 존재했다.

그건 재계 서열 순위로 정해지는 것도 아니었고, 사회적 관습하에 결정된 것들이 작용했다.

간단히 예를 들자면 추후 엔터테인먼트 사업으로 큰돈을 벌어들인 신흥 부자들이 대거 출몰하던 시기에도 그들은 소위 말하는 재벌들 모임에서 배재되기 일쑤였다.

'근본은 TV 앞에서 춤추는 광대 딴따라에 불과하단 거지.'

그러니 돈이 전부인 세상이 오더라도, 사람은 그 안에서 저마다의 서열을 매겨 줄을 세우곤 했다.

숱한 재벌들이 말년에 들어 정치계를 기웃거리는 것도.

무리해서 상장하는 것까지도.

따지고 보면 그러한 인정 욕구와 무관한 이야기가 아니었다.

"그래서 보란 듯이, 그럴듯한 레스토랑의 사장으로 보이고 싶었던 모양이야, 나는."

제니퍼는 말끝을 흐리더니 고개를 저었다.

"뭐, 그야 우리 해림도 역사가 깊지. 하지만 이런저런 일 때문에…… 나는 걔들 사이에 끼기 힘들었어. 휴, 말로 하려니 되게 어렵네. 되게 미묘한 거거든."

대강 알 것 같다.

더군다나, 그녀는 내게 입 밖으로 꺼내 언급하진 않았으나.

제니퍼는 '후처'에게서 난 자식이었다.

대한민국 재벌가에 팽배한 근본 없고 어설픈 귀족주의는 마치 그런 것이 당연한 일인 양 그 짧은 역사를 포장하기 급급했다.

그들은 천상계에서 관조하는 양 졸부를 비웃지만, 내가 보기엔 천박하기론 그 나물에 그 밥이었다.

그저, 단지 그 천박함을 감추는 몇 겹의 포장지가 덧씌워 있을 뿐.

제니퍼는 태아처럼 몸을 둥글게 말아 무릎을 끌어안았다.

"그런 시시한 걸로 사업을 시작했으니 실패하는 것도 당연해. 시저스 컨셉이 나오기 전에 내가 생각한 대로 진행했으면, 오픈을 하더라도 망했을 게 분명하고."

제니퍼가 자조적으로 웃었다.

"너는 운이 나빴다고 했지. 맞아, 운이 나빴어. 하지만 운이나 기회란 건 그런 거잖아? 사람을 골라서 찾아가는 그런 거."

"⋯⋯."

팔이 잘린 사람은 손가락 부러진 사람을 위로할 수 없다고.

나는 이 금수저 아가씨의 배부른 고민에 동조해 줄 생각은 추호도 없었다.

자아 성취? 그런 건 어느 정도 먹고살 만해지면 찾아오는 식곤증 같은 것이다.

'철부지의 응석이지. 이것도. 뭐, 제니퍼에겐 주위에 그 응석을 받아 줄 사람이 없었단 문제이기도 하겠지만.'

설령 백번 양보해 내가 진심 어린 조언을 해 줄 수 있는 입장이라고 하더라도.

모든 문제는 당사자에게 내재된 요소지, 사탕발림 한두 마디로 해결되는 것이 아니다.

제니퍼는 외강내유 타입이다.

그러니 나는 텅 비고 공허한 말 한두 마디를 그럴듯하게 포장해서 그녀의 가슴속에 있을 계기를 건드려 주었다.

"저는 동의하기 힘든데요."

"⋯⋯뭐가?"

"누나는 아까부터 계속 운이 나빴단 걸 본인 탓인 양 말씀하시는데."

나는 보란 듯 미소를 지어 보였다.

"이미 저를 만난 것부터가 행운이지 않아요?"

이런 타입은, 그 가슴 한편에 답을 정해 두고 있기 마련이다.

제니퍼는 눈을 동그랗게 뜨더니, 웃음을 터뜨렸다.

"아, 아하하하핫!"

결국 제니퍼가 가진 고민이라는 것도 누군가 끌어 주는 이가 생기면, 그리고 그 누군가가 그녀의 결핍을 조금만 충족시켜 준다면 해소되는 이야기였다.

"맞아. 그렇게 생각하면 나도 참 운이 좋아."

애당초 제니퍼는 포기하려는 생각이 없었을 것이다. 그녀 스스로도 몰랐겠지만, 그녀가 바란 건 인정과 다소간의 응석을 받아 주는 아량이다.

"또, 누나가 가진 게 단순히 행운뿐이라면 저는 이번 건에 반대하지 않았을 거예요."

"……."

"시저스의 컨셉을 구체화하고 이를 실행에 옮긴 건 모두 누나의 능력이잖아요?"

제니퍼는 눈을 가늘게 뜨고 나를 보았다.

"네 말마따나 내 능력 운운하기엔 아직 이렇다 할 성과도

내지 않은 사업인걸."

"저는 비즈니스적으로 접근하는 거예요."

내 말을 듣고 생각에 잠겨 있던 제니퍼는 한숨을 내쉬며 미소를 지었다.

"나로선 왠지 매물 비용의 오류를 실현하려는 것 같아서 기분이 이상해."

말인즉 사실상, 승낙이자 철회였다.

내 미소를 본 제니퍼는 자세를 바로 하며 핸들을 쥐었다.

"그래. 한두 번 미끄러진 걸로 패배자 운운하는 건 나답지 않지."

결심을 마친 제니퍼는 다시 기어를 넣었다.

"좋아, 까짓 거 우리 성진이를 믿고 한번 해 볼까!"

"바로 그겁니다."

그 또한 허세가 담겨 있었으나, 허영이며 허세는 제니퍼가 가진 무기이기도 했다.

'차후, 그녀가 해림식품의 지분을 받아 설립하게 될 브랜드엔 그런 대중의 욕망을 자극할 요소가 담겨 있었으니까.'

제니퍼가 쓴웃음을 지었다.

"그런데, 이번 건으로 너도 손해는 많이 봤을 거 같아. 그걸 만회하려면 열심히 해야겠지?"

글쎄올시다.

내가 삼풍백화점 건으로 벌어들인 간접 수익만 들어도, 당장 없던 일로 하고 싶어질걸.

오성환과 신은수와 더불어 멀뚱멀뚱, 먼 산 보듯 간판을 보던 제니퍼가 내 팔을 붙잡았다.

"서, 성진아, 시저스가 왜 여기 있어?"

"아, 네."

나는 제니퍼에게 미소를 지어 보였다.

"비록 지하에 위치해 있긴 하지만, 빌딩이 지하철역이랑 곧장 이어지니까 조건은 그렇게 나쁘지 않죠?"

"……아니, 그게 문제가 아니라."

제니퍼가 아차 하며 내 팔을 놓았다.

"여기, 내가 아는 그 시저스야?"

"누나가 아는 거랑은 좀 다른데요."

"응?"

나는 세 사람을 이끌고 한창 내부 작업 중인 가게에 들어섰다.

위잉하는 그라인더 소음과 뚝딱거리는 망치질 소리가 들리는 시저스 내부는 인테리어 공사가 한창이었다.

시저스 내부는 당초 제니퍼가 희망하던 '로망'이 가득한 곳으로 설계 중이었다.

실용성 없는 로마식 기둥과 황동 장식 등은 유원지처럼 지나치게 화려해 보여서 개인적으론 취향이 아니었지만.

막상 나도 완성된 내부 형태를 보고 나니 호불호 운운은 논할 수 있을지라도 생각보단 나쁘지 않단 생각을 했다.

'어쨌건 레스토랑 컨셉 하나 확고하군.'

나는 공사 중인 소음에 묻히지 않도록 목소리를 높였다.

"삼풍백화점에 입점 예정이던 시저스의 컨셉과 인테리어를 일부 가져와서 적용했어요. 이태원에 있던 거랑은 다르죠?"

"……."

제니퍼는 무어라 대답하려 입을 벙긋거렸다가 고개를 저으며 입을 다물었다.

신은수는 아까 전부터 줄곧 입을 헤벌리고만 있었고, 개중 오성환만이 냉정을 되찾고 내게 말을 걸었다.

"주방 좀 볼 수 있을까?"

"물론이죠. 따라오세요."

우리는 안쪽으로 발걸음을 옮겼다.

마침, 거기 서서 인부들을 감독하던 마동철이 인기척을 느끼곤 고개를 돌려 우리를 발견했다.

"오셨습니까."

"안녕하세요, 마 실장님. 가게 좀 둘러보려고 찾아왔어요."

"잘 오셨습니다. 마침 몇 가지 설계 부분에 논의가 필요해서 전화를 드리려던 참이었는데."

이어서 마동철은 멍한 얼굴의 제니퍼를 보곤 악수를 권했다.

"오랜만입니다, 시저스 사장님."

"예? 아, 네! 마동철 실장님이 계신 줄은 몰랐는데…….
아, 아니, 이게 전부 다 어떻게 된 일이에요?"

마동철은 힐끗 주위를 둘러보곤 내게 물었다.

"아무 말씀도 안 드린 겁니까?"

"예에, 뭐."

마동철이 쓴웃음을 지었다.

"어쩐지. 제니퍼 사장님께선 가게에 한 번도 발걸음을 하
지 않아서 많이 바쁘신 모양이라고 생각했습니다만."

"바쁘긴 했죠. 아, 그렇지. 마 실장님, 여긴 시저스의 총무
인……."

이어서 나는 뒤에 서 있던 오성환과 신은수를 마동철에게
소개했다.

마동철은 두 사람과 사무적인 소개를 주고받은 뒤, 오성환
에게 말을 건넸다.

"처음부터 나온 이야기가 있어서 주방은 조금 넉넉하게 잡
고 시작했습니다만, 어떻습니까?"

"……혹시 도면 나온 것 좀 볼 수 있겠습니까?"

"예, 여기."

하고 싶은 말이 잔뜩 있어 보였음에도 불구하고, 오성환은
이 상황에서 냉정하게 본인의 업무를 보았다.

"배관 시설이나 냉동고도 살펴봤으면 하는데요."

"담당자를 불러 드리죠."

"예. 은수야, 너도 따라와."

그제야 신은수도 퍼뜩, 아직까진 허둥지둥하는 기색이긴 했으나 오성환에게 이끌려 자리를 떠났다.

"시, 실례하겠습니다!"

어쨌거나 신은수도 제 몫은 하려는 듯했다.

'제니퍼도 인복 하난 타고났군.'

나를 포함해서.

그사이 제니퍼는 잠시 주위를 둘러보다가 나를 보며 입을 뗐다.

"이게 다 어떻게 된 거야?"

"마음에 안 드세요?"

"아아니! 마음에 들어! 내 말은 그게 아니라……."

제니퍼가 팔짱을 끼며 입을 삐죽였다.

"저번엔 상의도 없이 일을 진행해서 삐졌다면서, 너까지 이러는 거야?"

"쌤쌤으로 치죠."

"……그래."

나는 제니퍼의 미소에서 고개를 돌렸다.

"그보단 여기는 소음이 심하니……. 조용한 곳을 찾아 이야기를 나눌까요?"

"……응."

나, 마동철, 제니퍼 세 사람은 시끄러운 장소를 떠나 이곳 빌딩 지하에 자리한 카페에 적당히 자리를 잡았다.

'이 카페도 내가 겸사겸사 시험 삼아 만든 브랜드지만.'

이미 빌딩 내부 입주가 이루어지고 있던 상황이어서, 카페엔 저마다의 자유로운 복색을 갖춘 개발자들이 오가며 한담을 나누거나 했고, 개중 몇몇은 나와 안면이 있어서 내게 가벼운 묵례나 눈인사를 보냈다.

"……종업원이 가져다주는 거 아니야?"

"기본적으론 테이크아웃 방침이에요."

"맥도날드도 아니고……. 뭐, 알았어."

아직 진동 벨은 기술이 부족해 만들지 못했기에 제니퍼는 자청해서 커피를 가져오기로 했고, 마동철은 자리에 앉자마자 쓴웃음을 지었다.

"보아하니 정말 아무 말씀도 안 드린 모양이군요. 너무 짓궂으신 거 아닙니까?"

"제 나름의 경영 방침입니다. 장난으로 그랬던 건 아니었어요."

내 대답에 마동철은 쓴웃음을 거두며 곰곰이 생각하다가 고개를 끄덕였다.

"사장님 뜻이 그러하시다면 따로 드릴 말씀은 없습니다."

"그보단, 이제 시저스도 제법 모양이 갖춰졌는데요?"

"이르면 주중에 완공될 겁니다."

"좋아요."

마동철은 내가 눈여겨본 대로 인테리어에 제법 일가견이 있었다.

그는 이곳 분당 시저스의 내부 공사에 투입된 상황에 당황하긴 했으나, 싫은 내색 없이 내 업무명령에 따라 일을 잘 처리해 주었다.

'특별 근무 수당을 듬뿍 쥐여 주긴 했지만, 그것 때문만은 아니야. 적성이었던 걸까.'

마동철은 잠시 생각에 잠겼다가 카운터에 기대어 서 있는 제니퍼를 힐끗 살피며 입을 뗐다.

"사장님, 한 가지 여쭙고 싶은 게 있습니다만."

"말씀하세요."

"예. 재무 관련해선 제가 나설 입장이 아니긴 합니다만, 이번 건으로 적잖은 시간과 예산이 소요된 것으로 압니다. 하지만 저로선 이번 일에 그럴 만한 가치가 있을지는 모르겠습니다."

마동철이 목소리를 낮췄다.

"작업하신 삼풍백화점 건을 제외하고도 말입니다."

"흐음."

마동철의 우려도 짐작 못 할 바는 아니었다. 몇 달을 공으로 날려 버린 기회비용, 인테리어에 들인 예산, 그리고 이곳 빌딩 내부에 큼지막이 입점함으로서 예상되었을 기대 수익까지.

이대로 '패밀리 레스토랑'을 지향해선 원금을 회수하기도 어려울지 모른다.

하지만.

"용산이랑 마찬가지예요."

"……용산 말씀이십니까? 아."

마동철은 고개를 끄덕였다.

작년, 조인영과 인연을 맺고 용산의 부지를 대거 확보해 장만한 '개구리컴퓨터'는 관계자들의 냉소 섞인 시선을 감내해야 했다.

그러나 지금, 이미 용산은 변하고 있었다.

이전부터 '용팔이' 운운하며 마굴로 불리던 용산은 '대체제가 없으니 별수 없이 이용한다'는 인상이 강했다.

하지만 개구리컴퓨터의 합리적인 유통 정책으로 인해 각종 바가지, 사기 따윈 자취를 감춰 가는 중이었고 몇 차례 신문 잡지에 '용산의 변화' 같은 기사가 실리며 명실상부한 국내 전자상가의 메카로 떠오르고 있었다.

'경찰 관계자들의 협조도 있었지만.'

그에 따른 반사이익은 말할 것도 없다.

아니, 오히려 내 생각 이상으로 일이 잘 풀려 가서 나조차 어리둥절했다고 할까.

조인영이 전해 준 말에 의하면, 용산의 개구리컴퓨터는 이제 지방에 2호점, 3호점을 계획하고 있을 정도라고 하니.

마동철이 말을 이었다.

"이번에도 사람을 보고 투자하신 겁니까?"

"……사람요?"

"아, 유상훈 변호사님의 말씀을 빌려 드리는 이야깁니다. 그분은 사장님께서 어떤 일을 함에 '사람'을 중심으로 일을 기획하시는 것 같다고 생각하더군요."

"……."

그렇군.

내가 하는 일, 사업의 중심엔 그에 걸맞은 사람이 있었다.

'딱히 의식하진 않았지만…….'

본질적으론 그러했다.

나는 누군가가 미래에 성취할 일을, 그에 적합한 당사자를 끌고 와 내 일에 대입하는 것으로 성공을 거둬 오는 중이었다.

그렇지 않은 경우도 있으나, 미래를 알고 있다는 것만으로는 할 수 없는 전문적인 분야도 산재해 있었다.

'……그렇지. 결국엔 사람인가.'

마동철은 침묵하는 내 눈치를 살폈다.

"드리고 보니 주제넘은 말이었군요. 죄송합니다."

"아뇨, 그렇지 않아요. 말씀대로입니다."

나는 일부러 빙긋 미소를 지어 보였다.

"할아버지도 말씀하셨거든요. 경영의 기본은 결국 사람을 보는 것이라고요."

"그러셨군요."

내 경우는 그런 신통력에 가까운 능력이라기보단 미래의 일을 미리 알고 있기에 가능한 것들이긴 했으나…….

'……아니, 이게 더 대단한 거긴 하지만.'

잠시 그러고 있으려니, 제니퍼가 커피를 들고 돌아왔다.

"생각보다 금방 나오네. 흐음, 앞으론 카페도 프랜차이즈화되는 거 아닐까?"

"글쎄요. 아, 일단 앉아 주시겠어요?"

제니퍼는 이제야 긴장한 기색이 희미하게 묻은 얼굴로 내 맞은편에 앉았다.

"본론이구나? 좋을 대로 해. 나는 이미 두 손 들었으니까."

"예. 그럼……."

나는 가방에서 서류를 꺼내 테이블에 올렸다.

"계약 내용을 재검토해 볼까요?"

꼴깍.

제니퍼가 마른침을 삼키는 소리가 여기까지 들려왔다.

'그리 나쁜 이야기를 할 건 아닌데.'

대체 내 이미지는 어떻게 조성되어 있는 걸까.

나는 원래 20%가량 갖고 있던 시저스의 지분을 60%가량 까지 끌어올렸다.

사실상 내 것이나 다름없게 된 시저스였으나, 파산까지 각 오했던 레스토랑이니 제니퍼는 군말 없이 계약에 따랐다.

「오히려 성진이 네가 손해 보는 것 같은데?」

제니퍼가 계약서 이면에 자리 잡은 무수한 독소 조항을 읽어 냈음에도 불구하고 그런 말을 했을 정도였으니, 문제는 없었다.

한편, 삼풍백화점은 무너졌다.

그러니까, 이번엔 경영상의 비유가 아니라 물리적으로.

그것도 꽤나 생생하게 전파를 타게 됐는데, 삼풍백화점의 신기현 회장이 뇌물 수수 건으로 불구속 입건되었다는 보도를 전하는 심수진 아나운서의 현장 생중계 와중이었다.

[한편, 긴급 영업정지 처분이 내려진 삼풍백화점에 대해, 삼풍백화점 측은 이를 문민정부의 취지에 반하는 과도한 조치라고 주장하며 가처분 신청 등 소송전을 벌일 것으로 예상되는…… . 꺄아악!]

[어? 어어? 다들 피해!]

관계자들의 다급한 외침과 흔들리는 카메라, 비명 소리 등등이 들리는 와중, 삼풍백화점이 와르르 무너져 내리는 모습이 대한민국 안방으로 송출되었다.

그나마 다행히 백화점이 문을 닫은 상황에 벌어진 일이라 피해가 적었다. 사망자는 나오지 않았으나 부상자가 다수 발생했다.

부상자 중에는 신기현 회장의 아들인 신정환 전무가 포함되어 있었다. 검찰 측은 관계자 전반에 긴급 구속영장을 발부했다.

후속 보도에 의하면 구조된 신정환 전무의 손엔 뇌물 수수와 연루된 공무원의 명단이 들려 있었다고.

'이거 참, 역사보다 시기가 다소 앞당겨졌군. 늦지 않아서 다행이야.'

뉴스를 보면서, 나는 가슴을 쓸어내렸다.

'그건 그렇고, 이제 수확만 남은 건가.'

삼풍백화점이 무너지지 않아도 발동했을 계획이었지만, 거기가 아예 무너진 이상 '요리'하기가 더 쉬워졌다.

'한동안은 바쁘겠어.'

그리고 바쁜 나날을 보내는 와중.

1995년 8월, 미국에선 대망의 Windows 95가 출시되었다.

원래 역사대로, Window 95는 출시되자마자 압도적 호평 속에서 불티나게 팔려 나갔다.

이런 분위기 속에 마이크로소프트의 주가는 연일 상승세였고, 나는 그런 내용의 외신이 담긴 신문을 덮으며 절로 나오는 한숨을 가슴 깊은 곳에서 토해 냈다.

"에효, 부럽다."

"뭐래, 너는 우리나라에서 가장 돈이 많은 국민학생이면서."

마침 보고차 방문했던 김민혁은 내가 있는 사장실 소파에 기대 앉아 픽 하고 웃었다.

"더군다나 덕분에 우리도 반사이익을 누리게 됐잖아? 그러잖아도 나스닥을 박박 긁어모으더라 싶더니."

김민혁의 말마따나 나는 윈도우 출시에 맞춰 마이크로소프트의 주식을 있는 대로 긁어모았고, 이러한 투기는 불 보듯 뻔하게 우리 회계사의 기쁨이 되어 주었다.

다만.

"제가 부러운 건 미국의 시장 규모와 환경이에요. 설령 우리가 윈도우 뺨치는 OS를 만들었다 한들, 어차피 윈도우에겐 묻혔겠죠."

"뭐, 그야 그렇겠지. 참 나, 너는 부러워하는 스케일이 다르네."

김민혁은 쓴웃음을 지으며 화제를 고쳤다.

"그래서 부풀려 놓은 MS 주식은 언제 매각할 건데?"

"아뇨, 당분간은 쥐고 있을 생각입니다."

"응?"

김민혁이 자세를 바로하며 나를 보았다.

"조금 무리하는 거 아니야? 지금은 현찰이 필요할 때고, 이만하면 기대심리까지 더해진 훌륭한 고점이라 생각하는데."

김민혁이 씩 웃었다.

"또, 너 현찰 좋아하잖아."

그런 식으로 나오면, 현찰 싫어하는 사람이 세상에 어디 있다고.

"뭐, 현찰이 필요한 건 사실이죠."

얼마 전에 있었던 삼풍백화점 붕괴는 SJ컴퍼니에 적잖은 이익을 가져왔다.

삼풍백화점은 붕괴와 동시에 망했다.

정부의 영업금지 가처분 신청이 떨어졌을 당시만 하더라도 신기현 회장은 있는 빽 없는 빽 다 써 가며 소송도 불사할 생각이었던 모양이나.

실제로 건물이 무너지고 나니, 여론전도 의미가 없어졌다.

그러잖아도 야당 의석수가 과반수를 차지하는 이 시점에 정부로서도 희생양이 필요하던 차.

특검이 조직되고 또 이들이 작정하고 세무조사 및 정경 유착을 파헤치기 시작하니 제아무리 날고 기는 신기현 회장도 어쩔 도리 없이 두 손을 들었다.

현재, 신기현 회장은 업무상과실치상, 뇌물수수, 뇌물공여, 허위공문서작성 등등의 혐의로 입건된 상황.

그의 아들인 신정환 전무는 붕괴 사고에 휘말려 간신히 목숨을 건진 뒤 병상에 누워 검찰 조사를 진행했다.

그 와중 이휘철은 미리서부터 물밑 공작을 펼쳐 삼풍백화점이 가지고 있던 자산 등지에 푹푹 찔러 둔 지분으로 경매를 걸어 두었고, 삼풍백화점이 무너지며 흘러나온 자산을 후려쳐 이를 냉름 삼켜 가고 있는 중이었다.

그러다 보니 자연스럽게 뉴월드백화점과 경쟁했던 대구 부지는 압류 조치되었고, 뉴월드백화점은 경쟁자가 사라진 관련 부지 가격이 과도하단 주장을 앞세우며 소송 진행 중이었다.

그 소식을 들은 신기현 회장이 구치소에서 혈압이 올라 졸도했다는 소문도 있었으나, 진위 여부는 알 수 없는 이야기.

'사망자가 없어서 업무상과실치사 혐의가 없었다는 것만으로도 댁은 내게 감사해야 해.'

그런 상황이니 바닥에 널브러진 금덩이는 주워 가는 사람이 임자인 상태에서 현금 박치기로 콩고물을 챙기는 게 우선이긴 했으나.

나는 의자에 등을 기댔다.

"당장 눈앞의 이익만 좇겠다고 하면 형 말대로 해도 무방할 겁니다. 하지만 우리가 가진 MS의 지분이 만만치 않잖아요?"

"그야 그렇지."

"그러니 조만간 MS에서 연락이 올 거예요."

"……흐음."

김민혁은 고개를 주억거렸다.

"뭐, 잘만 하면 네가 계획하는 것처럼 우리가 윈도우 유통을 도맡아 할 수도 있겠지. MS 한국 지사가 있긴 하지만, 국내에서 우리만 한 지분을 보유한 회사도 없고."

"말씀대로입니다."

우리는 이미 저점에서부터 MS의 주식을 야금야금 사들였고, 이제 와서는 MS가 가진 주식의 무려 3%가량이 SJ컴퍼니의 소유였다.

게다가 우리는 그 외의 반사이익도 누리는 중이었다.

윈도우의 성공으로 PC 시장 자체가 들뜨며, 삼광전자가 보유한 D램 반도체의 수요 급증도 예상되는 상황.

이렇듯 모든 것이 좋게만 흘러가는 모습이었으나, 마냥 긍정적인 기류만 있는 건 아니었다.

'슬슬 견제가 들어오고 있어.'

역사에 없던 SJ컴퍼니와 그 자회사의 존재는 여타 대기업들의 경각심을 불러일으켰다.

그나마 현재는 자사의 경영고문인 이휘철이 방패막이가 되어 주고 있긴 했지만.

그 가림막이 언제까지 유효하게 작용해 줄 거라는 건 장담

할 수 없는 노릇이다.

 최대한 그 존재를 드러내지 않으려 했던 회사였으나, SJ컴퍼니의 움직임은 이미 주머니 속의 송곳 같은 존재가 되어 이젠 그 움직임을 주시하는 곳이 생겨나는 와중이었고.

 PC 사업이며 소프트웨어 유통에 시큰둥하던 금일전자며 한대전자 등의 몇몇 대기업은 우리를 모방해 관련 사업부며 인재 구하기에 예산을 쏟아붓기 시작했다.

 '언제고 닥쳐올 일이었긴 했지. 시장 자체가 주목받아 커진 건 환영할 만한 일이나, 열화품이 시중에 나도는 건 사양하고 싶군.'

 김민혁이 사장실에 방문했던 것도 그런 연유였다.

 "하긴. 이 상황이면 금일이나 한대에서 손해를 감수하고 덤핑을 하려 해도 우리보다 우선순위에서 밀리겠지. 하지만 MS에서 우리가 가진 지분을 견제하기 위해 다른 회사랑 손을 잡는 것도 고려는 해야 할 거야."

 "MS가 보기에 우리는 아직 견제할 필요가 없는 그런 조그만 회사죠. 아직까진 우리가 가진 지분이 투자의 영역에 있다는 생각을 하고 있을지도 모르고요."

 현재 보유한 MS의 총 지분은 3%지만, 나는 이를 대비해 내가 가진 MS의 주식을 여러 명의로 분산시켜 두었다.

 알려고 하면 알 수도 있겠지만, 근본이 외국계 기업인 MS 측에서 이를 알아내기란 쉽지 않을 터.

김민혁은 고개를 끄덕이곤 커피를 한 모금 마셨다.

"그래서 윈도우는 어때?"

"마침 형석이 형한테 분석을 부탁해 둔 상태예요."

"용케 구했네. 미국에서도 공급이 수요를 따라가지 못하는 상황이라던데."

"돈으로 안 될 게 있겠어요?"

"크크, 하긴. 그나저나 형석이한테만 맡긴 거라면 어느 정도 편파 판정을 고려해야 할 거야."

뭐, 한컴의 박형석은 첫 만남부터 애플이 어떻고 저렇다는 칭찬부터 늘어놓던 사람이니.

그래서일까, 한컴은 국내의 열악한 맥킨토시 보급률에 아랑곳하지 않고 구태여 맥 OS가 호환되는 버전의 한글 오피스, '한글 맥'을 출시했던 바가 있었다.

「내가 책임질게! 걱정 마! 정 안되면 내 지분을 투자하겠어!」

호언장담과는 달리.

그 결과, '한글 맥'은 보기 좋게 망했다.

'개발자로서 역량과 별개로 경영엔 소질이 없다니까.'

그 귀책사유를 빌미로 한컴 내 발언권을 얻어 낼 수도 있겠지만 원래 대주주로서 내 권한이 막강하던 한컴이라 그냥

저냥 했다.

"말이 나온 김에 한번 확인하러 다녀와야겠습니다."

"악덕 사장님 출동이군."

"형도 가실래요?"

"아니야. 나도 다음 스케줄이 있어."

김민혁은 보란 듯 손목시계를 들여다보았다.

"네 말대로 됐으니, 슬슬 MP3 플레이어 초도 물량도 확인하러 가야지."

"제 생각보다 더 많이 찍어 냈던데 잘 팔릴까 모르겠어요."

"너도 참."

김민혁이 고개를 저었다.

"무조건 잘 팔려. 이번만큼은 네 예측이 틀릴 거다."

"끼워 팔기도 고려하고 있습니다만."

"……걱정 붙들어 매라니까."

이태석이며 이휘철도 그렇고, 다들 너무 낙관적인 건 아닐까.

MP3 플레이어는 당초 예정대로 16MB 용량의 보급형과 32MB 용량의 프리미엄군으로 나눠 출시할 예정이었는데, SJ컴퍼니 측은 대당 판매에 따른 라이센스 로열티로 10%, OEM을 맡은 삼광전자 측이 나머지를 가져가기로 협의가 되었다.

아직 시기상조라는 내 주장에 이태석이 몇 걸음 양보한 계약이었고 나로선 손해 볼 것 없는 계약이었으나, 삼광전자도 나와 무관한 사이가 아니었기에 제품군 실패로 돌아올 페널티는 조금 가슴 쓰린 이야기였다.

'청담동 오렌지족에게 몇 대 팔리면 다행이지.'

김민혁이 어깨를 으쓱였다.

"그보단 바른손레코드랑 이야기를 나눠 봐야 하는 거 아니야? 내가 보기엔 MP3 포맷이 나오면 음반 시장 전체에 변화가 있을 것 같은데."

"대표님과 얼추 이야기한 건 있어요."

백하윤은 내가 보여준 MP3 플레이어 시제품을 보더니 표정을 딱딱하게 굳혔다.

「이거 참, 세상의 변화를 도통 따라잡지 못하겠군요. 저도 이젠 늙었단 뜻이겠죠.」

그렇게 말하며, 백하윤은 고개를 저었다.

하지만 음반 시장의 입장에서 놓고 보면 MP3 플레이어의 존재가 달갑지만은 않은 것도 사실이다.

나 또한 바른손레코드의 지분을 보유한 입장에서 이를 방관한 채 '보이지 않는 손'에 상황을 떠넘기는 것은 바람직하지 않았고.

한창 천희수 아래서 훈련 중인 우리 아이돌 연습생들이 MP3와 CD 음반의 과도기에 놓여 허우적거리는 것도 원치 않았다.

'한스와 만남을 계기로 관련 사업을 덥석 물어 버리긴 했지만, 너무 일렀나.'

더욱이 인터넷 문화는커녕 PC 보급률도 저조한 대한민국에서 스트리밍 사이트 운영을 꿈꾸는 건 그야말로 뜬구름 잡는 이야기.

그러니 우리는 이러한 과도기 나름의 자구책을 강구해야 했다.

백하윤을 비롯한 바른손레코드의 주요 임원진을 대동한 긴 회의 결과, 우리는 한 가지 타협점을 이끌어 냈다.

「정품 CD 보유자에 한해 매장에서 MP3 파일 읽고 쓰기를 대신 해 주는 것으로 합시다.」

유명 가수의 앨범이 100~200만 장씩 팔리는 시대였다.

대중가요의 전성기, 명실상부 국내에서 내로라하는 바른손레코드였으니 직영점은 전국 방방곡곡 들어서 있었고, 각 직영점이 허브 역할을 해 준다면 그나마 모양새가 나오지 않을까, 하는 생각에 개진한 의견이었다.

그 결과, 국내 조립형 PC 시장에서 선두를 달리는 삼광전자-SJ컴퍼니 측과 바른손레코드는 정식 협약을 맺어 하드웨어 용량을 대폭 늘리고 CD-RW 기기를 탑재한 별도의 특수 모델을 보급하기로 했다.

나는 관련한 설명을 간략하게 추려 김민혁에게 전달했다.

"……그런 식으로, 어쨌건 번거로운 방법이죠. 잠깐 스쳐 갈 사업으론 그럭저럭 타협을 본 셈입니다. 뭐, 나중엔 별도의 음원 스트리밍 서비스를 인터넷으로 제공할 예정이긴 하지만요."

김민혁이 나를 어처구니없다는 듯 쳐다보았다.

"가끔 보면 너는 생각도 못 한 기상천외한 개념을 아무렇지도 않게 말하곤 하더라?"

백하윤도 비슷한 말을 내게 전하긴 했다.

"흐음. 이건 내 생각인데……."

김민혁이 운을 뗐다.

"그렇게 되면 아마 사람들이 엄청나게 몰려서 일대가 혼잡해질 거야. 금방 끝나는 작업도 아니고, 분명 순번 대기표 같은 것도 마련해야겠지."

"낙관적이시네요."

"쯧, 그러는 넌 걱정이 지나쳐. 아무튼."

김민혁은 살짝 짜증을 냈다가 넌지시 말을 이었다.

"그래서 생각한 건데, 너 빌딩 지하에 시험 삼아 돌리고 있는 카페 있잖아? 로스트 빈, 거기."

"아, 네. 그랬죠."

당초엔 빌딩에 상주하는 임직원의 복지 차원에서 기획한 것이어서 기대한 바는 아니었는데, 생각 외로 호평이었다.

더군다나 기껏해야 콩 태운 물에 불과한 이 음료의 마진이 어마무시하다는 건 사실상 우리 모두의 공공연한 비밀이었으니까.

"그거 매장 근처에 하나씩 놓으면 괜찮지 않겠냐? 기다리는 동안 커피도 마시고. 아마 바른손레코드는 일대의 구심점 역할을 할 테니까 부가 수익도 쏠쏠할걸."

"흠."

부하 직원의 의욕적인 모습은 고용주 입장에서 썩 바람직한 것이지만, 그 방향성이 옳은 경우에나 그렇다.

'하긴, 내가 살던 시대에도 대형 서점이 책만 파는 것이 아닌 복합 매장으로 변화에 성공한 사례가 있었지. 그게 조금 빨리 시작된 거라고 생각하면 되려나.'

그때 김민혁은 갑자기 생각났다는 듯 시계를 들여다보며 자리에서 벌떡 일어섰다.

"이크, 이러다가 늦겠다."

허둥지둥 자리를 정리한 김민혁은 사장실을 나서며 내게 씩 웃어 보였다.

"어쨌든 관련 사업계획서는 빠른 시일 내에 제출할게. 도 장이나 쾅쾅 찍어 줘."

"고려는 해 볼게요."

"으휴."

김민혁이 사장실을 나선 뒤, 나는 책상 앞에 앉아 고층 빌딩 아래로 보이는 정경을 물끄러미 쳐다보았다.

'이제 와선 내가 알던 과거와 너무 많이 달라졌어. 그 바람에 전생엔 없었던 영업 개념까지 생겨났고.'

이는 김민혁의 말마따나 잔걱정에 불과한 걸까.

'하기야, 그간 너무 안전한 길만 걸어온 것도 있지. 그래, 까짓 거 검토 좀 해 봐야겠군.'

5장

빌딩 한 층을 통째로 사용하고 있는 한컴에는 박형석을 비롯한 개발진 일동이 옹기종기 모여 있었다.

'윈도우에 기본 탑재된 오피스 프로그램의 존재로 다들 고무된 건가. 열심히 일하는군.'

한컴의 등기 임원이자 대주주로서 흐뭇한 마음도 잠시, 공치사를 하려고 다가가던 나는 발걸음을 우뚝 멈춰 섰다.

"이것이 128콤보!"

"저기서 콤보가 이어질 거란 생각은 못 했는데."

"아아, 이것이 젊음인가."

떠들썩하다.

그 떠들썩함 사이로 들려오는 비트풍의 음악 소리까지.

'……대체 뭘 하는 거야?'

다가가 보니, 춤을 추는 중이었다.

아니, 정확히는 박자와 화면에 맞춰 돗자리 같은 발판을 지르밟고 있는 중이었다고 할까.

그들은 내 인기척조차 눈치채지 못하고 커다란 브라운관 TV와 그 속의 상하좌우 화살표를 들여다보는 데 여념이 없었다.

'DDR 개발이 얼추 완료되었나 본데.'

한 시대를 풍미한 리듬 게임, DDR.

작년 말, 게임 크리크 방문 당시 공가희의 말에서 아이디어를 얻어 냈던 나는 조인영에게 관련 아이디어를 구체화하는 업무를 맡긴 바 있었고, 지금은 그 프로토타입이 완성된 모양이었다.

그리고 그 화면 앞에서 춤추고 있던 건 윤아름과 공가희였다.

'여기저기 쏘다니기로 유명한 공가희야 그렇다 치고, 윤아름 쟤는 어쩐 일이래.'

공전절후한 히트곡에 여러 편의 드라마와 CF를 거쳐, 이제 아역 배우 시장에서 독보적인 위치에 오른 윤아름은 사장인 나조차도 그 얼굴을 보기 힘들 만큼 바빴다.

'이 시대 인기의 척도랄 수 있는 책받침에 얼굴이 실릴 정도면 말 다 했지.'

아니, 정확히는 그렇게 되게끔 프로듀싱한 거지만.

그렇다 하더라도 윤아름이 가지고 있던 타고난 재능이 없었더라면 이토록 찬란히 다듬어지지 않았을 것이다.

윤아름은 놀라운 집중력을 발휘해 정확한 동작으로 발을 움직였다.

한편, 공가희는.

"흐엑, 흐엑."

두 발을 허공에 허우적거리며 발이 꼬이기 일쑤.

'상대도 안 되는걸.'

모인 사람들도 이미 공가희는 애써 외면하며 윤아름에 환호하는 모습을 보일 정도였다.

'안쓰럽군.'

곡이 끝나고, 집계 스코어가 화면에 떠올랐다.

1P 윤아름 S랭크

2P 공가희 D랭크

게임에 문외한인 내가 보기에도 처참한 결과였다.

완패한 공가희는 바닥에 무릎을 꿇었다.

"크흑, 이럴 수가, 제가 국민학생에게 지다니⋯⋯."

"에헴, 이 정도야 가뿐하죠."

"제가 만든 곡인데, 제가 만든 곡인데⋯⋯."

윤아름은 이마에 옅게 배인 땀을 닦으며 의기양양한 모습이었고, 인파 가운데 있던 조인영이 한 걸음 앞으로 나섰다.

"제법이군. 하지만 그 녀석은 우리 개발자 중에서도 최약체! 좋아, 다음엔 나……."

그즈음, 조인영과 나는 눈이 마주쳤다.

"……."

동시에 근처에 모인 모두의 시선이 나에게 향했다.

"……왜요? 하던 거 마저 하세요."

짧은 정적이 끝나고.

"아 맞다, 급하게 처리할 일이 있었지."

"그러고 보니 UI를 분석하는 일이……."

북적북적하리만치 모여들었던 한컴의 개발자들은 바퀴벌레처럼 파사삭 흩어지고 말았다.

왜, 다들 놀다 말고.

이거 왠지 따돌림당하는 기분인데.

트라우마가 될 거 같다.

나로 말할 것 같으면, 대주주이자 고용주로서 타의 모범이 되는 인물이라고 자인할 수 있는 사람이다.

나는 자유로운 사풍 속에서 창의적인 결과물이 나온다고 믿으며, 그렇게 나온 결과물이 기업의 이익에 직결되는 것은 물론이거니와 나아가 인류의 발전에도 공헌하리라 믿는다.

물론 할당된 업무만 다 한다면.

그럼에도 불구하고 내 등장에도 아랑곳하지 않는 건 윤아름과 공가희뿐이었다.

윤아름은 가쁜 숨을 몰아쉬며 내게 싱긋 웃어 보였다.

"왔어?"

"응."

"게임 잘 만들었네. 재밌었어. 언니가 만든 수록곡도 훌륭하고."

"평가가 좋다니 다행이네."

그리고.

"왕자니이임!"

공가희가 내 바짓가랑이를 붙잡고 늘어졌다.

"죄송해요, 지고 말았어요. 원곡자이자 개발자로서 면목이 없어요."

"네, 다 보고 있었습니다."

당초부터 '만일 이 세상에 리듬 게임이 있다면 저는 무적이에요!' 하고 주장해 온 공가희였으나, 그녀는 작곡가로서 천재성과 무관하게 피지컬적 측면에선 꽝이었다.

'뭐, 어차피 리듬 게임이란 건 음악적 역량보단 반사 신경 위주 게임에 가깝고.'

원래 눈앞의 DDR 같은 체험형 오락 기기는 시장의 흐름을 본 뒤에 개발할 예정이었으나, 키보드 형태의 리듬 게임 개발 직후 테스트에서도 눈앞의 윤아름이 공가희를 아주 발라 버렸고.

「언니, 이 정도라면 제가 발로 해도 이기겠는데요?」
「흥, 좋아요! 그럼 어디 발로 해 보시죠!」

……라는 연유로 곧장 개발이 이어졌던 차였다.
"하지만, 왕자님! 뇌파로 조종하는 게임이 있다면 이길 자신이 있어요! 그러니 개발 비용을 대 주세요."
그건 내가 살았던 미래에도 상용화되지 않은 기술인데.
"안 됩니다."
"예? 하지만 인류는 줄곧 불가능에 도전해 왔잖아요? 여기서 좌절하고 말았다간 찬란한 미래는 우리에게 오지 않을 거예요."
"……."
말 자체는 그럴듯하지만, 게임에서 지고 하는 말치곤 거창하다 못해 추했다.
나는 바지를 추슬러 공가희를 떨쳐 버리곤 조인영을 보았다.
"잠깐 보니까 만듦새가 괜찮은데요. 게임 개발은 완료된 겁니까?"
"응. 아, 예. 아케이드용은 완성 단계이고, 이제 남은 건 가정용 기판의 세부 조정 정도만 남았……습니다."

그간 나름대로 제법 사회생활을 해 온 참이어서, 조인영도 회사에선 내게 꼬박꼬박 존대를 하려 노력 중이었다.

조인영이 바닥의 기판을 발로 툭 건드렸다.

"오늘 여기 온 건 DDR의 윈도우 버전 호환성 테스트를 겸해서였고요."

"그랬군요."

단순히 농땡이나 치려고 여기까지 온 건 아니라는 주장이었다.

하긴, 이제 막 발매된 윈도우는 품귀 현상을 빚는 와중인데다 국내엔 정식 발매되지 않은 상황이니 이 빌딩에서 조인영이 편한 구실 삼아 찾아오려면 한컴 개발실이 유일할 터.

조인영이 머리를 긁적였다.

"그런데 DDR은 문제가 없었지만 다른 이식작들은 간간이 문제를 일으키는 모양이라 그게 걱정이지 뭐, 요."

"흐음."

전생에 듣기로 초창기, 윈도우와 호환되지 않는 고전 게임이 여럿 있었단 이야기를 들은 기억이 있다.

초창기 윈도우95는 출시 직후 각종 호환성 측면에서 숱한 개발자들에게 골머리를 썩였다.

더욱이 원래 역사 속에서, 한국에 윈도우95가 정식 발매되는 건 연말쯤이었으니, 부족한 개발 환경 속에서 MS-DOS 용으로 개발하던 걸 윈도우에 억지로 갖다 붙이려다 보니 엉

성한 코딩으론 윈도우가 오류 메시지를 출력하며 이를 뱉어
내던 경우도 다반사.

그래서 개중엔 부랴부랴 불가피하게 별도의 에뮬레이팅을
패치해서 내놓기도 했던 모양이다.

당시 게임에 버그가 많다거나 실행이 되지 않는다며 성토
하던 게이머들의 볼멘소리는 실상 여기서 기인했던 것도 있
었다.

"별수 없죠. 싹 다 뜯어고칠 수밖에."

"켁."

우리가 퍼블리싱을 맡고 있는 각종 게임 개발에도 발을 걸
치고 있던 조인영은 공공연히 앓는 소릴 내뱉었다.

"이미 출시한바 있는 게임도 재검토에 들어가야겠군요.
패키지가 들어오는 대로 개발실에 지원할 테니까, 관련해서
일괄 테스트를 부탁드리겠습니다."

"에휴."

조인영은 한숨을 푹푹 내쉬긴 했으나, 마냥 싫은 기색은
아니었다.

제법 완벽주의 기질이 있던 그도 어설프게 만든 몇몇 이식
작에 불만이 있던 와중 사장의 업무명령이란 구실로 이를 대
폭 뜯어고칠 계기가 생겼으니.

정식 직원도 뭣도 아닌 특수 파견직에 가깝던 입장에 크게
개입할 수도 없었을 조인영의 사정은 나도 모르는 바가 아니

었다.

'그럴듯한 직함을 하나 파 줘야 하나.'

하지만 조인영도 아직 미성년자에 불과한 입장이라서, 그 부분만큼은 시간이 해결해 줄 이야기였다.

"그런데 형석이 형은요?"

"아, 그게 말이지……."

조인영이 입을 떼기가 무섭게, 양손 가득 주전부리를 든 박형석이 사무실로 돌아왔다.

"오, 성진이 왔어?"

"네, 안녕하세요."

"응, 그런데 다들 뭐 하는 거야?"

뭐 하긴. 일 하지. 댁만 빼놓고.

"댄스 배틀은?"

주위를 두리번거리는 박형석의 말에 그사이 의자에 앉아 대본을 읽고 있던 윤아름이 대신 대꾸했다.

"제 승리로 끝났어요."

"그건 예상한 바였다만, 이래서야 토너먼트 표까지 만든 의미가 무색하잖아. 설마, 벌써 결승까지 끝?"

토너먼트까지 예정되어 있었나.

윤아름은 이제 업무와 비업무 사이의 전환이 익숙한 양 고개를 저으며 그녀가 읽고 있던 대본으로 다시 시선을 옮겼다.

결국 조인영이 중간에 끼어들어 어색한 웃음을 흘렸다.

"아뇨, 어차피 호환성 테스트 겸 찾아온 거라서요. 그럼 테스트도 끝났고, 슬슬 정리하겠습니다. 공가희, 너도 도와."

"엑, 벌써요?"

아직도 헐떡거리며 숨을 고르던 공가희가 뒷걸음질을 쳤다.

"싫어요, 승부는 삼세판이란 말도 있잖아요. 좀만 더 쉬었다가 재대결이에요."

"백 번을 해도 네가 질걸."

"이대로 물러서면 우리 원작자들의 명예는 땅에 떨어지고 말 거예요."

"명예는 무슨. 너는 윤아름이랑 붙었다는 걸 가문의 영광으로 알아라."

"그러는 조인영 씨도 윤아름 씨랑 대결을 학수고대했으면서요?"

"……분위기 좀 읽어."

……설마, 다들 내 눈치를 살펴 놀다 말고 일하러 들어간 건가.

말했다시피 나는 대주주이자 고용주로서 모든 이의 귀감이 될 인물이라 자인할 수 있는 사람이다.

할 일만 다 한다면, 직원들이 뭘 해도 터치하지 않으려는 주의며.

그러니 나는 자연스러운 미소로 박형석을 마주할 수 있었다.

"형, 윈도우 오피스는 확인해 보셨어요?"

"물론이지."

박형석이 자신만만하게 미소를 날렸다.

"내 입으로 말하긴 뭣하지만, 완성도 측면에선 우리 한글 오피스가 압도적이야."

그야, 한글 오피스 개발엔 내가 관여했으니 자잘한 개선점은 시대를 뛰어넘어 완성되어 있을 터였다.

조인영이 끼어들었다.

"그런데 윈도우 오피스는 공짜잖아요?"

"……크흠."

박형석은 헛기침을 했다.

"아니 엄밀히 말해서 공짜는 아니지. 어디까지나 윈도우를 구매해야 따라오는 혜택이니 말이야."

"우리 사장님 말씀으론 앞으로 거의 모든 보급 PC가 윈도우 OS를 기본으로 먹고 들어갈 거라던데요."

"……으음, 뭐, 그건 그렇지만."

박형석은 팔짱을 꼈다.

"그래도 국내에 한해서는 어느 정도 점유율을 확보할 수 있지 않을까? 선점 효과도 있고, 관공서에선 우리 한글 오피스를 쓰는 중이니까."

"그렇긴 합니다만."

"그러니 한동안은 서로 확장자 호환이 되게끔 수정만 하면 될 거 같아."

박형석의 말마따나 실제로도 한글 오피스의 선점 효과는 제법 오래 지속된다.

그건 현재의 사용자 편의성 개선 버전이 나오기 전에도 통용되던 이야기였으니, 박형석의 구두 분석을 지나친 낙관론으로 치부할 필요는 없었다.

다만, 한컴이 개발한 한글 오피스의 완성도는 국내뿐만 아니라 해외에서도 제법 알음알음 알려진 마당이어서, 이를 참조한 소프트웨어의 전체적인 상향 평준화가 이루어질 경우 이러한 이점도 오래가진 못할 것이다.

"그래서 말인데."

박형석이 고개를 돌려 나를 보았다.

"슬슬 우리 한글 오피스를 해외에 수출하는 건 어떨까?"

"……음."

과연 어떨까, 그건.

소프트웨어 프로그램 이름부터가 한글인데.

"수출 말씀이십니까?"

"응. 그 왜, 이번에 MS 워드 프로그램을 조금 만져 보니까 우리도 충분히 경쟁력이 있을 것 같아서."

박형석도 아무런 근거 없이 내뱉고 보는 말은 아닌 듯했다.

"게다가 맺음이 관련해서 이미 SJ소프트웨어의 해외 법인은 만들어 둔 상황이잖아? 그러니 유통 쪽도 문제없고, 슬슬 해외 시장에도 눈을 돌려 보는 건 어떨까 싶은데."

작년 말에 있었던 이휘철의 생일 때, 김민혁과 나는 맺음이의 해외 법인 등록에 관해 이야기를 나눈 바 있었고, 이미 윈도우의 출시에 맞춰 이를 시장에 공개하는 걸 고려하고 있었다.

'박형석의 말마따나 완성도 측면에서 지금 시점의 한글 오피스는 해외 시장 경쟁력이 충분해. 하지만……'

나는 잠시 머릿속으로 저울질을 해 보다가 고개를 끄덕였다.

"예. 국내에선 이미 시장 점유가 끝난 상황이나 마찬가지니 슬슬 글로벌 기준으로 생각해 볼 단계이긴 하군요."

"그렇지?"

"다만 그렇게 될 경우, 인영 씨의 말마따나 윈도우에서 지원하는 MS 오피스 프로그램과 경쟁해야 하는 것도 분명합니다."

"……그 부분이 문제이긴 하지만, 나는 그걸 감안해도 경쟁력이 있다는 생각을 하고 있어."

박형석이 말을 이었다.

"그게 아니라 하더라도, 맥 OS에 한해선 판매 수요가 제법 있지 않을까?"

또 애플이냐.

하긴, 우리도 이미 대차게 말아먹은 맥킨토시 버전의 '한글 맥'이 있긴 했다.

하지만 스티브 잡스가 쫓겨나고 없는 이 시기, 내 기억에 북미 시장에서 애플의 PC 점유율은 3% 미만이라는 처참한 성적을 기록하게 되고, 이 격차는 스티브 잡스가 복귀하고 나서도 크게 좁혀지지 않는 지경에 이른다.

'3% 미만이라곤 해도 글로벌 기준으로 놓고 본다면 이럭저럭 경쟁력 확보가 가능할지도 모르지. 그게 아니면……. 아, 그래. 그거라면.'

나는 퍼뜩 떠오른 생각에 고개를 끄덕였다.

"좋습니다."

"어, 정말?"

"일단은 글로벌 버전의 한글을 개발해 보세요. 다만, 영업 방식은 제가 생각한 바가 있으니 당분간은 기다려 주시고요."

"응? 그래, 알았어."

박형석은 어리둥절한 얼굴로 고개를 끄덕였다.

"그나저나 제품명을 뭐라고 해야 할까? '한글'을 그대로 쓸 순 없겠고, English?"

"왠지 북미에선 상호 등록이 불가능할 거 같은 이름인데요. 뭐, 그건 차차 생각하기로 하죠."

"알았어. 아, 그러자면 사람을 좀 더 뽑아야 할 거 같은데 주주총회를 열어야 하는 거 아니야? 증자도 고려해 봐야 할 거고."

에이, 뭣하러 번거롭게…….

아, 그러고 보니 이 자리에 없는 최택진도 한컴의 지분을 적잖이 보유한 주주였다.

비록 그가 경영 전반에 이렇다 할 터치를 하지 않고 있다지만, 어쨌건 대규모 공채는 이사회의 승인이 필요한 일이었으므로 절차상 나름의 통보는 필요했다.

'이래서 주식회사는 귀찮아.'

최택진도 지금은 삼광전자의 경쟁사인 한대전자에서 일하고 있었지만, 얼마 전 빌딩에 찾아와 내부를 구경했던 그는 이곳의 근무 환경을 몹시도 부러워했다.

「하루 빨리 프로젝트를 마감해야겠어.」

한컴의 주주로서 이미 개인 차원에선 적잖은 돈을 손에 쥐고 있는 그였지만, 오히려 그럴수록 창업에 대한 갈증이 심해지는 모양이었다.

이를테면 복권 당첨금을 손에 쥔 채, '이놈의 회사 때려치워 버릴까' 갈등하는 샐러리맨의 심정이라고 할까.

'그런고로 최택진의 합류도 머지않았지. 더군다나 이번 생

엔 어쩌면 전생이랑은 다른 완성도의 게임이 만들어질지도 모르겠어.'

이미 합류를 마친 넥스트의 임정주만 하더라도 그간 각종 리메이크 이식작을 개발하며 노하우가 쌓인 개발 인력을 끌어들였고, 그는 만날 때마다 내게 희희낙락한 얼굴을 했다.

「엄청난 게 나올 거야. 믿어도 좋아.」

흠, 이렇게 되면 SJ소프트웨어 퍼블리싱 산하의 두 온라인 게임이 경쟁을 하게 되는 건가.

'아직은 좀 더 훗날의 이야기가 되겠지만.'

잠시 생각하던 나는 고개를 끄덕였다.

"절차상 필요한 일이니 어쩔 수 없죠. 빠른 시일 내에 자리를 마련해 주세요."

"맡겨 둬."

박형석은 씩 웃으며 새삼스럽단 얼굴로 개발실을 둘러보았다.

"그나저나 작년 이맘 때 역삼동에서 빌빌거리던 걸 생각하면 감개무량한걸. 심지어 그 전엔 비좁은 학교 동아리 방에서 코딩을 짜고 있었는데. 너무 휙휙 변해서 적응이 안 될 지경이야."

박형석은 이미 어마어마한 성과를 이룬 양 말하고 있었지만, 성공을 자축하기엔 이르다.

내 기준에선 이제야 출발선에 선 것에 불과했으니까.

"자, 그럼."

박형석이 웃는 얼굴로 운을 땠다.

"대주주님의 시찰도 끝났겠다, 대대적인 업무에 앞서, 잠시 중단됐던 '제1회 한컴배 DDR 토너먼트'를 이어 가 볼까!"

이 근본도 없는 대회가? 제1회?

"그럼, 예선전 우승자인 윤아름 양, 늦었지만 소감 한 말씀 하시죠."

박형석의 너스레에 한창 대본을 읽던 윤아름은 픽 웃으며 두 손을 들었다.

"아, 저는 기권할게요."

"엥? 왜?"

"저는 그렇게 한가한 사람이 아니거든요."

그런 것치곤 제법 한가해 보였는데.

박형석이 고개를 저었다.

"후우, 벌써부터 일반인은 넘을 수 없는 대배우의 품격이……. 아름아, 작년 이맘때 역삼동 사무실에서 함께 피자를 먹으며 고군분투하던 그 시절을 잊은 거니?"

당시 좀비 같던 개발 인원들을 떠올렸던 모양일까, 윤아름은 몸서리를 쳤다.

"……뭐래요. 엮지 마세요."

"그러면 가희가 부전승으로 다음 라운드 진출인데?"

"상관없어요."

"쩝, 좋아, 그럼 부전승으로 예선을 통과한 공가희 양의 소감은……."

그러나 공가희는 바닥에 쓰러진 채 아무 말이 없었다.

"……."

죽었나?

코에 손가락을 가져다 대 보니, 숨은 쉬고 있었다.

일부러 층층마다 마련해 둔 AED(심장충격기)를 사용해 볼 기회였는데, 조금 아쉽다.

그나저나 DDR 한 번에 방전되는 저질 체력이라니, 이대로 회복하지 못하면 기껏 부전승으로 올라간 보람이 없어지겠군.

'나중에라도 천희수를 시켜 빌딩에 마련해 둔 헬스장에 공가희를 등록시켜 줘야겠어.'

체력이 받쳐 줘야 일도 열심히 할 수 있는 법이니까.

박형석의 발표로 다시금 옹기종기 모인 개발 인원들은 공가희를 구석으로 치웠고, 그사이 윤아름이 내 팔을 슬쩍 잡아끌었다.

"왜?"

"성진이 너는 여기 계속 있을 거야?"

"아니. 나도 그렇게 한가한 사람은 아니야."

"그치?"

활짝 웃는 윤아름을 보니, 업무 이야기를 하는 동안 가만히 대기하고 있던 까닭이 이해가 됐다.

"날 기다렸던 모양인데. 왜, 누님. 무슨 용건이라도 있어?"

윤아름은 머리칼을 손가락으로 빙글빙글 꼬더니.

"별거 아니야. 그, 음……."

뒤이어, 내 얼굴을 힐끗, 쳐다보았다.

"……그게, 있지, 사실 나, 아직 시저스에 가 본 적이 없어서."

"아, 그랬어?"

나는 또, 뭔가 계약 관련해서 상담할 게 있나 했네.

그러잖아도 물 들어올 때 노 젓는다는 격언을 너무 충실히 이행해서, 살짝 우려하곤 있었다.

"시저스야 이 건물 지하에 있으니까, 그냥 바로 다녀오면 되잖아?"

"……눈치하곤. 데려가 달라는 의미거든. 너도 밥 먹을 시간 정돈 있지?"

그런 거였군. 나도 깜빡했다.

하긴, 이 시점의 시저스는 예약 없이 들어가긴 힘들 지경이라고 들었으니까 나라는 특혜가 없으면 곤란하겠다.

시저스는 오픈한 지 이제 고작 한 달이 조금 넘었을 뿐이지만, 이미 눈코 뜰 새 없이 바빴다.

아직까진 오픈 직후라는 영향도 고려해야겠지만, 제니퍼의 말에 의하면 저 멀리 강북에서 일부러 찾아오는 손님도 있을 정도라고 하니 조금 낙관적인 전망도 가능할지 모른다.

'이 시대엔 제법 파격적인 컨셉이긴 하지.'

그 바람인지 아닌지는 몰라도 아직 개발이 완료되지 않은 이곳 일대는 유동 인구로 북적였고, 동업자인 허상윤과 이진영은 근 시일 내에 2호점을 내야 한다며 진지하게 논의할 정도였다.

'김민혁이 말한 유흥 구심점에 하나씩 시험 삼아 배치해 볼까.'

잠시 생각하고 있으려니 윤아름이 나를 힐끔거렸다.

"……안 돼?"

"아니, 뭐."

결국, 윤아름은 실질적 오너인 내 힘을 빌려 시저스에 방문하려는 거였다.

뭐, 나 역시 혹여 미팅이 있을지 몰라 그 정도 별도의 VIP룸은 항상 비워 두고 있었으니까.

직권 남용의 낌새가 살짝 있긴 했지만, 내 소속사 배우의 복지를 위해서라면 그 정도야 얼마든지 감내해야지.

"괜찮아. 가자."

"정말?"

반색하는 걸 보니, 엄청 가고 싶었나 보다.

확장을 진지하게 고려해 봐야겠군.

"빈말은 안 해."

겸사겸사 가게가 어떻게 돌아가는지도 확인하고.

나는 지하 직원 전용 통로로 윤아름을 데려 갔다.

윤아름도 나름 이 빌딩에 소속을 두고 있긴 했지만, 이런 곳에 올 일은 없었던지라 새삼스레 주위를 두리번거렸다.

"성진아, 왜 이런 곳으로 온 거야?"

"왜긴, 누님 때문이지."

"나 때문에?"

나는 어깨를 으쓱였다.

"누님도 슬슬 배우로서 입장을 자각해 줬으면 하는데."

"내가 뭘. 그 정돈 이미 충분히 자각하고 있어. 왜, 배우는 밥도 먹으면 안 되니?"

"아니, 정문으로 가면 다들 알아볼 거 아니야. 그랬다가 혹시라도 스캔들이 나면 안 되니까."

"스캔들? 너랑?"

윤아름은 싱긋 여유로운 미소로 웃으며 태연하게 대답했다.

"나는 뭐, 상관없는데."

하나, 아무렇지 않은 양 대답하는 것치곤 귓바퀴가 발갛다.

설마.

"혹시, 사귀는 사람이라도 있어?"

"없거든! 그런 거."

강한 부정은 강한 긍정이라는 말도 있는데.

내가 윤아름을 물끄러미 쳐다보니, 윤아름은 고개를 슬쩍 피했다.

의심스럽군.

그 상태로 윤아름이 입을 열었다.

"그나저나, 그런 걸 왜 묻는데? 혹시 성진이 너……."

윤아름은 나를 보며 소악마 같은 미소를 지었다.

"질투? 소속사 배우의 사생활 간섭이 지나친 거 아니야?"

그간 단련된 표정 연기가 제법이지만.

"없는 건 확실하지?"

"일단 없다고 해 둘게."

그냥 놀리려고 그런 것뿐이었나.

이래서 애들이란.

"다행이네. 만일 남자 친구가 생기면 보고해 줘. 굳이 내가 아니라 마 실장님에게라도."

"……."

어째선지 윤아름은 잠시 뚱한 얼굴로 나를 보다가 다시 물었다.

"그럴 일은 없겠지만…… 만일 나한테 남자 친구가 생기면, 너는 어떻게 할 거야?"

그러고 보니 윤아름도 사춘기구나 싶은 것이 새삼 자각되었다.

나와 만나고 1년 사이 윤아름은 쑥쑥 성장했다. 앳되던 얼굴은 이제 제법 성숙한 티가 나기 시작해서, 이젠 원래 나이보다 더 높은 연령의 배역 캐스팅 제의도 간간이 들어오는 모양.

그렇게 윤아름은 맡을 수 있는 배역의 폭이 차츰 늘어 가고 있었다.

'아직 앳된 티는 남아 있지만 슬슬 아역 배우라는 제약에 얽매이지 않아도 되겠군.'

그런 상황이니 풋사랑의 감정이야, 사춘기엔 자연스러운 일이다. 그런 일에 흥미가 가는 것도 이해 못 할 바는 아니다.

그렇긴 해도.

"또래는 괜찮아."

"……응?"

"하지만 상대가 성인이라면 큰일 나지. 그럴 경우 내 나름의 조치를 취할 생각이고."

"……"

나로선 윤아름이 기자회견장에서 '우린 친구 사이일 뿐이에요' 하고 발표하는 모습은 웬만해선 보고 싶지 않다.

　더군다나 윤아름이 아직 미성년자인 상황에서, 그런 추문이라도 벌어지면 암만 나라도 감당하기 힘들다.

　하지만 보고만 미리미리 해 준다면야, 윤아름이 뭘 하건 상관하지 않을 예정이다.

　"뭐, 나도 그렇게까지 누님의 사생활을 구속할 생각은 없으니까, 걱정하지 마."

　어디까지나 또래에 한해서 말이지만.

　상대가 성인이면 아예 매장시킬 작정이다.

　"다만 미리 보고는 할 것. 그 정도만 지켜 주면 돼. 괜찮지?"

　윤아름은 대답 대신 무표정한 얼굴로 나를 쳐다보았다.

　'뭐가 불만인데?'

　아니, 연애를 하지 말란 것도 아니고, 간단한 구두 보고만 하면 될 일인데.

　이만하면 소속사 차원에서 엄청나게 배려해 준 거 아닌가?

　"왜?"

　"……에휴. 꼬맹이."

　"……."

　갑자기, 뭔데?

게다가 고작 한 살 차이일 뿐인데, 애 취급을 받아야 하나.

하나, 이 부분은 어른의 도량으로 넘어가 주도록 하지.

아, 추가 스케줄은 선물이다.

우리는 직원 통로를 통해 시저스 뒷문으로 들어갔다.

시저스에서 일하는 직원들의 탈의실이며 간이 샤워 시설, 휴게실 따위가 있는 곳을 지나다 보니 벌써부터 주방의 열기며 소란스러움이 훅하고 끼쳐 들어왔다.

"3번 테이블에 크림 까르보나라 둘, 알리오 올리오 하나!"

"16번 테이블 스테이크 준비 마쳤습니까?"

"24번 테이블, 메인 디시 세팅 끝났습니다!"

그런 소음이 여과 없이 들려오는 직원 전용 출입구 안쪽을 빠져나와 레스토랑에 들어오니, 방금 전까지 있었던 분주한 업장과 분위기가 전혀 다른 식당 내부가 모습을 드러냈다.

뷔페형 레스토랑이니 접시를 든 채 오가는 사람들이 많아 아주 조용하고 기품 있는 분위기는 아니었지만, 업장 이면에 자리 잡고 있던 열기와는 대조적인 활기가 로마풍 인테리어의 식당 안을 햇살에 비치는 먼지 알갱이처럼 여유롭게 떠다녔다.

레스토랑에 들어선 윤아름은 방금 전까지의 뚱한 표정도 오간 데 없이, 그 나이의 어린애다운 천진한 표정으로 나를 보았다.

"신기하다."

"신기해?"

그녀는 마치 백조가 갈퀴질하는 호수 수면 아래를 엿본 듯한 얼굴이었다.

"응, 보통은 주방에서 무슨 일을 하는지 잘 모르잖아? 그런데 레스토랑 뒤편을 보고 나니까, 뭔가 다른 세계에 발을 들였다가 돌아온 느낌이 들어."

배우다운 감수성이 담뿍 묻어난 감상이라고 할까.

그때, 빈 쟁반을 든 종업원이 발걸음을 멈추더니, 방향을 바꿔 종종걸음으로 다가왔다.

"실례합니다, 손님, 이곳으로 들어오시면 안⋯⋯. 어머, 사장님?"

신은수였다.

그나마 안면이 있는 사이여서 번잡한 일은 한차례 피했군.

"식사하러 오셨어요?"

"네."

동시에 신은수는 나와 동행한 윤아름을 힐끗 쳐다보며 얼레리꼴레리, 짓궂은 표정을 지어 보이려다가.

"엑."

굳었다.

"사, 사, 사장님, 혹시, 그⋯⋯."

그런 신은수를 향해, 윤아름이 한껏 꾸민 미소로 인사했다.

"안녕하세요. 윤아름입니다."

"……우와, 우와, 진짜다, 우와아…….."

살면서 연예인을 처음 보기라도 한 양, 신은수는 허둥지둥
하며 주위를 두리번거리다가 떨리는 목소리를 힘겹게 끄집
어냈다.

"저, 아름 씨 팬이에요."

"그러셨어요?"

뭐, 연예인을 보고 다들 한다는 말 80%가 '저 팬이에요'라
고 한다는 비공식적인 통계가 있긴 했다만.

"네, 저 브로마이드도 있고, 앨범도 다섯 장이나 샀고, 드
라마 녹화한 비디오테이프도 있고, 아름 씨 나오는 책받침도
종류별로 모으고 있어요."

……아니, 진짜 팬인가 본데.

"그런데 우리 아름 씨가 어째서 사장님이랑…….."

신은수는 말을 채 잇지 못하고 눈물이 그렁그렁해졌다.

"하지만, 사장님이 상대라면 괜찮아요! 저, 팬으로서 응원
할게요! 부디 행복하세요."

"…….."

나는 신은수가 무언가 단단히 오해하고 있단 걸 깨달았다.

"은수 누나."

"응? 네?"

"윤아름 씨는 저희 소속사 배우입니다만."

"힉, 그렇다면 소속사 사장과 모종의……. 엥? 네?"

"SJ컴퍼니는 엔터테인먼트 분야에 자회사를 경영하고 있거든요."

"……아."

가만히 있던 윤아름이 어깨를 으쓱하며 끼어들었다.

"그리고 성진이는 제 고용주이면서 누나 동생 하는 사이예요."

그거, 연예인들의 전형적인 스캔들 무마용 대사 아닌가.

하지만 신은수는 그런 구차한 말에 납득한 양 고개를 끄덕였다.

"그랬구나. 안심했어요."

뒤이어 신은수는 주위를 휙휙 둘러보더니 목소리를 낮췄다.

"그래도 그 윤아름이 방문했다는 게 알려지면 식당은 난리가 나겠죠?"

그건 신은수가 윤아름의 팬이어서 하는 좀 과한 걱정 아닐까.

내가 픽 웃어 주려 할 때, 윤아름이 고개를 주억거렸다.

"하긴, 저번에도 밥이나 먹으려 했는데 사람들이 잔뜩 몰려와서 제대로 못 했어."

……음, 내가 윤아름의 인지도에 대해 자각을 못 하는 것

뿐일지도 모르겠다.

그래도 괜찮다. 어차피 VIP 전용 룸을 쓸 생각이니까.

"은수 누나, VIP룸에 자리 있죠?"

"앗, 그게 말이죠. 지금은 좀……."

VIP룸에 자리가 없어?

내 레스토랑인데.

"그게, 사장님 친구분이 오셨다고 하셔서요."

친구? 내 친구를 자청하면서 VIP룸을 대여할 사람이 있나?

"아, 성진 사장님 말고, 제니퍼 언니 사장님요."

"그랬군요."

제니퍼한테도 친구가 있구나. 몰랐네.

그때, 제니퍼가 양손 가득 빈 병을 들고 다가왔다.

"웬 농땡이 중인가 했더니, 성진이었구나?"

"아, 누나. 안녕하세요."

"식사하러 온 거야? 아, 손님이 있었네."

제니퍼는 시선을 마주친 윤아름의 가벼운 묵례를 가볍게 받았다.

"어서 오세요. 레스토랑이 조금 어수선하죠? 금방 안내해 드리겠습니다."

신은수와는 사뭇 대조적인 대응이었다.

신은수는 윤아름에게 바짝 붙으며 귓속말을 했다.

"사장님?"

"응?"

"윤아름이에요, 윤아름. 연예인요."

"알아."

"예?"

"그 이전에 손님이잖아? 안내부터 해 드려야지."

"아……."

신은수는 그제야 자신이 뭘 하고 있던 건지 자각한 양 얼굴이 새빨개졌다.

"은수야. 안내는 내가 할 테니까 빈 병 좀 가져가 줄래?"

"아, 네!"

제니퍼는 손에 든 빈 와인병 일체를 신은수에게 넘기며 자연스럽게 발걸음을 옮겨 앞장섰다.

"마침 잘 왔어. 이제 막 자리가 났거든."

"친구분이 계신다고, 은수 누나가 말하던데요.

"네 이모야. 방금 전에 나갔어. 타이밍이 절묘하네."

신은수가 말한 '사장님 친구'는 다름 아닌 서명화였던 모양이다.

"아, 그래요?"

"그래도 제법 취한 상태였으니까 상대 안 하는 게 좋아. 모른 척해. 나도 눈감아 줄 테니까."

동의한다.

서명화는 이후 집에 자주 찾아와 나를 귀찮게 하곤 했는데, 술이라도 한잔 들어가면 나를 끌어안고 '성지나아아~'하며 주정을 부리기 일쑤였다.

"종종 오시나 봐요."

"응, 자주 찾아온다니까. 정말, 바빠 죽겠는데 주정 받아주는 내 입장도 고려 좀 해 주면 좋겠어."

가볍게 툴툴거리긴 했지만, 싫은 눈치는 아니었다.

"뭐, 가게 입장에선 비싼 술 잔뜩 시켜 주니 고맙지만."

제니퍼는 나름대로 구실을 둘러대며 그녀 나름의 쑥스러움을 무마하려 하고 있었다.

「금례 걔, 재밌지.」

언젠가 갓난쟁이 조카를 보러 집에 놀러 온 서명화는 내게 그런 말을 했다.

「우리 그룹은 아니었는데 아는 것도 많고, 성격도 털털해서. 나는 좋아해.」

사실 서명화와 제니퍼의 관계는 제니퍼가 생각하는 것처럼 나쁘진 않았다.

오히려 제니퍼가 서명화를 일방적으로 밀어내며 거리를

두려 하는 편이었고, 정작 서명화는 그런 제니퍼의 콤플렉스를 알면서도 신경 쓰지 않는 눈치였다.

「걔는 안 그런 것 같으면서 은근 낯을 좀 가리거든. 정말, 이쪽에서 먼저 연락 안 하면 있는지 없는지도 모르게 산다니까. 뭐, 그래도 좋은 친구야.」

그마저도 그녀 안에 내재한 모종의 콤플렉스가 해소되며 이젠 '잠시 연락이 끊겼다가 오랜만에 만난 동창' 정도 수준은 되는 모양이다.

"자, 도착."

제니퍼가 나를 보았다.

"그럼 자세한 건 성진이가 안내해 줄래?"

"네, 그럴게요. 제니퍼 누나도 바빠 보이고."

"고마워. 그럼 조금 있다가 은수를 보낼게."

제니퍼는 미소 띤 얼굴로 윤아름에게 살짝 묵례를 해 보이곤 VIP룸을 나섰다.

"동업자랬지?"

윤아름은 그렇게 중얼거리곤 나를 힐끔 쳐다보았다.

"예쁜 언니네."

"그래?"

"응. 접대도 프로페셔널하고. 사실, 방금 만난 은수 언니

처럼 팬이라며 좋아해 주는 건 감사하고 고맙긴 하지
만······."

윤아름은 손가락으로 머리칼을 빙빙 꼬았다.

"개인적으론 식당에 찾아온 이상 손님 중 한 사람으로 접
객해 주는 게 더 좋아. 내가 하는 일이 그런 거긴 해도, 일과
사생활이 뒤섞이면 가끔 그 경계가 모호해지곤 해져서."

지금의 윤아름과 콩쿠르장에서 첫 만남 당시 '윤아름 몰
라?' 하고 자기 어필하기 바빴던 그녀의 태도를 떠올려 비교
해 보면, 묘한 격세지감이 느껴졌다.

"그런 의미에서 성진이는 변함이 없어서 참 좋아."

"칭찬 고마워."

"······그걸 칭찬으로 받아들이는 것부터가 그렇단 의미
야."

나더러 뭘 어쩌라고.

나는 상대하지 않고 자리에 앉으려 드르륵 의자를 뺐다.

그러자 윤아름은 자연스럽게, 내가 앉으려던 의자에 앉으
며 미소를 보냈다.

"고마워. 엎드려 절 받는 기분이긴 하지만."

"······."

이걸 일어나라고 할 수도 없고.

본의 아니게 신사가 되고 말았군.

윤아름은 내가 맞은편에 앉길 기다리며 주위를 두리번거

렸다.

"그나저나 VIP룸이라고 한 것치곤 바깥이랑 크게 다를 게 없어 보이는걸. 뭐, 원체 레스토랑이 예쁘니 이대로도 만족스럽지만."

"……예뻐? 이게?"

나는 유원지처럼 과하고 정신없는 거 같은데.

"응. 처음부터 각 잡고 기획한 거 아니야?"

나로선 로마풍의 괴상망측한 레스토랑 컨셉이 이 시대라서 먹히는 건지, 아니면 내 감수성이 남다른 건지 모르겠다.

"가게 컨셉은 방금 본 동업자의 취향이야. 또, VIP룸은 임시 명칭이고. 원래 이름은 따로 있어."

명명된 VIP룸의 정식 명칭이 제니퍼의 취향이라서, 나나 종업원이나 공공연히 떠들고 다니는 게 내키지 않을 뿐이다.

"원래는 무슨 이름인데?"

"트리클리니움."

"트리…… 뭐?"

"것 봐. 그냥 VIP룸이 편하지?"

이런 식으로, 용어가 생소한 데다 발음도 어렵다 보니 아무도 안 쓰는 이름이 되고 말았다.

원래는 그 트리클리니움이란 이름값대로 로마에서 했듯 길쭉한 소파에 누워서 식사하게끔 하자는 제니퍼의 의견이 있었지만 그건 너무 컨셉이 지나쳤고, 허상윤을 비롯한 경영

진 일동이 필사적으로 만류해 타협한 결과가 지금의 VIP룸
이었다.

'은근 허당끼가 있다니까.'

제니퍼가 안내한 VIP룸은 사실 말이 VIP룸이었다 뿐, 평
소엔 단체 손님을 받거나 하는 용도로 분리해 둔 공간에 불
과해서 가운데 놓인 커다란 테이블을 제외하면 인테리어 컨
셉을 달리하거나 하는 방식은 아니었다.

다만 제공하는 서비스의 형태가 다소 다를 뿐.

"그런가……."

윤아름은 새삼스러운 눈으로 다시 한번 레스토랑을 둘러
보더니 아차 하며 나를 보았다.

"그러고 보니, 여기 뷔페였잖아? 접시 들고 돌아다니면 사
람들이 나 알아보고 그러겠네. 으음, 레스토랑에 폐 끼치는
거 아닐까, 몰라."

"그건 걱정 안 해도 돼."

"응?

말이 떨어지기 무섭게 신은수가 손수레에 각종 메뉴를 간
소하게 담아 왔다.

"실례하겠습니다."

신은수는 접객 태도로 제니퍼에게 뭐라 한 소리 들었는지,
의외로 얌전했다.

신은수가 끌고 온 이동형 트레이엔 레스토랑의 각종 뷔페

용 샐러드 메뉴가 소량씩 담겨 나왔는데, 그래도 개중엔 보온 가능한 가열형 용기에 들어간 더운 요리도 더러 있었다.

손수레의 등장에 어리둥절해하는 윤아름을 뒤로하고, 신은수가 내게 메뉴판을 권했다.

"메인은 어떻게 하시겠어요?"

메인까지 정하고 나니, 신은수는 수레를 놓고 VIP룸에서 퇴장했다.

"성진아, 이게 뭐야?"

"뭐긴, 이동형 뷔페지."

"와아 정말, 이거라면 다른 사람 눈치 안 봐도 되겠다."

방금 전까지만 해도 애써 어른스러운 척을 하던 윤아름은 어린애답게 들뜬 기색으로 손수레에 다가가 이것저것 골라 담기 시작했다.

이윽고 윤아름은 접시 가득 수북이 채운 요리를 들고 와서 자리에 앉아 신나게 재잘거렸다.

"이렇게 해 줘도 돼? 남는 거 없겠다."

"누님 말마따나 그다지 채산성 높은 방식은 아니지만, 손해는 안 봐."

"그래?"

보기에 풍성하달 뿐, 실상 담긴 건 3~4인분 분량의 풀떼기가 고작.

손수레에 음식을 옮겨 담고 나를 별도의 인력이며 기초 비용이 들긴 하지만, 업장 입장에선 크게 번거롭지 않은 것들이다.

그러면서 한편으론 '대접받는다'는 서비스까지 제공할 수 있으니.

"응, 아이디어 자체는 나쁘지 않더라고."

"응, 나도 좋아."

"그래?

제니퍼의 아이디어였다.

"하긴. 신화호텔에도 적용해 봤는데, 반응이 좋더라고."

"……신화호텔?"

이 이동형 뷔페를 신화호텔에 적용해 본 결과, 예상외의 호평을 불러일으켰다.

신화호텔이 5성급 프리미엄 호텔이긴 하나, 뷔페라는 건 사실 번거롭고 '격이 떨어지는' 것이다.

또 VIP 중엔 프라이빗을 신경 쓰는 사람들도 더러 있다 보니, 높으신 분들은 서민들 사이에 끼여 접시를 들고 오가는 건 상상도 할 수 없으셨던 모양.

백화점 쇼핑도 컨시어지를 시켜 대신 할 노릇인데 오죽들 하실까.

더욱이 뷔페라는 건 사실 접시가 비면 대화의 흐름이 끊길 수도 있고, 홀로 덩그러니 앉아 다른 사람이 오길 기다리는 것도 공연히 낯부끄럽고 곤란한 노릇이라 접객에도 마뜩잖은 분야였다.

'뷔페의 그런 특수성은 호텔 내 뷔페식당 적자 경영의 요인 중 하나이긴 했지.'

그러면서도 한편으론 대대적인 혁신을 거친 뒤 호평 일색인 신화호텔의 뷔페를 체험하고픈 VIP들은 이 '손수레 서비스'를 통한 간접 체험 흥미로워하며, 더러는 룸서비스로 이용하기도 하는 듯했다.

'말이야 그렇지, 사실상 교내 급식을 레스토랑으로 옮겨 온 것에 지나지 않지만.'

이렇듯 다들 만족하는 모양이니, 한번 각 잡고 기획해 보는 것도 나쁘진 않겠다.

'가끔 보면 제니퍼도 나쁘지 않은 아이디어를 내놓을 때가 있다니까.'

물론 과하게 흘러가지 않게끔 나나 허상윤 등의 제어가 필요하긴 하지만.

그런데 윤아름이 어리둥절한 얼굴로 나를 보았다.

"잠깐만, 신화호텔이라니? 너 호텔 경영도 하는 거니?"

"아니. 그 정돈 아니야."

신화호텔의 계열 자회사인 신화식품과 협력 중인 건 있지만, 그런 걸 애들 앞에서 말할 필요는 없고.

"당고모님이 신화호텔 대표시긴 하지."

"……우와."

"뭘 놀라고 그래. 삼광 그룹 계열사잖아."

"아…… 그런 거구나. 몰랐어."

뭐, 애들 기준에 그런 걸 꿰고 있다는 것도 이상한 일이긴 하지.

윤아름은 접시에 담은 걸 먹을 생각도 않고, 잠시 아무 말 없이 앉아 있다가 머뭇머뭇, 나를 바라보았다.

"저, 성진아."

"왜."

"……실은, 상담할 게 있어."

"상담?"

"응."

설마 사춘기적 방황? 그런 건 영 젬병인데.

윤아름이 진지한 얼굴로, 그러면서 조심스럽게 입을 뗐다.

"혹시, 투자엔 관심 없어?"

투자? 관심이야 많다 못해 내 업이나 다름없는 일이다.

다만, 그 발언이 다름 아닌 아역 배우 윤아름의 입을 통한 것이었기에, 나는 자세를 고쳐 앉았다.

더군다나 '상담'의 형태라.

그나마 사춘기적 방황이 아닌 건 천만다행이지만.

"일단 들어는 볼게. 무슨 투자야?"

윤아름은 투자 이야기로 들어가기에 앞서, 의자에 걸어 둔 숄더백을 뒤적이더니 제법 두툼한 종이 뭉치를 꺼냈다.

그건 윤아름이 오늘 내내 틈틈이 들고 다니며 읽고 있던 거였다.

'대본인 줄 알았더니, 사업 계획서였나?'

아니, 사업 계획서치곤 두껍고.

윤아름은 방금 전 물음의 대답 대신 손에 든 종이뭉치를 내게 건넸다.

"읽어 볼래?"

"⋯⋯음."

윤아름이 내민 종이 뭉치를 받아 보니, 큼지막한 제목이 박혀 있었다.

우리들 이야기

사업 계획서가 아닌 대본이긴 했다.

다만, 윤아름이 읽곤 하던 드라마 쪽대본이 아닌 시나리오 전체가 적힌 대본이었다.

나는 대본집을 간단하게 훑곤 탁자에 내려놓았다.

"영화 대본이야?"

"응⋯⋯. 검토 중이긴 한데."

윤아름은 그녀답지 않게 우물쭈물하며 입을 뗐다.

"요즘 줄곧 생각하던 거지만, 이제 나도 드라마 말고 다른 걸 해 봐야 할 때라고 생각해서⋯⋯."

"커리어 관리 측면에서?"

"그렇게 말하면 너무 거창하고."

윤아름은 쓴웃음을 지으며 포크로 접시를 뒤적거렸다.

"너도 알다시피 나는 메소드 배우잖아? 그러니 최대한 많은 경험을 해 보는 게 장기적으론 도움이 될 거 같지 않아?"

"……그래서 하고 싶은 말이 뭐야?"

윤아름은 머뭇거리던 기색을 치우고 진지한 얼굴로 입을 열었다.

"나, 영화에 출연해 보고 싶어."

하긴, 이 시점의 윤아름이 잘나가는 아역 배우인 건 틀림없지만 어디까지나 '아역 배우'의 카테고리에 한정한 이야기였다.

윤아름은 그간 제법 굵직한 배역을 여럿 따내고 또 평가도 좋았지만, 아역 배우라는 한계가 있는 한 '주역'을 꿰차는 건 아직 지난한 이야기.

나는 이를 시간이 해결해 줄 것이라 판단하고 보류해 둔 상황이었는데, 윤아름은 착실하게 커리어를 쌓아 가는 사이 연기 욕심이 일었던 모양이다.

"마저씨는 성진이 너랑 상의해 보라고 하시더라고."

마저씨는 마동철 실장을 일컫는 윤아름의 애칭이다.

'하긴, 공부를 겸해 이것저것 해 볼 필요는 있겠지. 계속 드라마만 할 건 아니니까.'

나는 잠시 생각하다가 고개를 끄덕였다.

"아, 그래. 괜찮지. 누님이 비단 영화뿐만 아니라 연극에 출연한다고 해도 나는 말릴 생각 없어."

윤아름이 반색하며 몸을 앞으로 기울였다.

"정말?"

"응. 누님 말마따나 젊은 나이에 다양한 경험을 해 보는 건 중요한 일이니까."

"……너, 나보다 연하거든?"

"뭘 새삼스럽게."

툴툴거리긴 했지만, 싫어하는 기색은 아니었다.

다만 그게 앞서 말한 '투자'랑 무슨 관계가 있는 건지, 나로선 다소 의아하다.

설마하니 윤아름이 '나라고 하는 인재에 투자해라' 하고 말할 만큼 뻔뻔하진 않을 테고, 해서 나는 구태여 물었다.

"그래서 투자라는 건 뭐야?"

"아……. 그게 말이지."

관련해서 일단락했단 생각일까, 윤아름은 방금 전보단 조금 자신에 찬 어조로 말을 이었다.

"너한테 준 대본 있잖아, 그거 실은 드라마 촬영 때 만난 조감독님이 기획 중인 거거든."

"음……."

설마.

"그런데 들으니 제작에 난항을 겪고 있는 것 같아. 스태프도 아직 못 구했고, 나를 캐스팅하긴 했지만 그것도 이제야 막 네게 허락을 맡은 차라서."

역시.

'영화 제작 투자' 이야기였나.

그렇다면야 이야기가 조금 달라지긴 할 터이지만…….

나는 다시 대본을 주워 슥 훑었다.

'우리들 이야기라.'

들어 본 적 없는 제목이다.

아직 투자 이야기조차 나오지 않은 초기 단계라 가제(假題)일 수도 있겠지만.

"잠깐만 읽어 볼게."

"응. 천천히 봐. 나 먼저 먹고 있을게."

주연은 윤아름(예정)으로, 그런 만큼 영화는 사춘기 여자애의 방황과 고민을 제법 심도 있게 그려 내려 시도하는 것으로 보였다.

시놉시스까지 훑고 나니 내가 본 적 없는 영화라는 사실이 훅하고 와닿았다.

나도 영화를 좋아하는 편이고, 휴일엔 약혼자와 함께 종종 영화를 보러 다니긴 했다.

하지만 그렇다고 해서 마이너한 독립 영화를 찾아다니며 볼 정도로 마니아는 아니었다.

'아마 원래 역사에서는 제작도 못 하고 엎어졌거나, 내가 모르는 독립 영화로 제작되고 끝났겠지.'

개인적인 취미며 흥미만 놓고 보면, 내가 알지 못하는 역사 속 영화 제작에 개입하는 것도 제법 흥미로운 일이지만.

'투자'라는 이야기가 언급된 이상 비즈니스적 측면을 배제할 수는 없었다.

'아무리 봐도 돈이 될 영화처럼은 안 보여.'

보통 평단을 좇으면 흥행이 망하고, 흥행을 좇으면 평단에서 외면받는단 이야기가 있다.

비평과 흥행의 저울질에서 〈우리들 이야기〉는 단언컨대 전자였다.

그야, 이 시대 이 시점에서도 흥행과 비평 양측을 증명한 영화 〈서편제〉가 떡하니 존재하고 있긴 했지만 그건 예외로.

나는 윤아름을 힐끗 살폈다.

"와아, 이거 맛있다. 고작 샐러드가 이 정도로 맛있을 줄은 몰랐는데."

투자야 둘째 치고 영화 출연에 허락은 떨어진 상황이다 보니, 그녀는 내가 대본을 읽건 말건 신경 쓰지 않는 척하며 접시의 내용물을 입에 옮겨 담고 있었지만,

윤아름이 내게 준 대본엔 그녀가 개인적으로 메모한 인물 분석이며 의문점, 또 그걸 나름대로 해석한 내용이 자필로 적혀 있었다.

'윤아름 개인적으론 시나리오가 제법 마음에 든 모양이군.'

그러니 신경이 안 쓰일 리가 있나.

'암만 현역 연기자에 대배우로 거듭날 윤아름이라곤 해도 아직 애야. 내 눈엔 훤하지.'

나로선 대범하게 한 수 접어준다는 생각으로—그다지 좋아하는 표현은 아니지만 노블리스 오블리주 정신을 표방하며 문화 예술 분야에 투자를 해 줄 수야 있긴 하겠으나.

'제아무리 저예산 독립 영화를 표방한다 하더라도 최소 수천만 원은 깨져. 할리우드에 비할 바는 아니지만, 블록버스터급으로 기획하면 억 단위로 돈이 깨지지.'

나도 회사를 경영하는 입장이니 한때의 기분만으로 괜한 사적 자금을 투입하는 건 경영자로서 바람직하지 않다.

하물며 투자라.

그야, 투자엔 응당 리스크가 따르기 마련이지만, 윤아름이 가져온 영화에 투자하는 건 사실상 수익성을 배제하고 시작하는 이야기나 마찬가지였으니, 이건 차라리 투자가 아닌 후원이라고 해야 마땅할 이야기였다.

'……그래도 완성도는 높아 보이고. 뭐, 투자자 물색 정도는 도와줄까.'

그렇게 생각하며 대본을 접는데, 그 전까진 눈에 들어오지 않던 표지의 감독 이니셜이 내 눈에 훅 박혀 들어왔다.

'……엥?'

설마.

나는 얼떨떨한 기분을 뒤로하고 시치미를 뚝 뗀 채 윤아름에게 물었다.

"누님, 혹시 감독님 성함이 어떻게 돼?"

"그 영화감독님? 방준호 감독님이셔. 대본도 직접 쓰셨대."

"…….."

헛숨을 들이킬 뻔했다.

"왜?"

"아니, 아무것도 아니야."

방준호라고 하면 명실상부 대한민국, 아니 전 세계에 그 이름이 알려진 명감독이다.

비록 데뷔작인 〈잃어버린 개를 찾아서〉는 쫄딱 망했지만, 이후 〈몬스터〉, 〈살인의 기억〉, 〈애미〉 등등 흥행성과 작품성 양측을 만족시키는 명작을 줄줄이 내놓던 그는 결국 이전까진 헛된 망상쯤으로 취급되던 오스카 시상식에서 상패까지 거머쥐게 된다.

감독으로 데뷔 이전의 무명 시절엔 드라마 조감독으로 커리어를 쌓았다고 했던가.

'얼추 프로필도 맞아떨어져.'

그 제법 희소한 성씨며 관련 커리어가 업계 동명이인일 확률은 극히 낮고.

　그제야 나는 잊고 있었던—정확히 말하자면 구태여 신경
쓰지 않고 있던—기억 한 조각이 머릿속에 떠오르는 걸 느
꼈다.

　그건 언젠가, 제법 화기애애한 시사회 인터뷰를 스치듯 본
기억이었다.

「사실 윤아름 씨는 제가 아역 때부터 눈여겨보고 있던 배
우였죠.」

「맞아요. 그땐 드라마 조감독 시절이셨는데. 저에게 대본
을 주시며 직접 캐스팅 제의까지 하셨죠.」

「맞습니다. 하하, 결국 그 영화는 투자자를 구하지 못해서
없던 이야기가 되고 말았습니다만, 이렇게라도 작품을 함께
하게 돼서 영광입니다.」

「어머, 제가 더 영광이죠. 저 예전부터 감독님 팬이었잖아
요.」

「하하하, 말씀도 참 예쁘게 하시네요.」

「왠지 반어법 같은데요.」

「예? 진담입니다, 진담.」

'이것도 인연인가.'

나는 윤아름을 쳐다보았다.

"……왜?"

"아니. 그냥."

예뻐서. 이 말은 참았다.

나로선 이 사랑스러운 복덩이를 끌어안아 주고 싶은 기분이었지만, 그건 범죄니까 하지 말자.

나는 아무렇지도 않은 척 태연하게 말을 이었다.

"뭐, 이 자리에서 투자를 결정하는 건 암만 나라도 좀 어렵고, 그러니 조만간 감독님 얼굴이라도 한 번 뵀으면 하는데."

"정말?"

윤아름은 저도 모르게 들뜬 감정을 내비쳤다.

역시 아직 애는 애군.

"그러면, 투자해 주는 거야?"

"확정된 건 아니야."

내가 지분 대부분을 가진 회사니 사실상 확정이나 마찬가지지만.

"관련해선 그래도 적잖은 돈이 들어갈 테니까 제대로 이야기를 해 봐야지."

업계에서 방준호는 재능뿐만 아니라 의리가 있는 것으로 유명했다.

비록 이번 영화는 흥행 면에서 별다른 재미를 보지 못할지라도, 이번 투자를 계기로 인연의 끈을 이어 두는 건 전혀 나쁜 이야기가 아닐 터.

'그것도 무명 시절에 연줄을 엮어 둔다면…… 제법 기대 되는걸.'

윤아름이 방긋방긋 웃으며 나를 보았다.

"응, 그러면 조만간 시간을 내 보도록 말씀드릴게."

"그래."

"그치? 사실, 너라면 그럴 줄 알았어."

아니.

솔직히 말하면 한발 양보해 윤아름의 얼굴을 봐서 투자자를 찾아 주는 선의로 그치고 말 이야기였다.

내가 투자를 마음먹은 건 다름 아닌 방준호의 이름값 때문이었으니까.

'좀 속물적이긴 했어.'

해서, 나는 구태여 둘러댔다.

"'너라면 그럴 줄 알았다'니. 무슨 의미야?"

"응? 뭐어."

윤아름은 포크로 접시를 뒤적이다 말고 어깨를 으쓱였다.

"시나리오가 좋잖아? 그도 그럴 게 너는 나 못지않게 안목이 좋은 애니까. 사실 그간 네가 '이거다' 하는 작품마다 다 성공했고."

그건 안목이 좋은 게 아니라 일종의 인생과 관련된 거대한 스포일러에서 기인한 거다만.

"그 정도는 아니야. 암만 그래도 그 짧은 시간에 시나리오를 모두 검토할 수는 없지."

"그러면?"

"네가 마음에 들어 했으니까."

윤아름은 멍한 얼굴로 나를 쳐다보았다.

"……어?"

"왜?

"아, 아니."

윤아름은 내가 알던 그녀답지 않게 허둥지둥하며 고개를 푹 숙였다.

"……정말, 나보다 연하인 주제에."

"거기서 나이가 왜 나와. 새삼스럽게."

윤아름이 입을 삐죽였다.

"됐어. 뭐, 어차피 네가 하는 말이니까 '나는 윤아름의 안목을 믿는다' 같은 의미겠지."

"그 외에 다른 의미라도 있어?"

그건 윤아름 본인 입으로 자청하기에도 뭣하게 과한 칭찬이다만, 윤아름은 그조차도 내켜 하지 않는 얼굴이었다.

"없지. 없으니까 문제인 거야."

"……."

설마, 경영에도 욕심이 있는 건가?

이거 참, 어린 나이에도 불구하고 아주 야망이 큰 배우구만.

"꼬맹이."

갑자기 왜 시비냐.

그즈음, 신은수가 메인 디시를 가져왔다.

윤아름은 한 입 먹어 보곤 눈을 동그랗게 뜨더니, 깨작깨작, 열심히, '맛있다'를 연발하며 접시를 비워 갔다.

'전생엔 미슐랭 셰프였던 오성환의 요리니, 호텔 양식당에 견줘도 손색없을 레벨이긴 하지.'

재료비 따위의 채산성을 고려하지 않는다면 이대로 파인 다이닝을 꾸려도 손색없을 레벨이다.

"그런데 성진이 네가 여기저기 일 벌이는 걸 잘하긴 하지만 설마 레스토랑 경영까지 할 거란 건 생각도 못 했어."

그러더니 윤아름이—왜 그러는지는 모르겠지만—내게 눈을 흘겼다.

"그것도 이렇게 예쁜 동업자 언니랑."

"……외모와 성별은 상관없잖아? 그냥 비즈니스일 뿐인데."

"흐음. 비즈니스, 흐음. 그러셨군요. 흐음."

그러는 너도 비즈니스 관계일 뿐이다만.

나는 접시로 시선을 옮겼다.

"뭐, 나도 어쩌다 보니 하게 된 사업이고."

"응? 어쩌다 보니?"

"친척이 소개해 줬어."

"친척이라고 하면……. 아, 이야기 중에 나온 이모님?"

윤아름도 제니퍼와 나눈 대화에 나름 귀를 기울였던 모양이다.

"아니. 이모님 말고 다른 친척. 정확히는 육촌 형."

"……육촌?"

"내 기준으론 당숙의 아들. 그러니까 당숙이라고 하면……."

윤아름이 내 말을 가로채더니.

"나도 그 정돈 알아. 교과서에서 배웠는걸."

툴툴 입을 삐죽였다.

"나는 그냥, 부잣집은 촌수가 먼 친척들끼리도 종종 교류하는구나 싶어서 그랬지."

"……그런가."

"육촌이라, 으음. 나는 얼굴도 모르는데."

우리 삼광의 특수성을 고려하지 않더라도, 재벌가들이란 혈연에서 기인한 족벌 경영의 유대가 끈끈한 편이다.

'그 혈연조차 믿을 수 없는 지경이라 문제지. 아니, 그나마 혈연이라는 구실이 아니고선 아무도 믿지 못하는 것에 가까울 거야.'

윤아름이 말을 이었다.

"어디 보자, 육촌이면 너랑 나이 차이 많이 안 나겠네?"

"그렇지. 누님에 비해서도 고작 한두 살 정도 많은 것에 불과해."

"흐응. 너네 집안은 다들 능력자인 모양이구나."

윤아름의 말을 듣고 보니, 새삼.

이진영의 얼굴이 떠올랐다.

'그러고 보면, 그 녀석은 무슨 꿍꿍이로 내게 접근했던 걸까.'

따지고 보면 이진영이 제니퍼를 알선해 지금 상황에 이른 것이지만, 나는 그에 대한 경계를 늦추지 않고 있었다.

'내가 할 말은 아니지만, 평범한 중딩은 아닐 거 같군.'

다음 권으로 이어집니다

꿈의 도약, 로크에서 하십시오
(주)로크미디어에서 신인 작가를 모십니다

즐거운 세상, 로크미디어는 꿈을 사랑하고 도전을 두려워하지 않는 작가 분들의 참신한 작품을 기다리고 있습니다. 21세기 장르 문학계를 이끌어 갈 차세대 선두 주자 (주)로크미디어에서 여러분의 나래를 활짝 펴 보시길 바랍니다.

모집 분야 판타지와 무협을 포함한 장르 문학
모집 대상 아마추어 작가, 인터넷 작가
모집 기한 수시 모집
  작품 접수 시 유의 사항
    1. 파일명은 작가명_작품명.hwp형식을 갖춰 주십시오.
    1. 파일에 들어갈 내용은 다음과 같습니다.
      ― 성명(필명인 경우 실명을 밝혀 주세요), 연락처, 이메일 주소
      ― 제목, 기획 의도
      ― A4용지 1장 분량의 등장인물 소개
      ― A4용지 2장 분량의 전체 줄거리
      ― 본문
    1. 작품이 인터넷에 연재되고 있다면, 게시판명과 사이트의 구체적이고 정확한 주소를 기재해 주십시오.

선택된 작품은 정식 계약 후 출판물로 간행되어 전국 서점에 유통됩니다.
작가 분은 (주)로크미디어의 전폭적인 지원하에 전속 작가로 활동하시게 됩니다.
※ 자세한 내용은 로크미디어 홈페이지(rokmedia.com)를 참조하세요.

(03920)서울시 마포구 성암로 330 DMC첨단산업센터 3층 318호
(주)로크미디어 편집부 신간 기획 담당자 앞
전화 : 02) 3273-5135
www.rokmedia.com   이메일 : rokmedia@empas.com

맹물사탕 현대 판타지 장편소설

다시 사는 재벌가 망나니

1994년으로 돌아간 재벌가의 사냥개
슈퍼 국민학생 되다!

억울하게 재벌가 망나니와 함께 죽었는데
눈떠 보니 30년 전 초딩, 아니 국딩?
심지어 내가 아닌 그 망나니 놈의 몸!

정신없는 재벌가의 밥상머리 경제학과 함께
시나브로 회복하는 망나니 시절의 평판
과거 지식으로 연예계, IT 안 가리는 사업 성공까지

"그나저나…… 30년 뒤 이 몸을 죽이라고 사주한 건 누구지?"

재벌가 도련님으로 시작하는 두 번째 인생
엄친아를 뛰어넘는 국딩 CEO 라이프!

ROK
MEDIA
로크미디어

폐황제가 되었다

송제연 판타지 장편소설

팔자 편한 빙의물은 가라!
고생길 예약된 독자 출신 폐황제가 보여 주는
본격 스포 주의 생존기!

인기 없는 판타지 소설 '포킹덤'의 유일한 독자 민용
갑작스러운 완결 소식에 놀랄 새도 없이
다음 날, '포킹덤'의 폐황제 익스가 되어 눈을 뜨는데……

'그런데 이 녀석…… 사흘 뒤에 죽지 않나?'

외진 땅, 부족한 인재, 부실한 재정
뭐 하나 멀쩡한 게 없는데 복숨까지 왔다 갔다 한다?
믿을 구석은 대륙 곳곳에 숨어 있는 인재들뿐!

앞일을 내다보는 황제에게 불가능은 없다
모든 건 내 머릿속에 있을지니!